D1827472

Tynnwyd o'r stoc
Withdrawn

A Fu Heddwch?

Cyfrolau blaenorol yr awdur

Od-odiaeth

Second-Class Citizen

Y Gymraeg a'r Cyngor

Iaith a Senedd

Ai Dyma Blaid Cymru Heddiw? (hefyd *Is This Plaid Cymru Today?*)

Termau Cyfraith (hefyd *Legal Terms*)

Trefn Llysoedd Ynadon a'r Gymraeg (hefyd *Magistrates' Courts' Procedure and the Welsh Language*)

Esgid yn Gwasgu (cyfrol Medal Ryddiaith Eisteddfod Genedlaethol Cymru, Dyffryn Lliw, 1980)

Gefynnau Traddodiad

Tafod Mewn Boch?

Geiriadur y Gyfraith (hefyd *The Legal Dictionary*)

Blas ar Iaith Cwmderi

Trioleg Hanner-hunangofiannol 'Cymreictod Gweladwy':
    Rhith a Ffaith
    Troi'n Alltud
    Damcanu a Ballu

Geiriadur y Gyfraith (atodiad 1af) (hefyd *The Legal Dictionary (1st supplement)*)

Cyfiawnder Dwyieithog? (hefyd *Bilingual Justice?*)

Wedi'r Brifwyl

Geiriadur Newydd y Gyfraith (hefyd *The New Legal Dictionary*)

A fu heddwch?

ROBYN LLŶN

Y Prif Lenor Dr Robyn Léwis,
Archdderwydd Cymru, 2002–2005

GYDA RHAGAIR GAN

GWYN STINIOG

Yr Athro Gwyn Thomas, MA, DPhil,
Prifysgol Cymru, Bangor

Cynabyddir yn ddiolchgar yr hawlfreintiau a berthyn i:

Amgueddfa Genedlaethol Cymru, Caerdydd; Amgueddfa Werin Cymru, Sain Ffagan; Archifau Gwynedd, Caernarfon; *Baner ac Amserau Cymru* (*Y Faner*), gan gynnwys Gwasg Gee, Dinbych a Gwasg y Sir, Y Bala; Cyhoeddiadau *Barddas*, Treforys; *Daily Post*, Cyffordd Llandudno; *Cambria*, Caerfyrddin; *Cambrian News*, Aberystwyth; Ken Davies, cynrychiolwyr y diweddar John Petts a Gwesty'r Llwyn Iorwg, Caerfyrddin; Eisteddfod Genedlaethol Cymru; y Prif Lenor Annes Glyn (ar ran ei thad, y diweddar Ddr J Glyn Jones, Brynsiencyn); Gwasg Carreg Gwalch, Llanrwst; *Golwg*, Llanbedr Pont Steffan; Gorsedd Beirdd Ynys Prydain; *Goursezh Breizh* a'u Derwydd Mawr, Gwenc'hlan; *Gorseth Kernow* a'u Bardd Mawr, Towennow; y Dr Eirwen Gwynn, Tal-y-bont; Wyn Jones, Llanrwst; Llyfrgell Genedlaethol Cymru, Aberystwyth; Newyddiaduron *Yr Herald*, Caernarfon; Prifysgol Cymru, Bangor; Arwyn Roberts, Rhosgadfan; Dennis Roberts, Y Felinheli; Tegwyn Roberts; *Western Mail*, Caerdydd; Donald Williams, Bancffosfelen; *Y Cymro*, Porthmadog; *Y Drafod*, Trelew; ac *Y Lolfa*, Talybont. At y rhain dylid ychwanegu'r unigolion a enwyd yn benodol yn y Diolchiadau isod.

Argraffiad cyntaf: 2006

℗ Robyn Léwis a'r Lolfa Cyf., 2006

Mae hawlfraint ar gynnwys y llyfr hwn (ac eithrio lle nodir – parthed dyfyniadau, darluniau, dyluniadau ac ati – bod yr hawlfraint gan eraill: hefyd ac eithrio pan fônt mor hen fel nad oes hawlfraint yn bodoli mwyach) ac mae'n anghyfreithlon i atgynhyrchu unrhyw ran ohono trwy unrhyw ddull ac at unrhyw bwrpas (ar wahân i adolygu) heb ganiatâd ysgrifenedig y cyhoeddwyr ymlaen llaw.

Cynllun clawr: Y Lolfa

Mae'r cyhoeddwr yn cydnabod cefnogaeth ariannol Cyngor Llyfrau Cymru

Rhif Llyfr Rhyngwladol: 0 86243 900 0

Cyhoeddwyd, argraffwyd a rhwymwyd yng Nghymru
gan Y Lolfa Cyf., Talybont, Ceredigion SY24 5AP
e-bost ylolfa@ylolfa.com
gwefan www.ylolfa.com
ffôn (01970) 832 304
ffacs 832 782

CYFLWYNIAD

I'r Archdderwydd Emeritws Geraint (y Doethur Geraint Bowen), Prifardd y Gadair ym Mhrifwyl Aberpennar ym 1946, drigain mlynedd yn ôl i eleni [2006]. Gwladgarwr, heddychwr ac ysgolhaig, a safodd yn ddiwyro dros ei egwyddorion, ac a fynnodd ddweud ei ddweud yn groyw a di-dderbyn-wyneb ar hyd ei oes. Gyda mawr ddiolch iddo am ddysgu peth wmbredd i'r Awdur ynghylch Gorsedd Beirdd Ynys Prydain, ei lleng rinweddau a'i ffaeleddau, ei chryfderau a'i gwendidau.

329843   10·0·06
          9·95

Edward Williams
Bardd Braint a Defod.

IOLO MORGANWG (1747–1826)

Ein tad ni oll

Cynnwys

Rhagair Gwyn Stiniog

Y mae hanes yr eisteddfod Gymraeg yn hen iawn, mae'r cofnod am y gyntaf dros wyth gan mlynedd yn ôl, a diau fod yna ryw fath o brofion neu gystadlaethau prydyddol cyn hynny. Dydi o ddim yn syndod felly mai ein Heisteddfod Genedlaethol ydi'n prif sefydliad ni fel cenedl. Y mae hanes yr eisteddfod – y mae'r Athro Hywel Teifi Edwards yn hwfro ei ffordd drwyddo, gyda thrylwyredd a chraffter a hiwmor – yn un go frith, gydag ynddo gyfnodau aruchel ac arisel. Aeth cryn amser heibio ers i Orsedd y Beirdd, a sefydlwyd gan yr athrylith boncyrs hwnnw, Iolo Morganwg, gael ei chysylltu â'r eisteddfod. Doedd gan yr Orsedd ddim o'r hynafrwydd a honnid iddi – ac a honnir iddi gan rai selogion tywyll o hyd – ac am hynny roedd academyddion fel Syr John Morris Jones yn ei thrin gyda'r dirmyg hwyliog a haeddai, ar lawer cyfrif, yn enwedig o gofio am rai o'r cymeriadau 'tecnicylyr' hynny oedd yn ymwneud â hi yn y bedwaredd ganrif ar bymtheg a dechrau'r ugeinfed. Safbwynt Syr John oedd un y diweddar Derwyn Jones a ganodd gerdd ddychan pan fu i bedwar athro Cymraeg o Brifysgol Cymru ymuno â'r Orsedd yn 1976:

> *Deallus ni fyn dwyllwaith,*
> *A ffug yw ffug, nid ffaith.*

Ffug a thwyll: ie, ond nid yn hollol, achos yr oedd yna un a lwyddodd i ochr-gamu'r (trosiad priodol i awdur '*Y Dyrfa*') ddadl ddiwrthdro am ffug-hynafiaeth yr Orsedd, sef oedd hwnnw, Cynan. "Ie," meddai Cynan, "rydym ni i gyd yn derbyn mai peth ffug hynafol ydi'r Orsedd, ond y mae'n sioe dda, a bellach yn rhyw fath o sefydliad cenedlaethol. Dowch inni ei derbyn ar y telerau hyn a rhoi trefn arni a'i gwneud hi mor urddasol a lliwgar a deniadol ag y medrwn ni." A dyna a ddigwyddodd.

Y mae o hyd rai sydd yn cymryd y sefydliad braidd yn ysgafn, ond y mae eraill yn ei dderbyn gydag eiddgarwch ysol. Fe fyddwn i'n rhoi eiddgarwch y Cyn-archdderwydd Robyn Llŷn yn ail – os ail hefyd – i eiddgarwch Cynan ei hun: y mae ei regalia orseddol bersonol yn dystiolaeth anwadadwy o hyn! Y mae yna ddifrifwch sylfaenol yn ei agwedd at yr Orsedd, ac y mae yna barch at un o'n dyfeisiadau cenedlaethol sydd – gyda'r Eisteddfod – bellach, y rhai mwyaf Cymraeg sydd gennym. Ac y mae cael sefydliad cenedlaethol sydd, yn arbennig yn seremonïau'r Orsedd, yn anrhydeddu cyflawniadau a gorchestion diwylliannol yn sefydliad arbennig, onid unigryw, a diolch byth amdano. Ond y mae Robyn hefyd yn gallu gweld ochor ddigrif rhai agweddau ar y sefydliad cyfansawdd tra pharchus yma. Yn y llyfr hwn gallwn ei weld yn gwiwera ei ffordd trwy hanesion a llyfrau hanes am yr Orsedd a'r Eisteddfod, ac yn codi pynciau sydd o ddiddordeb iddo fo – gan droi'n sgwarnog bob hyn-a-hyn a'i gwadnu hi ar drywyddau ei ddiddordebau personol-personol. Y mae ei brofiad o ei hun o fod yn aelod, nid yn unig o'r Orsedd ond Bwrdd yr Orsedd hefyd, ac o fod yn Archdderwydd wedi bod yn ffynhonnell amryw o'r straeon a geir yma. Felly dyma inni sgrepan o chwedlau difyr a diddorol a dadlennol fydd at ddant pwy bynnag sydd â rhywbeth i'w ddweud wrth yr Orsedd a'r Eisteddfod.

(Yr Athro Gwyn Thomas, MA, DPhil, Prifysgol Cymru, Bangor)
Llwyn Crai,
Min y Bryn,
Bangor.

Rhagymadrodd Yr Awdur

Seiliwyd y gyfrol hon ar ddarlith Gymraeg flynyddol Anrhydeddus Gymdeithas y Cymmrodorion, a draddodais – dan y teitl '*Gwrhydri Iolo: Trem ar Hanes Gorsedd y Beirdd*' – yng Nghanolfan Cymry Llundain, Gray's Inn Road, ym Mehefin 2005, dan nawdd y Cymmrodorion, y Gwyneddigion a Fforwm Cymry Llundain, ac a gadeiriwyd gan fy hen gyfaill a gwrthwynebydd llys, Elfyn Llwyd, AS.

Nid cronicl o ddigwyddiadau a chanlyniadau eisteddfodol ers 1792 a gyflwynir yma, gan y gwnaed hynny gan niferoedd o haneswyr ac awduron eraill. Yn lle hynny, euthum ati i ddethol a dewis y synhwyrol, y dagreuol, y doniol a'r absŵrd sydd i'w canfod – yn gudd neu'n agored – yn yr hanesion hynny a roddwyd ar bapur eisoes, boed mewn llyfr neu newyddiadur neu gofnod. Hynny yw, y cyfan; gyda'i holl ffaeleddau. Yn wir, pe na bai'r croniclau a'r cofnodion hynny yn bodoli, byddai'n amhosibl canfod beth a ddigwyddodd, ym mhle, gan bwy, i bwy, sut, pa bryd a phaham. Am hynny, felly, yr oedd dyfyniadau'n anhepgor.

Ond rhyfygais nodi fy sylwadau fy hun ar rychwant yr hanes, trwy gymharu, cyferbynnu neu geisio dehongli'r cyfnodau, y gwerthoedd, y digwyddiadau a'r sefyllfaoedd y deuthum ar eu traws yn fy ymchwil a'm darllen mwy llac. Ni phetrusais rhag cwrsio sgyfarnogod o bob math (perthnasol neu beidio). Megis Norah Isaac yn diosg ei hesgidiau mewn seremoni gadeirio, neu ymdopi ag ymgeision bygythiol i sefydlu gorseddau newydd mewn gwledydd dieithr, o'r Almaen i Taiwan.

A minnau'n aelod o'r Orsedd ers dros 30 mlynedd – a thrwy fod yn Swyddog Cyfraith iddi, yn un o Swyddogion ei Bwrdd ers chwarter canrif – mae gennyf ddiddordeb ysol ynddi hi a'i phethau. Nid ymffrost, eithr arwydd o'm cysylltiad clòs â hi, yw i mi ddweud na chollais ond dau gyfarfod o'r Orsedd trwy gydol y cyfnod – a hynny am resymau meddygol. Felly mae'n anorfod fod gen i laweroedd o brofiadau, argraffiadau a hanesion fy hun (cryn dipyn mwy na hanner y gyfrol, mi dybiaf), na chawsant eu mynegi ar ddarlun, ar lafar nac mewn print erioed. Adroddais y materion a glywais a'r rhai a welais, a rhai a ddigwyddodd i mi – heb betruso mynegi barn neu ragfarn yn eu cylch. Cofiaf y diweddar Ddoctor John Gwilym Jones – a fu'n athro Saesneg arnaf – yn honni'n dalog â'i dafod yn ei foch (fel y byddai, yn llythrennol): 'COFIWCH CHI, BOI BACH, BARN YW FY RHAGFARN I.'

Urddwyd Gwyn Stiniog a minnau yn Dderwyddon yng Ngorsedd yr un bore glawog ym Mhrifwyl Bro Myrddin [1974]. Trwy gyd-ddigwyddiad, etholwyd ni'n dau i Fwrdd yr Orsedd ar yr un pryd ym Mhrifwyl Machynlleth [1981], ond bu rhaid i Gwyn roi'r gorau i'w aelodaeth o'r Bwrdd oherwydd ei fynych alwadau eraill. Yr wyf wedi gwerthfawrogi ei gyfeillgarwch cymwynasgar a'i gynghorion doeth ar hyd y beit, amlach droeon nag y medraf eu rhifo. Fy niolch iddo unwaith yn rhagor am ddarllen y gwaith swmpus hwn, am sawl awgrym gwreiddiol, ac am ei Ragair nodweddiadol-garedig.

Nefyn, Llŷn;
Alban Hefin, 2006

Diolchiadau

Ys arferai'r Athro **T Jones-Pierce** ddweud yn aml: 'HEB DDOGFENNAU: HEB HANES.' Ar wahân i'm hymchwil fy hun a phrofiadau personol di-ri, tynnais yn helaeth ar weithiau perthnasol am Orsedd y Beirdd a'r Eisteddfod Genedlaethol gan y rhai a ddywedodd eu dweud, neu a roes bin ar bapur neu lythyren ar sgrîn dros y blynyddoedd. Sef fy nghyd-Archdderwyddon Emeriti, y Prifeirdd Dr Geraint Bowen (Geraint), James Nicholas (Jâms Niclas), Y Parch. WJ Gruffydd (Elerydd), Emrys Roberts (Emrys Deudraeth), y Dr WRP George (ap Llysor), y Parch. John Gwilym Jones (John Gwilym), a'r Parch. Meirion Evans (Meirion). A'm holynydd, yr Archdderwydd presennol [2006], yntau, Selwyn Griffith (Selwyn Iolen).

Hefyd y Parch. Brifardd Gwynn ap Gwilym; y Fon. Zonia Bowen (Sonia); y ffuretwr Clive Betts; yr hanesydd Brian Davies; y Dr John Davies (John Bwlch-llan); yr Athro Hywel Teifi Edwards (Hywel Teifi); y Dr Osian Ellis (Osian); Rhys Evans, cofiannwr **Gwynfor Evans**; y Barnwr Carlos Dante Ferrari (Oddan Teyle), Gwladfa Patagonia; yr ieithydd J Elwyn Hughes (Siôn Elwyn); y Fon. Madge Huws (Madge); y colofnydd Geraint 'Twm' Jones; y Prifardd T Llew Jones (T Llew); Tegwyn Jones (Tegwyn); Elfyn Llwyd, AS (ap Meirion); y cyn-Arwyddfardd Capten Dillwyn Miles (Dilwyn Cemais); yr Athro Prys Morgan; y Prifardd Eluned Phillips (Luned Teifi); yr hanesydd Emyr Price; y Dr Emyr Roberts; **Thomas Roberts (Alaw Ceris)**; y Dr Eryl Wyn Rowlands (Eryl Wyn); y Fon. Cathrin Williams (Cathrin); y newyddiadurwr Emyr Williams (Emyr o'r Morfa); Ifan Lloyd Williams (Ifan Eryri), Pensaer yr Orsedd; a'r Fon. Gwenda Wyn, gweddw **Eirug**.

Yr Athrawon **WJ Gruffydd, Henry Lewis, John Morris-Jones** a **Griffith John Williams;** yr Archdderwyddon **Clwydfardd, Hwfa Môn, Elfed, Pedrog, Cynan, Gwyndaf, Tilsli, Brinli** a **Bryn**; y Fon. **Norah Isaac (Norah)** – a'n tad ni oll, **Iolo Morganwg**, bid siŵr. At y rhestr hon, i raddau llai eithr cyn bwysiced, cryn haldiad o rai eraill sy'n rhy niferus i'w henwi yma. Ac at hynny wedyn, niferoedd o gylchgronau, papurau newyddion, cofnodion a chyhoeddiadau o bob math, yn Saesneg yn ogystal ag yn Gymraeg, a hefyd ddau neu dri yn Sbaeneg (gyda geiriadur wrth law). Diolchaf i bawb am bob cymorth.

Nid amarch, eithr gofod neu arddull, sy'n peri i mi dalfyrru enw ambell un o'm ffynonellau yn y testun o bryd i'w gilydd – megis 'Eryl Wyn', 'Geraint', 'Hywel Teifi' (neu weithiau 'Teifi'), 'T Llew', 'Tegwyn', ac ati: yn union yn yr un modd, ac am yr un rheswm ag y defnyddiaf 'Cynan' a 'Iolo' bob amser. Ond o ran hynny, dim ond defnyddio'u henwau-yng-Ngorsedd a wnes.

Diolch o fath gwahanol sydd arnaf i Siân Aman (y Fon. Jean Huw Jones), Meistres y Gwisgoedd, am fy nhrafferthus wisgo a'm dadwisgo droeon di-ri. Iddi hi y mae'r diolch hefyd am ymorol bod y wisg fwyaf lletchwith, anhylaw, anghyffordddus a chwyslyd a fu amdanaf erioed, yn edrych i'r byd a'r bocs fel pe bai'n fy ffitio fel maneg. Ac yn olaf, i'r Arwyddfardd presennol, Dyfrig ab Ifor (Dyfrig H Roberts) am fy nghadw i a'm cyd-Orseddogion ar y llwybr cul heb iddo orfod llefaru gair croes.

Wrth i ddyddiad pwysig cyhoeddi'r gyfrol hon ddynesu, hyfryd yw medru estyn ystod y *Diolchiadau* hyn i gynnwys Alun Jones a Dafydd Saer o'r Lolfa, am eu hynawsedd, eu hamynedd a manylder eu cymorth i awdur digon aflêr ei anian a'i bethau, ac am greu trefn lle bu anhrefn.

I

Y Gŵr Iolo

Gwlad ddigon llwyd a di-liw fu Cymru am ganrifoedd, ar un olwg. Bu llaw drom Piwritaniaeth ac Anghydffurfiaeth yn mygu pob chwerthin; pob goleuni; pob sglein. Ond fe grëwyd un sefydliad a weddnewidiodd y cyfan. A hwnnw gan *un* gŵr.

O *'Edward'* i *'Iolo'*

Gydag Iolo Morganwg y mae'r cwbl yn dechrau. Ganed Edward Williams hanner ffordd trwy'r 18[fed] ganrif, ym 1747 – dros ddwy ganrif a hanner yn ôl: yr oedd 22 blynedd yn hŷn na Napoléon Bonaparte. Bu farw ddegawd wedi Brwydr Waterloo, ym 1826. Gŵr a gafodd ei glodfori i'r cymylau a'i lambastio'n ddidrugaredd gan genedlaethau o Gymry a ddaeth ar ei ôl. Honnai ei fod o dras uchelwyr, yn llinach Bleddyn ap Cynfyn, Brenin Gwynedd a Phowys [*bu f.* 1075] – a oedd nid yn unig yn hynafiad iddo ef, Iolo, ond hefyd i Oliver Cromwell! Saer maen o Sir Forgannwg ydoedd, ac ni chafodd addysg ffurfiol. Dysgodd ddarllen, meddir, trwy wylio'i dad yn cerfio llythrennau ar gerrig beddau: felly – saer maen. Ac yn ogystal: amaethydd, bardd, bywydegwr, cerddor, crefftwr, daearegwr, diwinydd, garddwriaethwr, gwleidydd, hanesydd, masnachwr, pensaer, plastrwr, teilsiwr, saer coed, ysgolhaig. *Hefyd*: breuddwydiwr, celwyddgi, cranc, cyffuriwr, ffugiwr, cafflwr, meddwyn, rhamantydd, twyllwr, ymhonnwr – ond, yn bendifaddau, athrylith nas gwelwyd mo'i debyg na chynt na chwedyn. Am ganrif a hanner, llwyddodd i dwyllo ein holl feirdd a llenorion – heb sôn am bawb arall – a phan ddarganfuwyd natur a maint ei dwyll, sylweddolwyd mai ef oedd un o bennaf ysgolheigion ei ddydd.

DYLUNIAD O DDERWYDD

Derwydd dychmygol mewn celli dderw, gyda chryman ac uchelwydd yn ei law: gwelir Côr y Cewri yn y cefndir. Daw o flaen-ddalen Antiquities of England and Wales, *1773-87, gan Francis Grose. Sylwer yn arbennig ar y dyddiad – sef cyn sefydlu Gorsedd Iolo ar Fryn y Briallu (1792)*

Ystyrir ef hyd heddiw yn ben ysgolhaig ei gyfnod ar hanes a llên Cymru, ac yn fardd rhamantaidd penigamp yn nhraddodiad Dafydd ap Gwilym.

Gan nad oedd yn unrhyw fath o ŵr busnes, buan iawn yr aeth yn fethdalwr am swm pitw. Ym 1787 bwriwyd ef i garchar Caerdydd am ddyled o £34, ac yntau wedi'i arestio â dim ond tair ceiniog yn ei boced. Bu yno am flwyddyn cyn cael ei draed yn rhydd drachefn. Tra oedd yn y carchar – yn pwyso'n drwm ar y cyffur hud-rithiol lodnwm – fe *ddyfeisiodd* orffennol i'r Cymry, a'i alw 'Cyfrinach Beirdd Ynys Prydain'. Rhan o'r 'Gyfrinach' honno oedd gwaith y cynfeirdd, a chreu gwyddor newydd ac esoterig ar gyfer yr iaith yn dwyn yr enw 'Coelbren y Beirdd': ond ffrwyth dychymyg Iolo ei hun oedd y cyfan.

COELBREN Y BEIRDD

Rhwbiad o blác o waith Iolo ei hun, mae'n bosibl, sydd ym meddiant yr Awdur.

Y Pennawd: 'HU GADARN'.

Geiriad y Cylch: 'HU GADARN YN ARWAIN Y CYMRY I YNYS PRYDAIN'.

Yr hanes: 'MEWN ATGOFA [sic] GELFYDDYDOL YN FFRAINC Y MAE DARLUN YN CAEL EI GADW YN UN OI [sic] CHOFLYFRAU WEDI EI GYMERYD ODDIWRTTH [sic] RYW HEN LECHFAEN RYDD A GAFWYD DAN GANGELL EGLWYS NOTREDAME YM MHARIS/ NOTRE-DAME PARIS ANNO DOMINI MDCCXI'.

Dychymyg Iolo, wrth gwrs, yw'r cyfan.

Cofiwch ddau beth am y cyfnod arbennig hwn mewn hanes. Yn gyntaf, dyma gyfnod y Chwyldro Ffrengig a dechrau'r rhyfeloedd yn erbyn Ffrainc. Yn ail, dyma pryd y torrodd yr Unol Daleithiau yn rhydd oddi wrth Loegr, eto ar ôl brwydro ffyrnig. Cyfnod o ryfel a chwyldro, ond hefyd cyfnod sôn am hawliau a breiniau dyn. Yr oedd yr Awdurdodau'n dra drwgdybus o rai fel Iolo Morganwg, a fynnai ddatgan syniadau a oedd, yn eu tyb hwy, yn annheyrngar i'r Brenin a Llywodraeth Llundain.

Tra oedd yn Llundain – wedi *cerdded* yn ôl a blaen bob cam, fel y gwnâi i bobman – dyma Iolo'n cysylltu â Chymdeithas y Gwyneddigion, a oedd yn fwy na pharod i gredu unrhyw beth y mynnai Iolo ei ddweud wrthynt. (Yr oedd Cymdeithas y Cymmrodorion 'mewn encil' o 1787 hyd 1820, neu mae'n debyg y byddent hwythau lawn mor hygoelus eu hagwedd.) Lluniodd Iolo dras, hollol ddychmygol, ar gyfer Cymry coelgar Llundain. Llwyddodd i ailwampio hanes, a phriodoli cychwyniad y traddodiad barddol i'r Derwyddon. Trosglwyddwyd y ddysg dderwyddol neu farddol hon, a elwid 'Barddas' meddai Iolo, i lawr ar lafar ar ffurf cerdd o athro bardd i ddisgybl yn ddi-dor ym Morgannwg gan 'Feirdd Ynys Prydain' ac roedd yntau, Iolo Morganwg, wedi cael y fraint o etifeddu'r ddysg honno. Cyfansoddodd gorff o'r math yma o lenyddiaeth bwrpasol ond ffug i wirio'i haeriadau, ac argyhoeddodd nifer o'i gyfoeswyr o ddilysrwydd ei waith, gan fagu to o arloeswyr i'w fudiad.

Yr oedd y Derwyddon, meddai, yn eu hamser, wedi bod yn gynheiliaid rhyddid, cyfiawnder a heddwch, ynghyd â'r gwerthoedd cyntefig, bywyd syml a diniwed yr Oes Aur. Roedd y dehongliad gwreiddiol hwn o Hanes yn dderbyniol iawn gan rai.

II

Gorseddau Cynnar

Trefnodd Iolo Morganwg seremoni ar **Fryn y Briallu** (*Primrose Hill*) yn Llundain, ar Alban Hefin (21 Mehefin) 1792. Dylid egluro mai 'enw gwneud' gan Iolo ydoedd 'Alban Hefin' am *Summer Solstice*. (Creodd hefyd dermau am chwarteri eraill y flwyddyn, sef 'Alban Eilir', 'Alban Elfed' ac 'Alban Arthan'.) Deallaf ei bod yn fwriad presennol [2006] gan fudiadau Cymreig yn Llundain ddynodi Bryn y Briallu â phlác yn llawnder yr amser: bydd hynny yn symudiad i'w groesawu'n fawr, yn enwedig gan aelodau Gorsedd y Beirdd.

Ffurfiwyd cylch o gerrig – rhai bychan iawn megis caregos traeth, nid y meini mawr a geir heddiw – gydag un garreg, dipyn yn fwy, yn y canol. Hwn oedd y Maen Gorsedd neu, ys dywedem ni heddiw, y Maen Llog. Ar hwnnw yr oedd cleddyf noeth, a gorchwyl y beirdd oedd ei ddodi yn y wain yn arwydd o heddwch. Yr oedd yr haul i fod uwchlaw'r gorwel yn ystod y ddefod ryfedd hon neu, ys dywedir mewn modd mwy cyfarwydd i ni, 'yn wyneb haul llygad goleuni.' Darllenodd Iolo anerchiad barddol o'i waith ei hun yn clodfori Rhyddid. Urddwyd aelodau yng Ngorsedd, gan gynnwys y Dr William Owen Pughe ac eraill, megis Gwallter Mechain, a oedd yn fyfyriwr yn Rhydychen; Dr David Samwell, a fu'n feddyg ar fwrdd *The Discovery,* llong enwog y Capten Cook; Edward Jones (Bardd y Brenin); Jac Glan-y-gors; Owain Myfyr a Thomas Roberts, Llwyn'rhudol, Pwllheli, twrnai honedig: dyna i chi gymysgedd.

Doedd gan neb wisgoedd 'gorseddol' fel sydd gennym heddiw. Y cyfan a ddigwyddodd o safbwynt gwisg ac arwisg oedd i Iolo glymu rhubanau gwyrdd, glas a gwyn am freichiau'r rhai a urddodd yn aelodau.

DINAS DINORWIG O'R AWYR

ym mhlwyf Llanddeiniolen, ger Caernarfon: hen gaer o oes yr haearn,
a fodolai cyn i'r un Rhufeiniwr erioed sengi troed yn Segontiwm

Ar ôl ymhél â phethau Llundain, cynhaliodd Iolo ei Orsedd gyntaf yng Nghymru ar Alban Eilir (21 Mawrth) 1795 ym **Mryn Owain** (*Stalling Down*) gerllaw'r Bont-faen, Bro Morgannwg. Cynhaliwyd Gorsedd ddathlu daucanmlwyddiant yr Orsedd gyntaf honno ar dir Cymru yn yr un fan ar Alban Eilir 1995, a chefais y fraint o fod yno.

Cyn troad y 18fed ganrif, daeth Iolo ar grwydr i Fôn ac Arfon, rhwng Hydref 1799 ac Ionawr 1800, a'r Orsedd, hithau, yn gwta wyth oed. Cydsyniodd Dafydd Ddu Eryri i Iolo ei urddo, ynghyd ag eraill, megis Ieuan Llŷn a Gutyn Peris yn yr Orsedd gyntaf erioed i'w chynnal yn y Gogledd. Sef ar **Fryn Dinorwig** neu Ddinas Dinorwig, ger Bethel ym mhlwyf Llanddeiniolen, ryw dair milltir o Gaernarfon, ar 16 Hydref

1799. Roedd Iolo wedi dewis ei leoliad yn ofalus a rhesymegol, canys mae Caer Bryn Dinorwig yn dyddio o oes yr haearn – tua chwe chanrif cyn Crist, a chanrifoedd, felly, cyn i'r un *Rhufeiniwr* erioed sengi troed yn Segontiwm.

Ymhlith y rhai a urddwyd gan Iolo ar Fryn Dinorwig yr oedd Dafydd Ddu Eryri (David Thomas), Gutyn Peris (Griffith Williams) ac Ieuan Lleyn [*sic*] (Evan Pritchard).

Mae'n rhaid cofio nad oedd a wnelo'r gorseddau hyn ddim oll ag Eisteddfod. Yn wir, doedd dim Eisteddfod Genedlaethol yn bod, er bod *eisteddfodau* wedi'u cynnal ers canrifoedd – honnir bod y gyntaf oll yng **Nghastell Aberteifi** ym 1176. Mae'n amheus a fuasai 'Beirdd Ynys Prydain' wedi llwyddo i ddeffro dychymyg y genedl ac wedi treiddio i'w hymwybyddiaeth mor gynnar, ac i'r un graddau ag y gwnaethant, oni bai i Iolo ddal ar y cyfle i alw'i Orseddogion prin – ac yr oedden nhw'n brin – at ei gilydd yn **Eisteddfod Caerfyrddin** yng Ngorffennaf 1819. Cynhaliwyd gorsedd drannoeth y cystadlu. Rhoes Iolo ei ddychymyg ar waith a chyhoeddwyd ei bod i'w chynnal 'dan gyfarwyddyd Pendaran Dyfed a than goron Siôr y Trydydd.' Cyhoeddwyd gan Iolo bod Siôr yn 'frenin Ynys Prydain oll a'i rhag-ynysoedd.' Gyda llaw, yr oedd y Brenin Siôr III ar y pryd yn wallgof – fe gofiwch y ffilm a'r ddrama lled-ddiweddar: *'The Madness of King George'* – ie, y Siôr hwnnw oedd gan Iolo dan sylw. Yn yr Orsedd hon, urddwyd Derwyddon (â rhuban gwyn, am ddiniweidrwydd), Beirdd (â rhuban glas, am y gwirionedd) ac Ofyddion (â rhuban gwyrdd, am y celfyddydau).

Agorwyd yr Eisteddfod yn nhafarn Llwyn Iorwg, Caerfyrddin. Deil y Llwyn Iorwg, neu'r *Ivy Bush*, yno o hyd. Ynddi erbyn hyn, mae ffenestr liw ysblennydd o waith y diweddar John Petts, a ddadorchuddiwyd yn ystod Prifwyl 1974 gan y diweddar Archdderwydd Brinli (y cyfreithiwr Brinley Richards, Maesteg). Dyma'r unig enghraifft y gwn i amdani o ffenestr liw mewn bar tafarn, yn enwedig un a 'gysegrwyd' – os dyna'r gair priodol – gan archdderwydd. Yng ngardd yr un gwesty, saif cylch bychan o feini gorsedd, a agorwyd gan y cyn-Arwyddfardd Dilwyn Cemais (y

21

FFENESTR LIW YSBLENNYDD Y LLWYN IORWG

Yn y gwaelod ar yr ochr dde ceir y geiriau: 'Mae'r ffenestr hon yn coffáu ymweliad Eisteddfod Genedlaethol Frenhinol Cymru â Chaerfyrddin yn 1974 a llunio Cylch Gorsedd y Beirdd am y tro cyntaf yng Nghymru gan Iolo Morganwg yng ngardd y gwesty hwn yn 1819'

Capten Dillwyn Miles, Hwlffordd).

Serch mai Eisteddfod Daleithiol Gwynedd oedd **Eisteddfod Caernarfon** 1821, fe sonnir am gynifer o eisteddfodau Caernarfon yma fel mai cystal yw ei chrybwyll, yn enwedig am y bu yma ambell ddigwyddiad anghyffredin a nodedig. Yn Neuadd y Sir y bwriadwyd ei chynnal, ond gan fod cymaint o dyrfa yn bresennol – rhai cannoedd yn cynnal stŵr y tu allan – fe'i symudwyd i'r Castell. Un o'r gweithgareddau oedd cystadleuaeth canu'r delyn ac o'r un telynor ar ddeg, yr oedd pedwar yn ddall. Dywed y Dr Osian Ellis wrthyf y byddai rhieni plant deillion, yn aml iawn, yn peri iddynt gael gwersi canu'r delyn. Mae'n werth nodi, hefyd, y bu hen wraig 90 oed yn canu penillion. Cynhaliwyd 'nosweithiau llawen iawn' yn nhafarndai'r dref, a'r drwydded fynediad oedd adrodd englyn wrth y drws.

Digwyddodd un ddefod anghredadwy nas gwelwyd na chynt na chwedyn – bu'n rhaid i bawb a fynnai fynediad i gylch yr Orsedd ddiosg eu hesgidiau yn gyntaf, yn gymwys fel cynulleidfa Foslemaidd cyn mynd i'r Mosg. Ni wyddys pwy oedd yn gyfrifol am hyn, na phaham y'i gwnaed. Disgrifia Hywel Teifi'r digwyddiad grotésg yma fel a ganlyn:

> Bu'n rhaid benthyca *'boot jacks'* o Westy'r Afr i helpu rhai o'r gwŷr mawr i ymryddhau o'u 'botasau' ac o ganlyniad, y cyntaf i'r cylch, yn garpiau i gyd, oedd y digymar Wil Ysgeifiog [*William Edwards: 'Gwilym Callestr' oedd ei enw barddol swyddogol – gŵr gwlyb a gwallgo a thipyn o gyff gwawd* – R LL]. Camodd iddi â llawen floedd a oerodd galonnau'r urddasolion:
>
> > *'Dyn glân, yn nhraed ei 'sanau,*
> > *O Brydydd, sydd yn neshau.'*

Methwyd â rhwydo'r Frenhines Victoria. Dywedir ei bod, yn ystod ei hoes hir, wedi treulio saith mlynedd yn yr Alban, saith wythnos yn Iwerddon, a saith niwrnod yng Nghymru. Bid a fo am hynny, dim ond unwaith y bu hi'n agos at eisteddfod – ac *agos*, ond heb fynd yno, y bu hi. **Eisteddfod Biwmares, 1832** oedd yr achlysur, ac eisteddfod daleithiol oedd honno. Roedd Duges Caint a'i merch, y *Dywysoges* Victoria – wedi hynny, ym 1837, y daeth hi'n frenhines – yn aros ym mhlasdy Baron Hill, cartref Syr Richard Bulkeley, Llywydd yr Eisteddfod. Bu'n glawio drwy'r amser, ac roedd haint y colera hefyd yn cerdded y fro. Arhosodd y Dduges a'r Dywysoges dan do drwy gydol yr Ŵyl. Gwahoddwyd rhai o'r buddugwyr i dderbyn eu gwobrau oddi ar law Duges Caint wrth gyntedd y Plas. Ar ôl y seremoni, ymneilltuodd hi i wledda yn y plas gyda'r bendefigaeth, ac aeth y beirdd i hel eu diod yn y tafarnau gyda'r *'harpers and singers, apparently peasants in mean attire.'* Ai dyna yw ystyr yr ymadrodd Ffrangeg *'noblesse oblige'*?

Mae agwedd Cymry ei dydd tuag at Victoria yn wybyddus i bawb. Ond cofiaf, pan oeddwn yn fachgen, glywed un hen flaenor – na fu erioed allan o Ben Llŷn ac na fedrai air o Saesneg (ac ni ryfygaf ei feirniadu am y naill beth na'r llall) – yn sôn amdani un tro yn yr Ysgol Sul. Dyma'i ddisgrifiad: 'Victoria: yr hen dlawd dduwiol.' Ni wn pa mor 'dlawd' na 'duwiol' oedd hi yn ei dydd, ond pwysleisiaf mai *yn ystod ail hanner yr 20^{fed} ganrif* y clywais i'r disgrifiad yna.

Cyn llwyr ymadael â hanner cyntaf y 19^{eg} ganrif, dylwn adrodd un hanes cynnar sydd, yn fwy na dim, yn dangos y 'cythraul cystadlu' ar ei fwyaf stranclyd. Soniaf am un digwyddiad yn **Eisteddfod Freiniol Aberffraw, 1849** – nid 'brenhinol' sylwer, eithr 'breiniol', sy'n golygu 'hunan-rwysg' yn y cywllt hwn: braidd fel 'cyngerdd *mawreddog*' yn ein dyddiau ni. Fel y gŵyr pawb, gall y 'cythraul' hwn beri i ddyn ymddwyn yn y modd mwyaf plentynnaidd a gwenwynllyd. Dyma ellyll nad addefir mo'i fodolaeth odid byth, ond sydd yna i bawb ei weld. Sef os ewch chi i gystadlu mewn eisteddfod, y mae un o ddau beth yn mynd i ddigwydd i chi. Naill ai fe fyddwch yn ennill, ac yn cael eich haeddiant (ond dim mwy na'ch haeddiant wrth gwrs): neu fe fyddwch chi'n cael cam dybryd, â rhyw ffŵl di-awen yn cipio'r wobr o dan eich trwyn.

Yr oedd Talhaiarn (y pensaer John Jones, 1810–1870 – un o brif gynllunwyr yr ysblennydd Balas Grisial yn Llundain, gyda llaw), a oedd yn fardd cydnabyddedig ac adnabyddus, wedi llunio awdl a'i rhoi i mewn am y Gadair. Pan ddaeth dydd yr Eisteddfod, aeth yno yn dalog *i nôl ei Gadair*. Ond pan draddodwyd y feirniadaeth, nid oedd y beirniaid di-glem wedi rhoi ei 'gampwaith' hyd yn oed yn yr Ail Ddosbarth! Un rhyfeddod – a arhosodd yng nghof llawer am yr Eisteddfod honno – ydoedd Talhaiarn yn *llythrennol*-ddarnio'i Awdl ei hun, a oedd wedi'i rhwymo mewn croen Moroco coch ysblennydd. Ei Awdl wedi'i sarhaus-osod yn *bymthegfed allan o bymtheg!* Yn ôl *Y Cymro* – yr hen bapur *Y Cymro*, felly; nid y newyddiadur a gyhoeddir yn wythnosol yn ein dyddiau ni:

> Collodd Tal bob llywodraeth arno ei hunain am enyd. Cipiodd ei gopi darluniedig oddi ar fwrdd yr Ysgrifennydd … a chan wneud rhyw fath o ysgrech orffwyll rhwygodd ei awdl yn afrif rubanau, gan eu lluchio fel eirblu i bob cyfeiriad yn y babell.

Roedd gan ohebydd *Y Cymro,* pwy bynnag ydoedd, gebyst o lygad craff a dawn disgrifio miniog!

III

'Cenedlaethol' a Brenhingar

Mae **Eisteddfod Fawr Llangollen, 1858** – ys gelwir hi – yn nodedig am nifer o bethau, eithr am un peth yn bennaf. Hon oedd y gyntaf o'r rhai a ddaeth yn eisteddfodau blynyddol. Rhedwyd nifer o drenau rhad o bobman er mwyn i'r Cymry, yn gyffredinol, fedru dod yno. Fe ddaeth y tyrfaoedd. Yr hyn oedd yn nodedig amdani oedd y bwriedid iddi hi fod yn 'genedlaethol'. Yr oedd dwsinau o gyfarfodydd yn cael eu cynnal yma ac acw ar draws y wlad, y gellid eu galw'n 'eisteddfodau', ac roedd y gair 'cenedlaethol' hefyd wedi codi'i ben cyn hyn. Ond serch nad oedd unrhyw gorff 'cenedlaethol' yn gyfrifol am ei threfniadau, fe gydnabyddir yn gyffredinol mai hi oedd y gyntaf.

Buwyd yn trafod yr angen am ryw fath o reolaeth ganolog. Lansiwyd adroddiad i'r perwyl, ac ystyriwyd hwnnw yn **Eisteddfod Dinbych, 1860** pryd y cytunwyd i gynnal un eisteddfod genedlaethol fawr flynyddol, bob yn ail rhwng Gogledd a De. Sefydlwyd corff o'r enw 'Cyngor yr Eisteddfod Genedlaethol' ar gyfer rhoi'r trefniant ar y gweill. Yr eisteddfod gyntaf i ddilyn hyn oedd **Eisteddfod Aberdâr ym 1861** – a honno a ystyrir fel *yr* Eisteddfod Genedlaethol gyntaf, yn ein hystyr ni o'r ymadrodd.

Ond rhag i neb o'ch plith ruthro i or-ymfalchïo yn y 'cenedlaethol', dylid nodi bod Eben Fardd, yn ei awdl fuddugol ar 'Brwydr Maes Bosworth', wedi ymffrostio yn hawl y Cymry i berchenogi Victoria fel eu heiddo hwy. Yr oedd ei hach, meddai, yn profi'r hawl hwnnw:

> *Ym Mosworth, plannwyd mêsen*
> *Wnelai brif frenhinol bren!*
> *A mêsen oedd o'n maes ni,*

O iawn ddâr ein hen dderi …
O Gymro têg, mae'n gwaed da
Yn naturiaeth VICTORIA!

Bum mlynedd ynghynt, yr oedd ab Ithel (y Parch. John Williams, 1811–1862), prif hyrwyddwr Eisteddfod Llangollen, wedi datgan yr un teimladau Prydeinllyd a brenhingar yn glir a diamwys yn **Eisteddfod Y Fenni, 1853** pan aeth allan o'i ffordd i wadu fod a wnelo'r Eisteddfod ddim oll â chodi baner annibyniaeth yng Nghymru – a gwnaeth hynny yn Saesneg! Meddai:

Never was there a more ridiculous idea! 'The independence of Wales!' Why, Wales is strictly and emphatically independent: much more so than England. VICTORIA [sic] *is peculiarly our own Queen –* **Boadicea** **rediviva** *[Buddug atgyfodedig] – our Buddug the second, and is it to be supposed that anything could make us withhhold our allegiance from our own Sovereign?*

Dyma bwt deifiol Hywel Teifi am yr un ffenomen:

Roedd mwy o waed y Celt na gwaed y Sacson yn llifo trwy ei gwythiennau, fel y tystiodd Ceiriog, Talhaiarn, Islwyn a Hwfa Môn hefyd yn eu tro, ac i 'Un o honom sy'n hanu' y canodd Berw yn fuddugoliaethus yn 1887. Petai Bob Owen, Croesor byw y flwyddyn honno gallasai gyfarch Victoria fel '*My Mother*' yn gwbl hyderus.

Mae'r un ysbryd i'w ganfod yn cyniwair trwy Gymru heddiw. Priodolwn wrhydri neu fuddugoliaeth ar ran Lloegr i ni ein hunain, i'r graddau ein bod, fel cenedl, yn torheulo yn ei adlewyrch nes cymryd y cyfrifoldeb a'r clod amdano. Rhywsut, megis mai 'Brenhines Cymru' oedd Victoria, buddugoliaeth Cymru yw'r gamp a gyflawnwyd. Yr oedd hyn yn amlwg iawn ym Medi 2005 pan lwyddodd tîm criced Lloegr i drechu Awstralia ac adennill 'Y Lludw' am y tro cyntaf ers dwy ddegawd. Pe darllenech chi'r *Daily Post* a'r *Western Mail* drannoeth, hawdd fyddai credu mai tîm criced Cymru a'u trechodd. Gellir disgrifio'r math hwn o syndrom fel: '*Yr ydw i gystal Cymro â neb, ond …*' Ceir enghraifft nodweddiadol o'r meddylfryd mewn un frawddeg o lythyr, gan ryw David Evans o Ruddlan a gyhoeddodd y *Daily Post* ar 16 Medi 2005 dan y pennawd *'Long live cricket'*. Meddai:

> *The suggestion that we shouldn't get carried away by the England win needs challenging.*

Gosodwyd cystadleuaeth am draethawd ar 'Ddarganfyddiad yr Amerig gan y Tywysog Madog ab Owain Gwynedd', am £20 a Medal ar ffurf seren arian. Y gorau, o ddigon, oedd traethawd Thomas Stephens. Ond gwrthododd ab Ithel iddo dderbyn y wobr gan ei fod *wedi dryllio* myth Madog a hanes darganfyddiad America. Nid oedd ab Ithel am wobrwyo anghrediniwr, ni waeth pa mor ddisglair. Mewn cyfarfod cyhoeddus yn y *Cambrian Tent,* mynnwyd bod gan Stephens hawl i gael dadlau ei achos, er i ab Ithel geisio boddi'r drafodaeth trwy osod seindorf bres i ganu, ar eu huchaf, yn union tu allan i'r babell. Enillodd Stephens y ddadl, ond collodd y wobr.

Beirniadu a Checru'r 19eg Ganrif

Ni fu'r Orsedd erioed yn fyr o feirniaid. Bu **Eisteddfod Fawr Llangollen, 1858**, yn rhyw fath o benllanw beirniadaeth arni – yn sicr yn ystod y 19eg ganrif. Mae Hywel Teifi o'r farn y sicrhawyd statws i'r Orsedd nad oedd Iolo Morgannwg ei hun wedi'i hennill iddi. Mynnai ab Ithel iddi reoli'r Eisteddfod: hi fyddai'r awdurdod terfynol yn y byd llenyddol Cymraeg – *yr un* Sefydliad arhosol y byddai ei graddau yn anrhydeddau i'w chwennych gan fawr a mân. Gyda chymorth rhai o'i gyd-offeiriaid cynlluniodd Eisteddfod dderwyddol lle gwelwyd *pasiant* yr Orsedd am y tro cyntaf, a'r gorseddogion yn eu gwisgoedd glas, gwyn a gwyrdd yn arddel eu ffydd yn Iolo fel lladmerydd dysg eu hynafiaid anghymharol. Cafodd yr Orsedd ei hawr fawr, awr pan allai ab Ithel ei gweld yn hydreiddio'r Eisteddfod a thrwyddi hi, y genedl, â'r balchder Iolöaidd mewn traddodiad oesol a rôi i'w bywyd hyder ac urddas. Dyna glamp o ddweud.

Ond wedi'r awr fawr, daeth dadrithiad. Meddai *Y Bywgraffiadur* – ac R T Jenkins oedd awdur y cofnod ar ab Ithel:

… penllanw ei ffolineb oedd 'Eisteddfod Fawr Llangollen', a drefnwyd ganddo ef a'i ffrindiau megis Môr Meirion a Carn Ingli, ac a oedd yn wawd ac yn warth i'w gydwladwyr ystyriol – 'enillodd' ef a'i deulu amryw o'r gwobrau, a chollfarnodd Thomas Stephens am iddo feiddio amau dilysrwydd stori Madog.

At hynny, ychwanegodd R T J y swaden 'ffernol:

Ar waethaf hyn oll, bu eisteddfod 1858 yn garreg filltir go bwysig yn hanes yr eisteddfod genedlaethol – *heb unrhyw ddiolch i'w threfnwyr.*

Yr oedd eraill, hefyd, wedi beirniadu'n chwerw, gan ymwrthod â'r cyfan fel athrawiaeth a oedd nid yn unig yn anhanesyddol, ond – yn llawer gwaeth na hynny, yn enwedig yn y ganrif grefyddgar oedd ohoni – yn *wrth-Gristionogol.* Serch bod ab Ithel yn ficer yn yr Eglwys Wladol, yr oedd eglwyswyr yn ogystal ag anghydffurfwyr wedi'u tarfu gan wedd *quasi*-eglwysig ei seremonïau. Ym marn D Silvan Evans, dyma gymysgedd cableddus o Undodiaeth, Rhesymoliaeth a Hindŵaeth. Ac meddai Nicander (Morris Williams) yn *Y Brython:*

Y mae'r Gyfundrefn Dderwyddol … yn hanner chwaer, o'r naill du, i ddrwg ystryw Mormoniaeth: ac yn hanner chwaer o'r tu arall, i Anffyddiaeth. Ond ni raid i neb flino mo'i ben yn ei chylch, gan ei bod yn rhy ynfyd i dwyllo neb, ac yn rhy afresymol i berswadio neb.

Aeth Cynddelw (Robert Ellis), hefyd, allan o'i ffordd i gystwyo; a chystwyo'n faith. Sgrifennodd dair erthygl yn *Seren Gomer,* lle defnyddiodd ymadroddion am yr Orsedd a'i phethau megis:

ei rhodres … yn ddigon i yrru asynnod i chwerthin … bwbachdod ac ofergoel ddisynwyr … gwisgoedd yr amgryswyr dyeithriol [*ai 'pobl yn gwisgo crysau anghyffredin'? –* R LL] yr olwg arnynt … dyna'r ffordd effeithiolaf i dynu awen a cherddoriaeth y Cymry i warth a diystyrwch; canys pa ddyn yn ei gof a'i synwyr, a gymmera ei fygydu fel ffŵl ffair, er mwy tynu sylw y lluaws ar ddydd Eisteddfod? [Yna, am Fyfyr Morganwg] … a ddywedai lawer gyda'r wy derwyddol yn hongian ar ei fonwes … [ac fe'i diflaswyd drwyddo] gan ymffrost

bendronllyd y rhai a alwant eu hunain yn dderwyddon yn yr oes
hon ... [heb sylwi eu bod yn ymddwyn fel] pac o wallgofiaid.

Cyn i chi wfftio'n ormodol at natur a geiriad y sylwadau uchod, purion
fyddai ystyried y cwestiynau grotésg a ddaeth i'm rhan i – a minnau'n
Archdderwydd – yn ystod y tridiau cyn i mi urddo'r Tra-Pharchedig Ddr
Rowan Williams, Archesgob Cymru a darpar-Archesgob Caer-gaint ym
Mhrifwyl Tyddewi, 2002. Fe ddown atynt, maes o law.

Gwnaeth ab Ithel ei orau i amddiffyn yr Orsedd yn y *Cambrian Journal*
a mannau eraill. Ond bu farw ym 1862 gan adael ei amddiffyniad yn
anorffenedig. Roedd ei ddylanwad wedi bod yn aruthrol. Er gwaethaf
yr holl feirniadaeth arno ef a'r Orsedd, ef yn bendifaddau oedd yr
'Archdderwydd' anghoronog o 1858 ymlaen, ac nid amheuai neb fod i'w
ddysg sylwedd dra-gwahanol i feirniaid yr 'wy cyfrin derwyddol' a'u siort.
Dagrau pethau oedd fod ei 'dymor' mor fyr. Ni ddaeth neb o sylwedd i
ddilyn ab Ithel nes cafwyd Clwydfardd yn Archdderwydd cydnabyddedig.
Meddai Hywel Teifi am y cyfnod hwn:

> Rhwng marw ab Ithel a phenodiad Clwydfardd bu'r Orsedd dan
> gwmwl ac i'r un cysgod y gyrrwyd y beirdd a oedd yn bennaf
> gyfrifol ym marn eu dibriswyr am fodolaeth a pharhad creadigaeth
> mor abswrd.

IV

Y Chwe Degau
a'r Saith Degau (19^{eg} Ganrif)

Mae llaweroedd yn deisyf cael mynediad i'r Orsedd, ond o blith y rhai sy'n cael gwahoddiad, mae ambell un yn gwrthod o bryd i'w gilydd. Ond hyd y gwyddys, nid oes ond un cofnod yn bodoli sy'n adrodd sut y llusgwyd un gŵr i mewn i gylch yr Orsedd a'i urddo'n Dderwydd yn groes i'w ewyllys. Yn **Eisteddfod Dinbych, 1860** y digwyddodd, a Thomas Gee – o bawb! – oedd y Derwydd anfodlon ac anfoddog hwnnw. Yn ôl adroddiad anghredadwy a ymddangosodd yn y *Caernarvon & Denbigh Herald* yn Awst 1860:

> *Mr. Thomas Gee, of Denbigh, was made a druid by compulsion. He was dragged by two bards, I presume, within the Gorsedd, as a drunken man is dragged by two members of the police force to Bridewell* [y sobor Mister Thomas Gee, o bawb! – R LL] *Mr. Gee staggered, protested, and would not be a druid; but Clwydfardd shouted 'Get him in, let him stand there, and he shall be a druid.' … Mr. Gee was got in and made a druid.*

Mae darllen y fath adroddiad yn gadael dyn yn awchu am gael gwybod mwy.

Gweithiodd y Cyngor a'r Pwyllgor Lleol ar y cyd i drefnu **Eisteddfod Caernarfon, 1862.** Yr oedd Arglwydd Penrhyn yn elyniaethus ar y dechrau, ond perswadiwyd ef gan Syr Hugh Owen i newid ei feddwl, i gyfrannu canpunt ac i lywyddu un o sesiynau'r Eisteddfod – yn Saesneg, afraid dweud. Cynhaliwyd yr Ŵyl o fewn muriau'r Castell, lle'r oedd seddau i 4,500 dan do cynfas. Ar y dydd Sul caewyd yr holl gapeli, a bu un gwasanaeth mawr ('eciwmenaidd' a ddywedem heddiw) yn y Castell.

Ar y bore Mawrth, cynhaliwyd Gorsedd dan lywyddiaeth Gwalchmai

CAERNARFON, 1862

Cynhaliwyd y Brifwyl yn y Castell. Llun: yr Illustrated London News

(Richard Parry), a gyhoeddodd yr Eisteddfod yn ffurfiol. Nid 'Archdderwydd', sylwer, ond 'Llywydd'. Ar ôl i bawb ymgynnull gerllaw Neuadd y Dref, ffurfiwyd gorymdaith gyda baneri glas, gwyrdd a gwyn, a chyrchu'r Maes. Cafwyd gweddi'r Orsedd yn Gymraeg a thrachefn yn Saesneg. Y flwyddyn honno urddwyd (ymhlith eraill) Trebor Mai, Taliesin o Eifion, Llew Llwyfo, Brinley Richards a J Ambrose Lloyd. Hefyd, braidd yn annisgwyl o ystyried y cyfnod, deg o ferched. Methais yn lân â dod o hyd i'w henwau. Pa ryfedd? Yn ôl y Cynllun o Eisteddfod Barhaol a Chenedlaethol o waith Gwilym Tawe (William Morris), a gefnogwyd gan Y Gohebydd (John Griffith) ac a fabwysiadwyd gan y Cyngor ym mis Mai 1861, yn ôl *Y Faner:*

> [Ar ôl rhestru tâl aelodaeth y gwahanol urddau] ... Fod boneddigesau i gael eu derbyn yn aelodau, *heb bleidlais,* am hanner y taliadau uchod.

Mae'n ddiddorol cyferbynnu hyn â'r ffaith fod Cyfansoddiad y Wladfa [1865] wedi darparu 'fod *pob* trigiannydd o'r Wladfa fydd wedi byw ynddi am chwe mis, ac yn 18 oed, ac uchod, yn cael ei ystyried yn etholwr.' Hi oedd yr uned wleidyddol gyntaf yn hanes yr holl ddynoliaeth i ganiatáu'r bleidlais i fenywod.

Bu seremoni Orseddol ar y bore Mercher hefyd, pryd y safodd nifer o ymgeiswyr arholiadau am raddau. Urddwyd y rhai llwyddiannus drannoeth, fore Iau. Enillwyd y Gadair gan Hwfa Môn (Rowland Williams) am ei Awdl 'Y Flwyddyn', a chadeiriwyd ef yn yr un gadair ag y cadeiriwyd Gwyndaf Eryri (Richard Jones) ym 1812. Un o'r wyth bardd aflwyddiannus oedd Eben Fardd (Ebenezer Thomas), a cheir sôn bod ei fethiant i gipio cadair Caernarfon wedi brysio ei farwolaeth yn Chwefror 1863.

Cyhoeddodd Cadeirydd Cyngor yr Eisteddfod, y Parch. John Griffiths (wedyn Archddiacon Llandaf) fod cais wedi'i wneud gan Abertawe i gynnal Eisteddfod yno ym 1863, a'i fod wedi'i dderbyn yn ffafriol. Cadarnhaodd y byddai'r Brifwyl bob yn ail rhwng Gogledd a De o hynny ymlaen, ac ychwanegodd y geiriau optimistaidd: 'fod pob rhaniad ac anghydfod rhwng pobl y Gogledd a phobl y De *wedi eu claddu am byth*' [!]

Yn ystod Eisteddfod Caernarfon, 1862 awgrymodd Ceiriog i Brinley Richards (y cerddor o Gaerfyrddin a Llundain, nid y diweddar Archdderwydd) y gellid cyfansoddi tôn ar eiriau Ceiriog, 'Tywysog Gwlad y Bryniau' – a gyfieithwyd yn ddiweddarach fel '*God Bless the Prince of Wales*' – gyda golwg ar iddi ddod yn anthem genedlaethol i'r Cymry. Yn y cyfamser, sut bynnag, ymddangosodd **'Hen Wlad fy Nhadau'** gan Evan a James James, y tad a'r mab o Bontypridd. Honno a ddaeth yn boblogaidd, a hi a genid yn rheolaidd mewn gorsedd, eisteddfod a chyngerdd o hynny ymlaen. Mae'n ymddangos mai o drwch blewyn y bu i'r Cymry lwyddo i hepgor y Tywysog o'u hanthem! Canwyd 'Hen Wlad fy Nhadau' yn swyddogol am y tro cyntaf yn **Eisteddfod Aberystwyth, 1865** – trwy gyd-ddigwyddiad rhyfedd, wythnos ar ôl i'r fintai gyntaf o Gymry lanio ym Mhorth Madryn, Y Wladfa.

Ond ceir gogwydd newydd a gwahanol ar hanes yr anthem. Mae stori

ABERYSTWYTH, 1865

Sylwer ar y 'God Bless the Prince of Wales', ei bluf triphlyg, a baneri Jac yr Undeb

bod bloedd 'Corws Haleliwia' Handel, pan berfformiwyd y *Messiah* am y tro cyntaf yn Nulyn ym 1742 ym mhresenoldeb y Brenin Siôr III, wedi deffro'r brenin o drwmgwsg yr angherddorol. Neidiodd ei Fawrhydi ar ei draed yn ffrwcslyd tan gredu eu bod yn canu *'God Save the King'* – a dyna a roes fod i'r traddodiad bod cynulleidfaoedd bob amser yn sefyll pan genir yr 'Haleliwia'. Ebe Hywel Teifi, wrth iddo sgrifennu am Eisteddfod Llundain, 1887:

> O leiaf, y mae lle i gredu iddo [Albert Edward, Tywysog Cymru] wneud un gymwynas â'r genedl cyn gadael Neuadd Frenhinol Albert ar 12 Awst 1887. Cododd ar ei draed pan ddechreuodd Eos Morlais ganu 'Hen Wlad fy Nhadau' gan sicrhau i'r 'gân genedlaethol' statws anthem genedlaethol ddigamsyniol. Y bore trannoeth, cyhoeddodd *Y Goleuad* fod 'Hen Wlad fy Nhadau' yn disodli *'God Save the Queen'* mewn llawer cyngerdd ac ni raid dyfalu beth fuasai ymateb 'Bertie' i ddatblygiad o'r fath. Ni chodasai'r imperialydd tindrwm fodfedd o'i gadair pe rhagwelsai'r fath berygl.

Y Tywysog Louis-Lucien Bonaparte, nai i Napoléon – efrydydd mewn ieithoedd Celtaidd a drigai mewn alltudiaeth yn Lloegr, oedd wedi'i ddewis i lywyddu'r sesiwn agoriadol yn **Eisteddfod Aberystwyth, 1865**. Ond am ryw reswm, torrodd ei gyhoeddiad. 'Rhyfedd mor hoff yw'r byd o redeg ar ôl Royalty' meddai Y Gohebydd (John Griffith) yn *Y Faner* – hyd yn oed *'royalty'* Ffrainc, a nai i'r dihiryn Napoléon, mae'n ymddangos. Tybed beth fyddai Iolo, a goleddai rai o brif syniadau'r Chwyldro Ffrengig 1789, wedi'i feddwl o'r fath beth? Ond pan gyhoeddwyd na fuasai Louis-Lucien yno, honnodd y *Morning Star* na fu erioed iddo fwriadu dod, llawer llai addo dod, ac mai cast dichellgar ar ran y Cyngor oedd rhoi ei enw yn y rhaglen gyda'r amcan o dynnu tyrfaoedd. Ond prin, meddai Tegwyn Jones, bod unrhyw dystiolaeth i ategu hynny. Yn Aberystwyth yr urddwyd Joseph Parry yn yr Orsedd, dan yr enw 'Pencerdd America'.

Cwynyd yn arw fod yr Eisteddfod yn rhy Saesneg a Seisnig – nid ffenomen newydd, fel y gwyddom. Yr oedd colofn Y Gohebydd yn *Y Faner* wedi cwyno am Eisteddfod y flwyddyn cynt (1864) yn Llandudno a honni bod 'cannoedd yn sefyll allan ar yr heolydd am fod cymaint o Saesneg yn y Pafiliwn'. Yn Aber, bu Glasynys (Owen Wynne Jones) yn ddigon dewr i fynegi'r farn hon o'r llwyfan, a gwrthwynebodd y dorf wrando'r holl Saesneg fwy nag unwaith yn ystod yr wythnos. Ond yn ôl un llythyrwr yn *Yr Herald Cymraeg*, nid oedd hynny'n ddigon milwriaethus o'r hanner:

> Pe buasai dim plwc yn y gynulleidfa fawr, buasai wedi cyfodi ar ei thraed a bloeddio pob Seisnigeiddio i lawr … Rhaid eu bod yn ddwbl Aberdaroniaid cyn yr eisteddent yno yr holl oriau meithion i wrandaw ar siarad a chanu nad oedd eu haner yn deall un gair ohono. *Buasai torf o Saeson wedi tynu y babell yn ysgyrion cyn y cymerasent eu marchogaeth felly.* [Onid yw'r frawddeg olaf yn dra dadlennol? – R LL]

Pasiodd tri chant o feirdd yn unfrydol i anfon cais at y Cyngor 'i daer erfyn arnynt fod i weithrediadau yr Eisteddfod, o hynny allan, gael eu cario ymlaen hyd y gellid yn Gymraeg.' Ffromodd *Y Faner* eto:

> Y mae yr holl bethau hyn yn dangos yn eglur y cyll yr Eisteddfod ei dylanwad yn mhlith ein llenorion, ac yn mhlith corph mawr

RHAI O HOELION WYTH YR EISTEDDFOD

Y Parch. Rowland Williams (Hwfa Môn), Robert Rees (Eos Morlais), Madame Edith Wynne (Eos Cymru) a John Griffith (Y Gohebydd)

y genedl, os eir yn mlaen i gynnal Eisteddfodau Seisnig, gan eu camenwi yn Eisteddfodau Cymreig.

Barn Tegwyn am y mater oedd: 'Tystiolaeth yr eisteddfodau a ddilynodd Eisteddfod Aberystwyth yw mai anwybyddu'r cwynion a'r rhybuddion hyn yn gyfan gwbl a wnaeth yr awdurdodau.' Yr oedd Cyngor yr Eisteddfod y pryd hynny, fel ag y'i gwelsom droeon yn ein cyfnod ni – ac megis ein Senedd a'n Cynulliad Cenedlaethol – yn dra llwyddiannus am anwybyddu cwynion. Ond doedd y beirdd ddim yn bobl i'w cymryd yn rhy ddifrifol eu barn am un dim, ym marn llawer o'r crefyddwyr a'r dyngarwyr a ddaeth i Aberystwyth, am 'y bu gormod o lawer o lymeitian yn eu plith fel arfer'. D'yw beirdd ein dyddiau ni ddim i gyd yn llwyrymwrthodwyr, chwaith.

Bu helyntion iaith yn gynnar iawn. Yn **Eisteddfod Caer ym 1866** mynegwyd pryder ei bod mewn perygl o gael ei Seisnigeiddio. Yr oedd Sgrôl y Cyhoeddi wedi'i ddarllen gan y bardd a'r pensaer Talhaiarn yn Saesneg, ac aeth Llywydd y Dydd, Syr Watkin Williams Wynn ati i atgoffa'r dyrfa (hefyd yn Saesneg, wrth gwrs) fod y rhyfeloedd rhwng y Cymry a'r Saeson drosodd 'am byth … fel ag ein bod ni bellach, i bob pwrpas, yn un bobl a chenedl'. Y llynedd [2005], ym mlwyddyn cofio Brwydr Trafalgar, roedd yn anodd i Gymro beidio â rhoi tro chwerw i ystyr y geiriau *'England expects … '*

A serch nad oedd y Cadeirydd, y Parch. John Griffiths, yn bresennol, llwyddodd yntau i fynegi'r un meddylfryd yn ei lythyr ymddiheuro: 'Yr wyf yn glynu'n arw iawn at yr hen iaith, ac yn mawr obeithio y cedwir hi yn hir, ond ni fedraf gydymdeimlo â'r rhai hynny yn ein plith *a fyddai yn cau allan o bob elw a mwynhad y rhai nad ydynt yn ei deall.'* [Wele *'owyr Inglish ffrends'* bondigrybwyll wedi dod i'r fei.]

Cododd mater yr Iaith ei ben y flwyddyn ddilynol yn **Eisteddfod Caerfyrddin, 1867** pan fynegodd y Parch. Latimer Jones, Ficer Eglwys San Pedr yn y dref, yr un syniad wrth iddo agor yr Eisteddfod: 'Nid yw'r Eisteddfod yn dymuno cael iaith genedlaethol ar wahân, na chenedligrwydd ar wahân, na bodolaeth ar wahân, i Gymru.' Cawn ddilyn hynt a hanes cefnogwyr *'owyr Inglish ffrends'* trwy weddill y gyfrol hon. Cafodd y syniadau hyn dderbyniad gelyniaethus gan dyrfa eisteddfodwyr Caerfyrddin. Ond fe'i croesawyd gan y wasg leol: yr oedd angen yr hyn a alwent 'yr elfen Saesneg' (*the English element*). Porthwyd syniadau'r Ficer gan y Barnwr John Johnes [*sic*] o Ddolaucothi. Cwynwyd hefyd yn y Wasg Lundeinig fod gormod o le yn cael ei neilltuo *'to nationalistic speeches and diatribes against the Saxon press'*.

Yn **Eisteddfod Rhuthun, 1868** cafwyd un gystadleuaeth ryfeddol ac unigryw, sef traethawd i'w sgrifennu yn Gymraeg, Saesneg, Ffrangeg neu Almaeneg ar y testun *'The Origins of the English Nation, with reference more especially to the question, How are they descended from the Antient* [sic] *Britons?'* Yn wobr, cynigiwyd y swm anferthol o 150 gini [£157.50 – gwerth tua £10,000 mewn arian cyfoes]. Y beirniad oedd yr Arglwydd Strangford, amlieithydd na fedrai air o Gymraeg. Enillwyd y wobr gan y Dr John Beddoe, MD, LLD, FRS, Is-Lywydd Cymdeithas Anthropolegol Bryste.

Ym mhle y disgwyliech chi i'r Brifwyl Gymraeg fod yn ei chynefin, os nad ym mhrifddinas Llŷn? Ond pan adawodd gohebydd arbennig *Yr Herald Cymraeg* orsaf drenau Caernarfon am 5.25 ar fore cyntaf **Eisteddfod Pwllheli, 1875** cafodd 'watwarwyr' yn gyd-deithwyr, sef:

haid annosparthus o fodach crach-Seisnig, y rhai a wawdient bob peth Cymreig, hyd yn oed mor fore a hynny ar y dydd ac ar hanes yr ŵyl … Ond dyna fel y mae, a Chymry llwfr sydd bob amser yn cefnogi'r cyfryw wehelyth Hengistaidd trwy ymostwng iddynt.

Eithr yr oedd nodyn trist arall ar y bore cyntaf hwn. Dyma ddiwrnod claddu Cynddelw (Robert Ellis, 1810–1875), un o hoelion wyth eisteddfodau'r 19^{eg} ganrif. Ar y bore hwn hefyd, aeth gŵr *Yr Herald* i chwilio am yr Orsedd. Daeth o hyd i:

lond dwrn o selogion truenus eu cyflwr. 'Edrychai y beirdd cylchynol fel pe wedi eu muleiddio. Yr oedd pob gwyneb yn welw, pob troed yn wlyb, a phob teimlad yn sur, tra yr oedd yr edrychwyr a amgylchynent y cylch yn cellwair ac yn gwawdio … '

Ond gwellhaodd pethau o ran tywydd, torfeydd a phopeth arall. Llwyddodd y Pwyllgor i wneud cyfraniad tipyn pwysicach at les y diwylliant Cymraeg trwy gyhoeddi detholiad o'r *Cyfansoddiadau Buddugol* ym 1876 – y flwyddyn olynol, sylwer – dan olygyddiaeth H D Williams, Ysgrifennydd yr Eisteddfod: y tro cyntaf erioed i hyn ddigwydd.

Bu cwyno am godi prisiau dros gyfnod yr ŵyl. Yn *Y Gwladgarwr*, mynegodd rhai o'r Deheuwyr a fu yno eu hanfodlonrwydd. Byddai rhaib pobl fachog, meddai 'Cymro Gwyllt', 'yn flotyn du yn erbyn Pwllheli'. Aeth 'Nai Rhen Ddyrnwr' i nodi ei brotest mewn rhigwm sy'n amlygu ei gynddaredd, os nad ei ddawn brydyddol:

I Bwllheli nid af byth i gyngerdd nag eisteddfod,
Am bryd o fwyd a lletly glân hwy godant lawer gormod;
Rhyw ddeg a chwech am lety nos a boreu-fwyd cyffredin,
Eu cosbi ddylent gael am hyn, a byw ar benog Nefin [sic],
Yn iach i'r Pwll a'r Afon Wen, a ffarwel i'r eisteddfod,
Ac aed y lle o dan y lli', fel yr aeth Cantre'r Gwaelod.

Nid hon oedd yr eisteddfod gyntaf, na'r olaf, lle lleisiwyd cwynion o'r fath. Os caf edrych ar y mater o ben arall y telesgop, fel petai, cofiaf dafarnwr/gwesteiwr o Sais – fel y mwyafrif ohonynt erbyn hyn (a rêl Sais hefyd) – yn ymffrostio'n foddhaus ar ôl i Eisteddfod yr Urdd ymweld â Phwllheli ym 1982: *'Gawd! I've had a bloody good eisteddfod!'* Nid sôn am unrhyw lwyddiannau prydyddol, cerddorol na llenyddol yr oedd. Ar y pryd, gofynnais yn sarrug i mi fy hun, *'ai er mwyn rhoi arian yng nghod y giwed hyn y mae'r Cymry'n ymlafnio ac yn ymdrechu i gynnal eu hiaith, eu diwylliant a'u heisteddfodau?'* Ond pan welais olau dydd rhesymegol drachefn, sylweddolais fod hyn o beth yn anorfod yn sgîl unrhyw eisteddfod.

Cŵyn arall a leisiwyd ym Mhwllheli, a chŵyn a leisiwyd cyn hynny ac wedi hynny siŵr o fod, oedd bod rhai, ar ôl datgan eu bwriad i gystadlu, yn methu ag ymddangos. Yn ôl *Y Gohebydd:*

> … doedd dim modd dibynnu ar fwy na thraean o'r cystadleuwyr i gadw at eu gair. Yn Eisteddfod Llannarth fe gafodd dau ymwelydd o'r Almaen brawf o'r annifrifoldeb anfaddeuol hwn, a chafwyd prawf pellach ohono ym Mhwllheli a neb llai na'r Dr. Schuchardt a oedd wedi dysgu Cymraeg a'i urddo'n 'Celtydd o'r Almaen' yno'n dyst. Rhaid bod estroniaid yn credu 'mai cenedl o bobl flêr ydyw cenedl y Cymry ar ôl eu holl ymffrost! Cenedl o bobl *"unbusiness-like";* cenedl yn edrych yn ysgafn ar dorri cytundeb, pan na byddo hynny yn peri colled i'w pocedau, a chenedl o bobl nad oes pwys i'w roddi ar eu gair.'

Mae'n rhaid pwysleisio nad ym Mhwllheli yn unig – o bell ffordd – y bodolai'r holl nodweddion anffodus a restrwyd. Anlwc Pwllheli, cyn belled ag y bo'r gyfrol hon dan sylw, yw fy mod i wedi digwydd dod o hyd i'r holl ddiffygion hyn wrth fwrw 'nghip ar Brifwyl yn fy milltir sgwâr.

Bu dau ddigwyddiad o bwys yn **Eisteddfod Wrecsam, 1876**. Dyfarnwyd y Gadair i Taliesin o Eifion (Thomas Jones), ond pan glywyd ei fod newydd farw, gorchuddiwyd y Gadair â brethyn du – rhagflas o Gadair Ddu ddrwg-enwocach Hedd Wyn ym 1917. Hefyd, yn yr Eisteddfod hon, cyhoeddodd Clwydfardd (David Griffith) am y tro cyntaf ei fod yn 'Archdderwydd Gorsedd Beirdd Ynys Prydain' – ond, meddai, yr oedd wedi ei benodi i'r swydd mor bell yn ôl â 1860, 17 blynedd ynghynt. A neb yn gwybod am ei aruchel deitl! Rhyfedd o fyd.

Fe arhoswn, yn ysbeidiol, yn nhref Caernarfon gan fod yr hyn a ddigwyddodd mewn sawl eisteddfod yno yn cynrychioli teithi meddwl,

PAFILIWN ENWOG CAERNARFON

Codwyd yn wreiddiol ar gyfer Eisteddfod Genedlaethol 1877

hurtrwydd, abswrdedd ulw ac afresymoldeb llwyr rhai o'r Cymry a'r Saeson fel ei gilydd, o edrych yn ôl arnynt o'n cyfnod tra gwahanol ni. Nid llawer a ŵyr, erbyn hyn, mai ar gyfer Prifwyl 1877 y codwyd Pafiliwn enwog y dref.

Cyhoeddwyd **Eisteddfod Caernarfon, 1877** flwyddyn a rhagor ymlaen llaw, yn ôl yr arfer. Cyfarfu'r Orsedd mewn cae gerllaw Twthill, a chafwyd ymrwymiad gan 201 o drigolion y dref yn y swm o £10 yr un rhag ofn iddi wneud colled ariannol. (A yw ein Pwyllgorau Gwaith lleol ni heddiw yn gwybod hyn tybed?)

Parhaodd yr Eisteddfod dridiau, a bu'r Orsedd agoriadol ar y lawnt y tu mewn i'r Castell, dan arweinyddiaeth Clwydfardd. Gwilym Eryri a gipiodd y Gadair. Ceir adroddiad fel hyn yng Nghyfansoddiadau'r ŵyl honno:

> 'Galwodd Llew Llwyfo ar y beirdd i ffurfio cylch o amgylch y bardd cadeiriol, ac ynghanol y cyffro mwyaf ymwthiodd Gwilym Eryri at y llwyfan. Wedi seinio'r utgorn arweiniodd Hwfa Môn a Gwalchmai y cadeirfardd [*sic*] ar hyd y llwyfan at y gadair. Dadweiniwyd y Cledd, ac udganodd yr utgorn. Gofynnwyd am heddwch yn y ffordd arferol gan Clwydfardd.'

Yr oedd 8,000 yn bresennol i glywed Henry Richard, AS, 'Apostol Heddwch', yn ymbil am brifysgol i Gymru, a chytunwyd yn unfrydol i anfon deiseb i'r Llywodraeth gyda hyn mewn golwg. Dychmygwch, gyda llaw, annerch cynulleidfa o wyth mil heb na meicroffon na chorn siarad! (Gw. hanes Lloyd George yn 'Bangor, 1915', Pen. VI, isod.)

Yn yr Eisteddfod hon hefyd y derbyniwyd Adelina Patti i'r Orsedd, dan yr enw barddol 'Eos Prydain'.

Yn ystod ei blynyddoedd llwm, cafodd yr Orsedd un cefnogwr glew o'i phlaid – a hwnnw'n newyddian eisteddfodol. Neb llai na Gwilym Hiraethog (William Rees). Aeth i **Eisteddfod Fawr y Cymry, Llanrwst, 1878** [nid y Genedlaethol, a gynhaliwyd ym Mhenbedw y flwyddyn honno]. Dyma'r tro cyntaf iddo fod mewn eisteddfod ers 1828. Urddwyd ef yn Bencerdd yn rhinwedd ei 'Awdl Foliant i Dduw'. Am yr Orsedd, sgrifennodd yn *Y Faner* – â mwy o frwdfrydedd gwrach-freuddwydiol nag o gywirdeb efallai:

> Y mae yn hen iawn, ac y mae yn haeddu ein parch mwyaf fel cenedl.
> Nid oes dim ynddi yn tueddu i lygru dim ar ein cenedl.

Ond ni ddaeth neb effeithiol i'r adwy i bledio achos yr Orsedd hyd nes y mentrodd Cynan godi ei lais a'i arfau yn dra llwyddiannus o'i phlaid yn ystod tri degau'r 20[fed] ganrif, a hynny yn erbyn to newydd, diweddarach, o feirniaid cecrus. (Gw. 'Syr John Morris-Jones', Pen VI, isod.)

V

Yr Wyth Degau
a'r Naw Degau (19^{eg} Ganrif)

Ym Mhafiliwn **Caernarfon** y cynhaliwyd yr ŵyl ym **1880**. Dyma i chi flas ar orymdaith y Cyhoeddi ym 1879, yn ôl y papur *Tarian y Gweithiwr:*

> 'Yn y pafiliwn yng Nghaernarfon y cynhelid yr ŵyl *Genedlaethol* ym 1880, ac er mwyn bod *yn eisteddfodol yn eu trefniadau,* y mae y pwyllgor wedi neilltuo 24ain o Hydref i cynal [*sic*] Gorsedd a chyhoeddi yr Eisteddfod yn ffurfiol. Agorir yr Orsedd ar ganol dydd yn nhwyneb [*sic*] haul a llygad goleuni, ac am ddau o'r gloch ffurfir gorymdaith drwy y dref. Y mae y cyfundebau canlynol eisoes wedi addaw bod yn bresennol, a chymeryd rhan: Y maer a'r corffolaeth [*sic*], y *militia staff*, y *naval artillery volunteers,* dau gwmni o wirfoddolwyr, y *fire brigade* gyda'u peiriant a'u ceffylau, etc., y magnelwyr, y *naval reserve,* cwmni o heddgeidwaid, Undeb Corawl Caernarfon, etc. Disgwylir hefyd 10 o feirdd a llenorion o wahanol drefydd yn y *Gogledd.'* [*'DEG!'* – R LL]

Erbyn gweld, yr oedd llawer mwy na deg o feirdd a llenorion yn yr Orsedd. Cynhaliwyd hi ar y Maes ym mhresenoldeb o leiaf 30 o'i haelodau, gan gynnwys Clwydfardd, Hwfa Môn, Gwalchmai, Robyn Wyn, Rolant o Fôn (*nid*, mae'n amlwg, y wag o gyfreithiwr o Langefni a Bardd Cadair Dolgellau, 1949), Llyfrbryf a Gwilym Cowlyd.

Yn yr Eisteddfod hon, ar gynnig Syr Hugh Owen – gyda'r Cymmrodorion yn ysgwyddo'r baich – penderfynwyd sefydlu 'Cymdeithas yr Eisteddfod Genedlaethol'. Cyfeirir yn fanwl at y digwyddiad pwysig hwn yn hanes y Cymmrodorion gan yr Athro Emrys Jones (Crwtyn Blaengwawr), eu cyn-Lywydd, mewn erthygl a gyhoeddwyd yn *Y Trafodion,* 2002.

Ni nodaf ond y cymal rhyfedd a ddeliai â'r rhai a oedd i ddod yn aelodau o'r Gymdeithas newydd, sef 'i fod yn gyfansoddedig o danysgrifwyr ac aelodau mygedol, sef y rhai ydynt wedi eu hurddo yn *rheolaidd* [sic] yng ngorsedd, *neu yn teilyngu eu hanrhydeddu.*' [!] Medrech ddadlau hyd Sul y pys pwy fyddai 'yn *teilyngu* eu hanrhydeddu.' Mae lle i amau pa mor 'Gymreig' oedd y Gymdeithas, o ystyried mai Syr Watkin Williams Wynn oedd ei Llywydd cyntaf.

Ym **Mhrifwyl Merthyr Tydfil, 1881,** enillodd Dyfed wobr o ddwy gini [£2.10] am ddychangerdd ar y teitl 'Erlidwyr yr Eisteddfod': mae'n amlwg *bod* yna erlidwyr. Arwydd o natur y cyfnod yw fod deg gini [£10.50] a medal aur yn cael eu cynnig am arwrgerdd i 'Dug Wellington'. Yma y cynhaliwyd cyfarfod blynyddol cyntaf Cymdeithas yr Eisteddfod, gyda'r Archdderwydd Clwydfardd yn y gadair.

Yr oedd **Eisteddfod Caerdydd, 1883** yn nodedig am fod Ardalydd Bute wedi traddodi darlith − yn Saesneg, wrth gwrs − ar '*The Ethnology of the Welsh*'. Ond roedd Deon Llandaf o flaen ei oes braidd, pan gyhoeddodd: ' … mai dim ond brad a llwfrdra fyddai'n peri i'r Cymry roi heibio'r iaith *a oedd yr unig beth â'u gwahaniaethai oddi wrth genhedloedd eraill*'.

Cafwyd hefyd gais i lywyddion yr Eisteddfod − ac yr oedd tri *bob dydd!* − gwtogi eu hanerchiadau i ugain munud yr un. Ym Mhrifwyl Abertawe eleni [2006], disgwylir na fydd yr un anerchiad o gwbl gan unrhyw 'Lywydd'.

Mae Hywel Teifi'n flin iawn am hyn. Mewn llythyr fitriolig yn *Golwg* (23.2.06) meddai, yn nodweddiadol Hywelaidd-sarrug:

> … beth mae rhywun i'w wneud o'r bwriad i ddileu anerchiadau Llywyddion y Dydd? A yw 'arweinwyr' ein prifwyl yn ddall i werth hanesyddol yr anerchiadau hyn?
>
> A ydynt heb wybod eu bod droeon yn ffynhonnell gwybodaeth ac yn sylwebaeth bwysig ar le'r Gymraeg yn y byd sydd ohoni?
>
> Er mwyn agor llygaid cynigier gwobr dda am ddetholiad o anerchiadau eisteddfodol rhwng 1880 a 2000. Fe fyddai hynny'n cydnabod eu gwerth dogfennol, yn ogystal â chydnabod camp a

chelfyddyd y cymwynaswr anhepgor na chaiff odid fyth y clod a haedda – sef y golygydd.

Y mae eto'n fyw Gymry sydd am glywed y Gymraeg yn cael ei defnyddio'n loyw a difrifol ar lwyfan cenedlaethol.

O ddydd ei geni y mae'r brifwyl wedi bod ar drugaredd diwygwyr, a heb os fe fu'n dda iddi wrthynt droeon. Ond nid diwygio yw wfftio arfer a disgowntio anian yn enw amserlen.

Y mae hanfod, wedi'r cyfan, yn drech na hwylustod, ac y mae'r brifwyl yn bod ar gyfer datganiadau theatrig o deyrngarwch i'n Cymreictod fel Cymry Cymraeg. Aed y sioe yn ei blaen yn ei rhwysg a'i rhemp.

Onid oedd Hywel wedi colbio'r hoelen ar ei phen? Porthwyd ef gan y cyn-Archdderwydd Meirion, y Dr Tedi Millward a'r hanesydd Dafydd Lloyd Hughes. Mynegodd yr Orsedd, hithau, ei hanfodlonrwydd: yn Ebrill 2006 penderfynodd y Bwrdd anfon at Gyngor yr Eisteddfod yn gofyn iddynt ail-ystyried y mater Llywydd-heb-araith ar gyfer y dyfodol.

Dadleuaf innau nad oes modd i ni gael dyfodol os nad oes gennym orffennol. Nid yw'n anodd gweld agenda gudd yn y fan hyn – sef os medrwch rwystro 'eithafwyr' rhag annerch y genedl o lwyfan y Brifwyl, fyddwch chi ddim yn pechu yn erbyn sensitifrwydd Llywodraeth Cymru. Canys hi sydd am weld 'hirfeinio' a 'moderneiddio' ein Heisteddfod, ac yn y pen draw, hyhi hefyd fedrai beri ei thagu i farwolaeth o ddiffyg arian, pe mynnai. Ynteu ai myfi, ŵr drwgdybus ag yr wyf, sy'n mynd o flaen gofid wrth feiddio awgrymu'r fath beth?

Y tro cyntaf i'r Orsedd ymddangos mewn gwisgoedd oedd yn **Eisteddfod Lerpwl, 1884**: gwregysau lletraws a barclodiau o sidan glas, bron fel y gwisgoedd a welir mewn darluniau o'r Seiri Rhyddion. Cawn air am y ffaith i'r Eisteddfod gael ei chynnal yn Lerpwl maes o law. (Gw. 'Eisteddfod Cymru yn Lloegr', Pen. XI, isod).

Lleisiwyd cwynion, hefyd – nid am y tro olaf, yn sicr – fod yr Eisteddfod yn dechrau mynd 'yn rhy fawr'.

Pan gadeiriwyd Dyfed am awdl goffa i Gwilym Hiraethog, Cân y Cadeirio oedd *'Far greater in his lowly state'*, i gerddoriaeth gan y Ffrancwr, Charles François Gounod: rhan o'i *La Reine de Saba*.

GORSEDD O FEIRDD YNTEU CYFRINFA O SEIRI?

Lerpwl, 1884. Mae dylanwad y Seiri Rhyddion i'w weld ar yr urddwisgoedd – arbrawf ydoedd, a farnwyd wedyn yn gwbl amhriodol. Hwfa Môn sy'n annerch o Faen yr Orsedd, ac oddeutu iddo gwelir Gwalchmai a Chlwydfardd. Wrth fynd heibio, dylid nodi teitl llawn yr Eisteddfod honno yn Lerpwl, sef 'Eisteddfod Genedlaethol, Cadair Arthur, Gorsedd Beirdd Ynys Prydain a Gŵyl Gerddorol Cymru'. Does dim fel treio bod yn uchelgeisiol!

Yn ôl yng **Nghaernarfon,** ym **1886** addurnwyd Pafiliwn y dref â baneri a gafwyd yn rhodd gan Syr Love Jones-Parry, Castell Madryn. Gan fod Arglwydd Faer Llundain, yr Henadur J Staples, yn bresennol, penderfynwyd ei urddo'n aelod o'r Orsedd, gyda'r enw barddol 'Gwyddon'. Ar y dybiaeth Iolöaidd mai Gwyddon oedd prif ustus Ynys Prydain yn yr Oes Geltaidd fel yr oedd Arglwydd Faer Llundain yn brif ustus Prydain Fawr: barnai'r Gorseddogion fod yr enw yn gweddu i'r dim! Fel mater o ffaith hanesyddol nid oedd hynny'n gywir am y naill na'r llall.

Yno hefyd, cyfeiriwyd at enillwyr y Goron a'r Gadair â'r enwau clogyrnaidd: 'Coronfardd' a 'Cadeirfardd'. Canwyd Cân y Cadeirio yn Saesneg gan Miss Mary Davies, a daeth y seremoni i ben trwy i'r seindorf ganu *'See the Conquering Hero Comes'*.

1. The Arch Druid.   2. Proclaiming the London Eisteddfod.
3. Pennillion singing.   4. Sounding the Bugle.
5. Defending the Institution of the Eisteddfod.

CYHOEDDI EISTEDDFOD LLUNDAIN, 1887

Gwnaed hynny yng ngerddi'r Deml Fewnol (Inner Temple) *ym 1886.*
Yn yr Illustrated London News *y cyhoeddwyd y dyluniadau (a'r capsiynau) uchod*

Ar gyfer **Eisteddfod Llundain, 1887**, yn ôl yr arfer, yr oedd Gorsedd gyhoeddi wedi'i chynnal y flwyddyn cynt. Cyn y seremoni honno, cynhaliwyd gwledd fawreddog yn y *Freemason's Tavern*. Yn bresennol roedd yr Archdderwydd Clwydfardd a phymtheg Derwydd. Yfwyd *wyth* llwncdestun:

> (i) Y Frenhines Victoria;
>
> (ii) Cymru Fu;
>
> (iii) Cymru Fydd;
>
> (iv) Gorsedd y Beirdd;
>
> (v) Eisteddfod Llundain;

(vi) Pulpudau Cymru;

(vii) Y Wasg; ac

(viii) Y Llywydd a'r Boneddigesau.

Ni chofnodir pa siâp oedd ar yr Orsedd ar ôl y fath lyncu testunau. Yna bu cynulliad Gorseddol am dri o'r gloch yng Ngerddi'r Deml Fewnol: nid oedd y Gorseddogion mewn urddwisgoedd. Cofnodir y bu un o'u plith yn ysmygu sigâr trwy gydol y seremoni, tra safai'r gweddill o dan ymbarélau oherwydd y pistyll glaw.

Cynhaliwyd yr Eisteddfod ei hun yn Neuadd Albert. Cyfarfu'r Orsedd, hithau, yn Hyde Park, o fewn cylch o gerrig bychain, ond unwaith eto nid oedd y Gorseddogion yn eu gwisgoedd. Yn hollol nodweddiadol o'r cyfnod, testun yr Awdl oedd 'Y Frenhines Victoria'; y gwobrau oedd £40, bathodyn aur a chadair dderw. Hyd yn oed ar destun mor wenieithus-sei-coffantig, *yr oedd 17 o awdlau wedi dod i law.* Enillwyd gan Berw (Y Parch. Robert Arthur Williams). Serch mai yn Saesneg yr oedd y Rhaglen gan mwyaf, cynhaliwyd defodau'r Orsedd yn uniaith Gymraeg.

Mae Teifi'n brathu'n goeglyd ar y digwyddiad 'mawr' Llundeinig hwn. Meddai:

> … nid busnes prifwyl y Cymry oedd mynd i Lundain yn 1887 i chwalu pac cenedl ansad. Lle i arddangos teyrngarwch fyddai Neuadd Frenhinol Albert, lle delfrydol i brofi i wasg Lundeinig draddodiadol watwarus fod Cymru lân a llonydd wedi dod i'r dre i daenu ei thrysorau ger gorseddfainc Victoria, y frenhines ddi-ail yr oedd cadair prifwyl y Jiwbilî i'w hennill am awdl iddi hi. A byddai gofyn i'r teyrngaru fod yn fyddarol oherwydd o'r diwedd, wedi hir, hir grefu am ei gydnabyddiaeth, roedd Tywysog Cymru i ddwyn ei deulu gydag ef i Neuadd Albert i gymeradwyo moesymgrymu'r bobl a ymffrostiai eu bod y ffyddlonaf a'r mwyaf hydrin o ddeiliaid ei fam.
>
> Y flwyddyn gynt, mewn erthygl flaen ar 'Yr Eisteddfod Genedlaethol a'r Teulu Brenhinol', roedd *Y Faner* wedi ymlidio yn wyneb difrawder Victoria a'i mab. Bu mor hyf ag edliw i'r frenhines y byddai'n siŵr o dderbyn gwahoddiad i'r brifwyl pe cynhelid hi yn yr Almaen: 'Ond gan mai "Cymru" bïau yr Eisteddfod, ni welir mohoni yn ein hanrhydeddu ni â'i phresenoldeb un amser, nac yn

breuddwydio am anfon neb o'i "llangciau" sydd ganddi yn byw ar frasder goreu y wlad i'w chynrychioli'. Carai'r *Faner* roi'r argraff nad oedd eu habsenoldeb o bwys: 'Cyfeiriwn at y ffaith yn unig i ddangos pa mor amddifad o gydymdeimlad â phethau Cymreig ydynt hwy, ac mor lwyr ddiystyr y maent wedi bod o'r unig sefydliad gwir genedlaethol a feddwn'. Fe wyddai pawb am ddiddordebau'r Prins. Petai rasys ceffylau yng Nghaernarfon, siawns y gwelid ef yno! 'Os dyma ei bleser penaf, yr ydym yn tosturio wrtho; a bydded iddo ddeall y gellir cadw yr eisteddfod yn burion heb na Thywysog nac ap Tywysog: ac mai felly y gwneir.' Siarad iaith siom yn hytrach na iaith annibyniaeth yr oedd *Y Faner*, wrth gwrs. Pan fu'r Prins yn glaf ymron at angau yn 1871 gweddïodd y Cymry drosto hyd at ymlâdd, a phan adferwyd ef, ni fu'r un rhan o'r Ymerodraeth yn uwch ei gorohïan. Cofier, cyn bod *'Diana mania'*, fe fu *'Edward Albert mania'* – ac fe'i cafodd y Cymry hi'n ddrwg.

Fodd bynnag, tywysog didramgwydd, 'EIN TYWYSOG NI', a arweiniodd ei deulu i Neuadd Frenhinol Albert ar 12 Awst 1887 i dreulio orig yng nghwmni'r Cymry ecstatig. Fe all fod wedi darllen y *Times* a'i cynghorodd i dderbyn *'the petition of the spokesmen of the Principality to its titular head'* am y byddai'n siŵr o gyffwrdd calonnau'r bobol yn ddwfn wrth wneud: *'No race in the world is more susceptible to the influence of kindness or repays graceful attention more completely'*. I gyfeiliant band o delynau, cododd Eos Morlais, y tenor cenedlaethol, gyda chôr undebol anferth yn gefn iddo i ganu *'God Bless the Prince of Wales'*, ac erbyn iddo orffen, roedd *'Our Own Prince'* megis un o'r duwiolion gerbron y miloedd. Mynnodd ei fod wrth ei fodd yn eu plith, canmolodd eu gwladgarwch a'u teyrngarwch i'r Goron, rhoed geirda i rym gwareiddiol eu *'ancient institutions'* y cofiai ei fam mor glir am yr argraff a wnaethai arni ym Miwmares yn 1832 ac fe'u sicrhaodd ei bod hi'n ymddiddori'n gyson *'in everything that concerns the progress and happiness of her Welsh subjects'* [gw. 'Eisteddfod Biwmares, 1832', Pen. II, uchod]. A gorlif eu boddhad eisoes yn bygwth boddi Neuadd Albert, terfynodd trwy ddweud wrth y Cymry ei fod ers blynyddoedd yn dyheu am gyfle i fod mewn eisteddfod yng Nghymru, dyna fuasai ei *'earnest desire'*, a rhagwelai *'that at no distant date it may be in my power to pay a visit to the ancient Principality whose name I am proud to bear'*. O! wynfyd [*sic*].

CLWYDFARDD

(David Griffith, 1800–1894) Archdderwydd swyddogol cyntaf Cymru, o 1888 hyd ei farw ym 1894

Mae'n werth nodi mai yn **Eisteddfod Wrecsam, ym 1888** y daeth Elfed, a oedd ar y pryd yn weinidog yn Hull, i fri trwy gipio'r Goron am ei bryddest 'Y Sabbath yng Nghymru'.

Ond prif garreg filltir yr Orsedd er ei dechreuad ydoedd cydnabod Clwydfardd (David Griffith) yn Archdderwydd swyddogol, dan y teitl hwnnw – neu'n hytrach 'Archdderwydd Gorsedd Beirdd Ynys Prydain'. Yr oedd Clwydfardd wedi llywyddu Gorseddau yn achlysurol o 1835 ymlaen. Haerai ef ei hun ei fod wedi'i benodi'n Archdderwydd mor bell yn ôl â 1860. Sgrifennodd yn *Yr Eurgrawn:*

> Penodwyd fi yn Archdderwydd yn y fl. 1860, ond yn Eist. Wrexham [*sic*], yn y fl. 1876 [*sic*] y cefais fy nhrwyddedu yn Archdderwydd Gorsedd Beirdd Ynys Prydain.

Mae peth dryswch ynghylch hyn, canys yr oedd y fath radd ag 'Urdd Archdderwydd' eisoes yn bodoli. Pedwaredd urdd oedd hi – uwch trwy ddiffiniad na'r tair arall – a grëwyd yn Eisteddfod Llandudno ym 1864. Yr oedd *tri* wedi'u dyrchafu i Urdd Archdderwydd yn Llandudno, felly nid oedd yn dilyn o gwbl mai archdderwydd oedd i 'lywyddu' cyfarfodydd yr Orsedd. Ym 1876 – yn ôl Rhaglenni Cyhoeddi blynyddol yr Eisteddfod – y 'cafodd Clwydfardd ei ddyrchafu o'r Urdd Ofydd i'r Urdd Archdderwydd':

tipyn o naid! Mae hyn yn swnio'n dra gwahanol i'w eiriau ef: 'cefais fy nhrwyddedu yn Archdderwydd Gorsedd Beirdd Ynys Prydain'. Pan lywyddid yr Orsedd, 'Bardd yr Eisteddfod', 'Prifardd' neu 'Lywydd' oedd y teitl a roddid i'r un a wnâi hynny fel arfer. Bu Clwydfardd farw ym 1895, wedi dal y swydd am weddill ei oes, sef (yn swyddogol) o 1888 ymlaen.

Yn yr Orsedd ar y bore Iau yn **Eisteddfod Bangor, 1890**, cyhoeddwyd bod yr Archdderwydd i gael gwisg newydd, 'deilwng o'r aruchel swydd'. Yr oedd y Cleddyf Mawr eisoes wedi'i gyflwyno, a chafwyd un o'r ddau Gorn Gwlad gan Faer Pwllheli; cafwyd ail gorn yn Iwerddon ym 1901. Yn bresennol hefyd yr oedd Brenhines Rwmania, a urddwyd i'r Orsedd dan ei phriod enw 'Carmen Sylva'.

Dyma pryd yr ymwelodd Lloyd George â'r Eisteddfod am y tro cyntaf. Ac yntau newydd ei ethol i'r Senedd y flwyddyn honno o ddeunaw pleidlais mewn isetholiad, ni chafodd ei le haeddiannol. Yr oedd Bangor Anglicanaidd, Dorïaidd, yn elyniaethus tuag ato. Y Sais-fonheddwyr a gynhaliai'r ŵyl: Arglwydd Penrhyn, Syr Richard Bulkeley a'u siort. Y prif bwysigyn a lywyddai hyn, y llall ac arall oedd Syr John Puleston, a oedd newydd ei fabwysiadu'n ymgeisydd seneddol Torïaidd yn erbyn LL-G ar gyfer yr etholiad nesaf. Cawsai hefyd y segur swydd ddylanwadol o Gwnstabl Castell Caernarfon. Puleston hefyd oedd y ceffyl blaen ar ddydd Gwener coroni Iolo Caernarfon a chowtowio i Frenhines Rwmania gerbron llond pafiliwn o ddeng mil. Dim ond cael talu diolch i Puleston a gafodd LL-G, ond, yn ôl *Y Faner*:

> Cafodd Lloyd George y derbyniad mwyaf gwresog. Roedd y curo dwylaw fel taranfollt yn llenwi'r adeilad. Roedd yn amlwg i Frenhines Rwmania *a Syr John* bod 'gwir ddyn y bobl' yn sefyll ar y llwyfan. Y diwrnod hwnnw, roedd cwmwl yn codi o'r môr i ddarostwng Syr John.

Bu Seisnigrwydd **Eisteddfod y Rhyl, 1892** yn destun sgyrsiau a gohebiaethau hallt o feirniadol. Yn ôl colofnydd dienw 'Y Bo Lol' yn y cylchgrawn *Cymru*:

'Nis gallaf ddirnad paham y mae'r Eisteddfod, y naill flwyddyn ar ôl y llall, mor Seisnigaidd. Yr oedd Swyddogion Eisteddfod y Rhyl fel pe wedi penderfynu mynnu popeth yn Saesneg. Saesneg oedd pedair ar bymtheg o bob ugain o ganeuon y Cyngerdd; Saesneg oedd araith pob llywydd.'

Weithiau, ceid – a cheir – y 'cythraul canu' neu 'gythraul adrodd'. **Ym Mhontypridd, 1893** y 'cythraul beirniadu' a gododd ei ben. Fel arfer, yr oedd tri beirniad ar yr Awdl: Pedrog, Dyfed a Gwilym Cowlyd. Yr aderyn drycin y tro hwn oedd Gwilym Cowlyd – a oedd yn bennaeth ar ei orsedd sblit ei hun, sef 'Gorsedd Taliesin' neu 'Gorsedd Geirionydd', ers 1863. Yn ôl *Y Faner*:

Ymddengys fod Pedrog a Dyfed yn cytuno ar eu beirniadaeth ond fod Gwilym Cowlyd yn gwahaniaethu; ac am hynny, efe a hawliodd gael traddodi ei feirniadaeth ei hun. Gwrthwynebodd y Barnwr Gwilym Williams (a lywyddai) iddo gael gwneud dim o'r fath. Safai y bardd a'r Barnwr ar y llwyfan a siaradent yn fywiog [*rwy'n dotio at gynildeb yr ansoddair 'bywiog' yn y cyswllt hwn* – R LL] â'i gilydd a chlywai y sawl a oedd yn agos y Barnwr yn dweud: 'Dim gair, syr, dyna'r rheol a dyna'r gyfraith.' Gwrthdystiai Cowlyd, ond datganai'r Barnwr: 'Myfi sydd mewn awdurdod yma heddiw, a rhaid i chwi ufuddhau, syr.' Dywedodd y Barnwr fod yn rhaid i Gwilym Cowlyd adael y llwyfan. Dywedodd Cowlyd na wnâi ddim. Ceisiodd yr arweinydd ei berswadio, a cheisiodd eraill wneud yr un peth; ond Cowlyd nid âi ymaith o gwbl.

Yn y cyfamser, yr oedd y dorf wedi dechrau deall y sefyllfa a chymeradwywyd y Barnwr yn anferth. Galwodd yr arweinydd ar Pedrog a Dyfed i draddodi y feirniadaeth; ond er bod y swyddogion yn ceisio arwain Cowlyd ymaith, efe a fynnodd gael myned i ffrynt y llwyfan, ac ebai: 'Gwaherddir fi i roddi fy meirniadaeth. Deuthum yma yr holl ffordd o Wynedd i wneud hynny, ac ni chaniateir i mi siarad.'

Y Barnwr (yn gyffrous): 'Na chewch, syr, ni chewch chwi ddim.'

Gwilym Cowlyd (wrth y dorf): 'A wnewch chi wrandaw pa beth sydd gennyf i'w ddywedyd?'

Y Barnwr: 'Na, peidiwch.'

Rhoddwyd cymeradwyaeth uchel i'r Barnwr am ei waith yn gwrthod i Cowlyd gael ei ffordd yn benrhydd fel y mynnai, a dywedodd y Barnwr:

'Darfu inni fel pwyllgor benderfynu ar dri bardd i feirniadu awdlau y gadair; a'r amcan mewn pennu rhif anghyfartal ydoedd cael mwyafrif pe buasai dadl [*Clywch, clywch!*]. Yn awr, dyma gennym wahaniaeth opiniwn yma – Pedrog a Dyfed ydynt yn gytûn ar un ochr, tra yr anghytuna Cowlyd; ac y mae ei hun. Meddaf fi, fel mater o gyfraith a chyfiawnder, nad oes gan y dyn hwn, yn y lleiaf, ddim hawl i roddi ei feirniadaeth. [*Cymeradwyaeth.*]

Gwilym Cowlyd: 'Un gair.'

Y Barnwr: 'Dim un gair, syr.'

[*Cymeradwyaeth uchel.*]

Parhâi Cowlyd i wrthod myned ymaith; o'r diwedd, llwyddwyd i'w berswadio, ac aeth Pedrog a Dyfed ymlaen.' (mewn un fersiwn o'r hanes '*llusgwyd Cowlyd o'r llwyfan, ac aeth Pedrog a Dyfed ymlaen.*')

Chewch chi ddim llawer o feirniadaethau fel yna heddiw.

Eisteddfod Caernarfon, 1894 oedd y tro cyntaf i'r Orsedd gael eu gweld mewn gynau gwyn, glas a gwyrdd, tebyg i'w gwisgoedd heddiw. Ac eithrio bod y benwisg braidd yn debyg i gap du academaidd, a phenwisg yr Archdderwydd fel meitr esgob. Pan gynhaliwyd seremoni ar y Maes, urddwyd Tywysog Cymru (wedyn Edward VII) – a gytunodd i fod yno 'ar ôl hir grefu a chrafu' ar ran y Cymry brenhingar. Rhoddwyd iddo'r enw barddol gwreiddiol 'Iorwerth Dywysog'; i'w wraig Alexandra (Hoffedd Prydain) ac i'w dwy ferch Victoria a Maud (Buddug a Mallt). Nid clodfori na beirniadu yr wyf, dim ond dweud beth ddigwyddodd. Mae'n siŵr mai dyma ddechrau'r garwriaeth glòs a thaeog rhwng tref Caernarfon a breninolion mawr a bach – carwriaeth sydd wedi dal yn gadarn hyd heddiw.

Eisteddfod hynod Seisnig, diolch i'r Sais-fonheddwyr eto. Hwy oedd yn llywyddu ac yn rheoli unwaith yn rhagor, ond cafodd Lloyd George ei

CAERNARFON, 1894

Yr Archdderwydd Clwydfardd yn urddo'r Tywysog Edward,
wedyn Edward VII (Iorwerth Dywysog) a thri o'i dylwyth

big i mewn cyn diwedd yr ŵyl. Nid oedd wedi cael ymddangos yno o gwbl
ar y dydd Mercher, pryd y cynhaliwyd y sbloet fawr frenhinol. Cafodd yr
Archdderwydd Clwydfardd a'i Orsedd y cyfle i fod mor frenhinol-addolgar
ag y mynnent. Ddydd Iau, pan gadeiriwyd awdl Elfed, 'Hunan-aberth',
Saesneg oedd y brif iaith – ni wahoddwyd LL-G i'r miri hwn ychwaith.
Manteisiodd LL-G ar egwyl rhwng dau berfformiad ar y nos Wener, pryd
y cyfeiriodd at y ceffyl rasio 'Ladas' – y ffefryn brenhinol: *'Gadewch iddyn*
nhw'r Saeson gael Ladas a chawn ninnau Elfed.' Yn ei berorasiwn aeth ati i
sôn 'nid yn unig am godi'r hen wlad yn ei hôl ond i'w gyrru yn ei blaen
yn genedlaethol'. Yr oedd i ddychwelyd at Ymreolaeth fel pwnc droeon
tan ddiwedd y ganrif, pryd yr aeth y mudiad Cymru Fydd cyntaf i'r gwellt

BANER YR ORSEDD

Cyflwynwyd yn Llandudno ym 1896

a chenedlaetholdeb LL-G i'w ganlyn.

[Dylid nodi bod sawl 'Tywysog Cymru' y bu'r Orsedd yn eu cwrsio – wedyn y Brenhinoedd Edward VII, Siôr V ac Edward VIII (Dug Windsor) – yn rhugl mewn Ffrangeg ac Almaeneg: ni fedrai'r un ohonynt air o Gymraeg.]

Caernarfon, 1894 oedd Gorsedd olaf Clwydfardd: bu farw ym mis Hydref yr un flwyddyn, ar ôl dal swydd yr Archdderwydd am weddill ei oes, sef chwe blynedd swyddogol, a 17 blynedd 'answyddogol' cyn hynny.

Yn **Llanelli,** ym **1895,** cyhoeddwyd Hwfa Môn (Rowland Williams) yn Archdderwydd newydd – yr ail, ac am weddill ei oes yntau: goroesodd am ddeng mlynedd yn y swydd.

Yn **Eisteddfod Llandudno, 1896** y cyflwynwyd Baner yr Orsedd, a gynlluniwyd gan yr Arwyddfardd, Arlunydd Pen-y-garn (y pensaer Thomas Henry Thomas, Caerdydd). Yr un Faner a ddefnyddir heddiw, ond trwsiwyd hi, ei hadnewyddu a'i hail-frodio yn ôl y galw o bryd i'w gilydd, wrth gwrs. Ef hefyd a ddyfeisiodd y Corn Hirlas, a wnaed â chorn bual (ych gwyllt) o Dde Affrica.

Mae **Eisteddfod Blaenau Ffestiniog, 1898** yn haeddu cael ei nodi mewn clytwaith hanesyddol fel hwn am i'r tywydd barhau'n annisgwyl o braf tra bu'r Eisteddfod yno, nes i Ddyfed fynegi'r syndod cynganeddol: 'Bu'r Ŵyl heb ymbarélo'. Ond bu'n bygwth glaw, i'r fath raddau fel y cyfarfu aelodau'r Orsedd yn eu dillad eu hunain i gau'r ŵyl ar y bore Gwener, rhag ofn …

Yn y Blaenau y cyhoeddodd yr Orsedd restr o reolau a rheoliadau ar ei chyfer ei hun, yn datgan, ymhlith pethau eraill, *mai'r Gymraeg fyddai iaith yr Orsedd.* Mae'n arwyddocaol na chafwyd mo'r 'Rheol Gymraeg' ar gyfer yr *Eisteddfod* yn gyffredinol tan Brifwyl Caerffili ym 1950; gwelwn fwy am hynny yn y man.

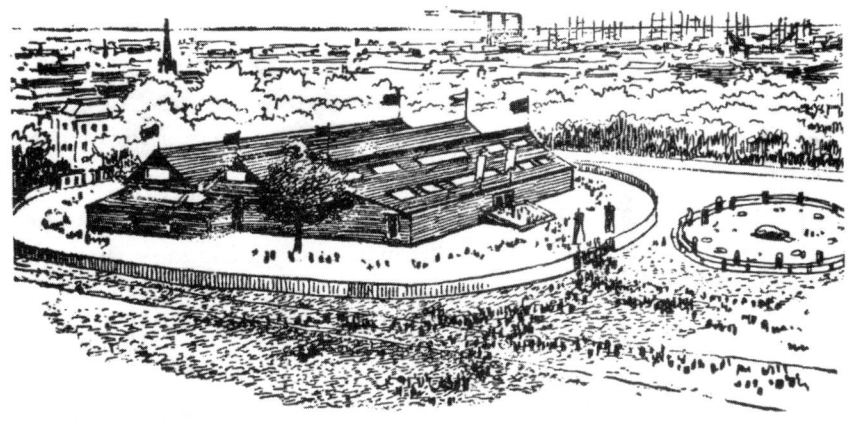

MAES EISTEDDFOD CAERDYDD, 1899

Roedd y Maes fwy neu lai lle lleolir Neuadd y Ddinas bellach.
Sylwer ar Gylch yr Orsedd gerllaw – mae'r olion i'w gweld yno hyd heddiw

Nid yw pawb yn sylweddoli mai yn **Eisteddfod Caerdydd, 1899** y defnyddiwyd cylch o feini am y tro cyntaf. Cyn hynny, ymgynnull trwy sefyll mewn rhyw fath o gylch anffurfiol ar laswellt neu sgwâr y byddai'r Orsedd, er gwaethaf defnydd Iolo o gerrig – ond cofier mai cerigos mân oedd y rheiny – ym Mryn y Briallu ym 1792.

Yma y cychwynnodd agwedd Ban-Geltaidd yr Eisteddfod, neu'n hytrach yr Orsedd. Cofir Caerdydd am bresenoldeb cynrychiolwyr o'r gwledydd Celtaidd eraill, sef – y pryd hynny – Yr Alban, Cernyw, Llydaw ac Iwerddon. Dim ond ym 1978 y cafwyd cynrychiolydd o *Yn Chruinnaght,* gŵyl Ynys Manaw. Y bwriad, lle'r oedd yr Orsedd dan sylw, oedd ceisio cael y gwledydd eraill i ffurfio'u gorseddau eu hunain. Gwnaeth Llydaw hynny ym 1900, ac mae hithau, ar ôl hanes cythryblus braidd, yn dal mewn bodolaeth. Hefyd Cernyw, ym 1928 – caiff Gorsedd Cernyw sylw yn nes ymlaen. Fe urddwyd nifer o gynrychiolwyr o bob gwlad Geltaidd yn aelodau yng Ngorsedd.

Mae Gorsedd y Beirdd yn 'fam-orsedd' i Orsedd Cernyw hefyd. Yng nghyswllt yr ymadrodd 'mam-orsedd', mae'n ddiddorol nodi bod Cernyw wedi sefydlu ambell is-orsedd Gernywaidd yn Awstralia a Seland Newydd, y mae *hi* yn 'fam-Orsedd' iddynt. Mentraf ofyn: a yw hyn yn gwneud Gorsedd Cymru yn 'nain-Orsedd' i'r rheiny?

Yr oedd chwech o gynrychiolwyr o Iwerddon wedi'u hurddo yng Ngorsedd Caerdydd. Yn eu plith, bargyfreithiwr ifanc a gynrychiolai'r *Conradh na Gaeilge* [y Cynghrair Gaeleg]. Gan gymryd yn ganiataol ei fod – ac yntau'n fargyfreithiwr – yn ŵr huawdl, rhoddwyd iddo'r enw-yng-Ngorsedd 'Areithydd'. Ond yn wahanol i'r Cymry, nid oedd Areithydd yn canfod yr Orsedd yn gorff y dymunai weld ei efelychu yn Iwerddon. Yn wir, rhoddodd ei gas arni, am ei bod:

(a) yn rhy frenhinol-daeog ei hagwedd;

(b) yn rhy Seisnigaidd ei hiaith;

(c) yn rhy 'Brydeinllyd' ei naws.

Ac mae'n debyg, o ystyried sut sefydliad oedd yr Orsedd ar y pryd, bod Areithydd yn llygad ei le. O ganlyniad, ni ffurfiwyd gorsedd yn Iwerddon.

Dagrau pethau yw bod y bargyfreithiwr ifanc hwnnw, ym 1916, wedi'i ddienyddio trwy ei ddodi gefn-yn-erbyn-wal yng Ngharchar Kilmainham a'i saethu gan ddwsin o filwyr Prydain am iddo arwain Gwrthryfel y Pasg yn Swyddfa'r Post, Dulyn. Ei briod enw oedd Padraig Pearse. Fel is-nodyn eironig i'r hanes, megis, dringodd aelod arall o'r Orsedd yn Brif Weinidog Teyrnas Gyfunol Prydain Fawr ac Iwerddon cyn diwedd yr un flwyddyn: ei enw yntau yng Ngorsedd y Beirdd oedd 'Llwyd o Wynedd', neb llai na'r Dewin – LL-G ei hun.

Yn y cyswllt Gwyddelig, dylid nodi yr aeth dirprwyaeth farddol drosodd i Iwerddon yn syth ar ôl Eisteddfod Merthyr Tudful, 1901 a chynhaliwyd Gorsedd arbennig ar lawnt y *Mansion House*. Yno, cyflwynodd Alicia Needham (Telyn yr Iwerddon) drwmped arian i'r Archdderwydd i'w ddefnyddio yn Gorn Gwlad. Hefyd – yn ôl yr arfer, bellach – urddwyd Arglwydd Faer Dulyn yn Aelod yng Ngorsedd. Ni pherswadiodd hyd yn oed hynny mo'r Gwyddyl i sefydlu eu gorsedd eu hunain.

VI

Dechrau Canrif Newydd, Hyd 1939

Mater a dynnodd sylw oedd bod *deng mil* yn eistedd yn y Pafiliwn yn gwrando ar y corau cymysg yn **Eisteddfod Bangor, 1902**. Yr oedd naw côr yn cystadlu: chwech ohonynt o Loegr. Parhaodd y cystadlu am bedair awr a hanner a Gogledd Swydd Stafford a enillodd. Mynnodd y dyrfa fod y feirniadaeth yn cael ei thraddodi yn Gymraeg. Droeon, yn ystod yr Eisteddfod honno hefyd, bu cwyno am ormod o Saesneg. Yn y cyngerdd gyda'r nos, roedd pob eitem ar y rhaglen yn Saesneg, a phan ganodd Madame Clara Williams 'Y Deryn Pur' fel encôr, cafwyd cymeradwyaeth fyddarol gan y dyrfa o saith mil, nid am y canu, ond am y Gymraeg. Yr oedd hyd yn oed bosteri Saesneg wedi'u gweld yng ngorsaf drenau Bangor yn dwyn y rhybudd: *'Beware of pickpockets at the Eisteddfod'*. Un nodwedd anarferol oedd derbyn cyfarchiad gan Urdd Unedig Hynafol Derwyddon yr Almaen (*Vereiniger Alter Orden der Druiden*), a glywsai am Orsedd y Beirdd gan Herkomer. Gofynnwyd am gydnabyddiaeth i'r Orsedd Almeinig, ond nid oes sôn am unrhyw ymateb o du'r Cymry (a gw. 'Gorseddau mewn Gwledydd Tramor', Pen. XIII, isod).

Llywydd y Dydd ar y pnawn Iau, am y tro cyntaf, oedd Lloyd George. Dyma gychwyn traddodiad a barhaodd am weddill ei oes. Enillydd y Gadair oedd T Gwynn Jones, am ei Awdl enwog 'Ymadawiad Arthur'. Llywyddwyd y seremoni − yng ngeiriau'r hanesydd Emyr Price − â'r 'rhyfeddol, aneffeithiol a phorthiannus Archdderwydd, Hwfa Môn, simbol o'r Eisteddfod hen ffasiwn, daeog-fonheddig, Seisnigaidd yn lordio drosti.' I'r fath raddau nad oedd neb wedi hysbysu T G J mai ef oedd y buddugwr. Felly ni chododd neb pan alwyd ar *'Tir Na n-Ôg'*, ac aeth ton o

GOLWG SAIS AR LL-G

Cartŵn ohono gan Bernard Partridge, allan o Punch

---

siomedigaeth drwy'r pafiliwn. Ceisiodd Beriah Gwynfe Evans eistedd yn
y Gadair yn ei le, ond cafodd ei hŵtio gan y dyrfa siomedig. Drannoeth,
ail-gynhaliwyd y seremoni ar y Maen Llog, a dyna pryd y cadeiriwyd
T Gwynn Jones.

Yng nghyd-gyfarfod yr Orsedd a Chymdeithas yr Eisteddfod

Genedlaethol, beirniadwyd Seisnigrwydd Bangor yn hallt ac addawyd y byddai pethau dipyn yn fwy Cymraeg a Chymreig pan âi i Wrecsam ym 1904.

Yn ei araith cyhoeddodd LL-G mai gŵyl Gymraeg oedd yr Eisteddfod, a bod rhaid ei Chymreigio. Yr oedd angen cael caneuon Cymraeg yn unig. Mae'n eironig braidd fod Bryn Terfel o bawb, yn 2005, yn meddwl galw am berfformiadau cyngherddol mewn ieithoedd eraill. (Gw. 'Troed Yn Y Drws?', Pen. VII, isod.) Cafodd LL-G gymeradwyaeth fyddarol. Mae'n rhyfedd meddwl mai dim ond dwy flynedd ynghynt [1900], cael a chael fu hi na chafodd LL-G ei ladd gan dyrfa o ryfelgarwyr Imperialaidd yn Neuadd y Penrhyn, Bangor am ei safiad yn erbyn Rhyfel y Boeriaid.

Bu LL-G yn driw ei bresenoldeb i'r Eisteddfod am weddill ei oes. Bu hithau lawn mor driw ei chefnogaeth iddo yntau. Mae'n amlwg fod hyn wedi bod 'o les' i'r naill fel ag i'r llall – nid mater i'w gollfarnu yw hynny. Ond gŵr oedd LL-G a lefarai'n eithafol (areithyddol-eithafol, efallai) ar brydiau. Tra oedd ar uchelfannau araith, neu'n ddwys-ystyriol ei anianawd ar y foment, medrai gredu'n llwyr yn yr hyn a ddywedai. Ond medrai droi nes bod o farn hollol groes yn gyflym iawn. Ceir dau ddyfyniad amdano, y naill gan ei fab hynaf, Richard:

> ... *of all the honours which have come to him in the course of his long, crowded life, I am sure he treasures none more than the title of Bard.*

A'r llall gan ei nai, y Dr W R P George (ap Llysor), fel yr adroddir gan Emyr Price:

> Yn arwyddocaol hefyd, datgelodd Dewyrth Defi wrtho, pan oedd William yn hogyn ifanc, mai ei ddymuniad mawr uwchlaw popeth oedd bod yn Brifardd Cadeiriol yr Eisteddfod Genedlaethol. Roedd hon yn gyffes ryfeddol i un a ymylai ar y Duwdod yng Nghymru yn Uchel-Ŵyl y Werin, ei hoff sefydliad, ac un a wnaeth y llwyfan eisteddfodol, yn amlach na pheidio, yn gwrdd diwygiadol am hanner canrif a mwy.

Mae'n haws gen i gredu mai chwiw bum-munud – deg, efallai – a barodd i LL-G ddweud y fath bethau: ni fedraf ei ddychmygu'n breuddwydio ffeirio

Prif-Weinidogaeth bwerus Teyrnas Gyfunol Prydain Fawr ac Iwerddon am gael bod yn bysgodyn mawr mewn pwll bach – ys synnid am yr eisteddfod gan 'neb a oedd yn neb' yn y Sefydliad Prydeinig. Mae'n debyg, pe bai ef wedi dymuno, neu rywun arall wedi digwydd meddwl am y teitl, y gallasai fod wedi cael ei ddyrchafu'n 'Archdderwydd Anrhydeddus Cymru am Oes'. Rwy'n tybio na fyddai unrhyw anhawster i beri newid Cyfansoddiad Gorsedd ac Eisteddfod fel ei gilydd er mwyn creu'r fath Swydd unigryw yn arbennig ar gyfer LL-G, ac LL-G yn unig.

Bu 1974 yn flwyddyn dyngedfennol i mi. Un peth *a* ddigwyddodd oedd i mi gael fy urddo'n Dderwydd yng Ngorsedd. Ac un peth *na* ddigwyddodd oedd cael fy ethol yn Aelod Seneddol Plaid Cymru dros Etholaeth Arfon, a hynny oherwydd i mi ddewis peidio â sefyll. Bûm yn llawer mwy bodlon fy myd yn cyfreitha a llenydda. Dyna beth yw troi blaenoriaethau LL-G yn eu gwrthol. Nid 'mod i'n beiddio rhyfygu rhoi fy hun ar yr un gwastad â fo, mewn na champ nac mewn rhemp. Rwy'n hollol fodlon ar fy newis: cefais y fraint o ddod yn Archdderwydd Cymru. A chafodd Arfon, yn Dafydd Wigley, reitiach Aelod nag y byddwn i fyth wedi medru bod: mae Dafydd wedi'i fwrw i fod yn Aelod Seneddol – ac nid ffug-ddiymhongarwch yw dweud hynny, chwaith. Ers blynyddoedd mae gwleidyddiaeth plaid yn codi'r felan arnaf. Ni chefais ond dadrithiad i'r cyfeiriad yna, ac eithrio mewn bodau prin – ac maen nhw *yn* brin – fel Gwynfor Evans, Dafydd Wigley, Robin Cook, Gwilym Prys Davies, John Hume, Keir Hardie, Eamon de Valera a rhyw dri neu dair arall. Dim ond un swydd wleidyddol neu led-wleidyddol y byddwn i erioed wedi ei hoffi yn fy mreuddwydion gwrach. A chael bod yn Llysgennad Gweriniaeth Cymru i Dywysogaeth Liechtenstein – sy'n llai na Phen Llŷn, ond yng nghalon Ewrop – fyddai honno.

Bu **Hwfa Môn** farw ym 1905 ar ôl deng mlynedd yn Archdderwydd. Yr oedd yn un o'r rhai a gredai'n gadarn yn hynafiaeth yr Orsedd – hynny yw, fod Iolo wedi dweud calon y gwir o'r dechrau i'r diwedd. Cofir am-dano, meddai Dilwyn Cemais, fel areithiwr a phregethwr huawdl, ond hirwyntog.

GWENC'HLAN, DERWYDD MAWR LLYDAW

Mae'n ei swydd ers 1979, ac am oes, debyg

Olynwyd ef yn y swydd gan **Dyfed**, a'i daliodd hyd ei farwolaeth yntau ym 1923. Dyfed oedd yr olaf i fod yn Archdderwydd am oes. Gostyngwyd y tymor i bedair blynedd ac wedyn – ar ôl yr Ail Ryfel Byd – i dair blynedd. Delir i benodi am oes yn Llydaw, lle mae'r Derwydd Mawr presennol, Gwenc'hlan, a orseddwyd gan yr Archdderwydd Geraint ym 1979, wedi treulio dros chwarter canrif yn ei swydd. Yn lled ddiweddar, ac Ifan Eryri a minnau ar ymweliad â Gorsedd Llydaw, gwisgai Gwenc'hlan Goron newydd, a oedd – er ei bod yn ddrudfawr – yn edrych braidd yn bigog a main ei chynllun. Ar ôl gweld ei wyneb asgetig, barfog a'i ben hirwallt o dan y goron hon, rhyfygais sgrifennu yn fy Adroddiad Swyddogol (a oedd i'w gyhoeddi yn Adroddiad Blynyddol yr Eisteddfod) mai dyma'r pen tebycaf i eiddo Crist yn ei goron ddrain a welais erioed. Sensorwyd y disgrifiad yna allan o'm hadroddiad cyn iddo weld golau dydd mewn print.

A sôn am hirwyntogrwydd: yn Eisteddfod Wrecsam, 1888, cyfarchwyd y bardd buddugol gan: Clwydfardd, Dewi Ogwen, Gwynedd, Watcyn Wyn, Dewi Môn, Dyfed, Penrhyn Fardd, Gwilym Cowlyd, Pedrog ac Eifionydd. Cyfanswm o ddeg, os na fuoch chi'n eu rhifo.

Yn **Eisteddfod Caernarfon, 1906** urddodd yr Orsedd Margaret Lloyd George i'r Wisg Wen dan yr enw barddol 'Megan Ednyfed'. Yn ei anerchiad llywyddol, daeth ei gŵr o fewn trwch blewyn i gyhoeddi bod angen Rheol Gymraeg – rheol a gafwyd, gyda'i gymorth ef, ym Machynlleth ym 1937 pan ddaeth Cyfansoddiad newydd i rym. Ond erbyn hyn yr oedd Lloyd George wedi cefnu ar ei gyfnod ymreolaethol. Roedd yn Weinidog y Goron, ond gwrthododd y syniad o Siarter gan y Goron, gan y byddai'r ymyrraeth a ddôi yn ei sgîl yn peri nesáu at eisteddfod ddwyieithog.

Yn **Llangollen, 1908,** am y tro cyntaf, cytunwyd bod y Gadair a'r Goron i'w trin fel gwobrau cyfartal (gweler hanes cythryblus y Fedal Ryddiaith yn nes ymlaen – Pen. XIV, isod). Ac ail-bwysleisiwyd nad oedd unrhyw iaith heblaw'r Gymraeg i'w siarad mewn cyfarfodydd o'r Orsedd – mae'n rhaid bod angen pwysleisio hynny ar y pryd.

Dehonglwyd rheol Gymraeg yr Orsedd yn llythrennol yn **Eisteddfod Llundain, 1909**. Yr oedd y Rhaglen yn uniaith Gymraeg, gan gynnwys trosiadau gair am air o'r enwau lleoedd. Daeth *'in the Inner Temple Hall off Fleet Street in the City of London'* yn 'yn Neuadd y Deml Fewnol allan o Heol y Chwer'nant yn Ninas Caerludd'. Ond doedd yr Eisteddfod ei hun, a gynhaliwyd yn Neuadd Albert am yr eildro, ddim mor Gymreig na Chymraeg o bell ffordd. Llywyddion y Dydd – ar wahân i Lloyd George wrth gwrs – oedd A J Balfour a'r Prif Weinidog, H H Asquith. Aeth y Gadair i T Gwynn Jones, a'r Goron i W J Gruffydd.

Mae **Eisteddfod Bae Colwyn, 1910** yn enwog pe na bai ond am Awdl 'Yr Haf' gan R Williams Parry – a gydnabyddir yn un o'r awdlau mwyaf a ganwyd erioed yn y Gymraeg. Yma hefyd y cyflwynwyd Teyrnwialen i'r Archdderwydd, wedi'i chynllunio gan yr Arwyddfardd, Arlunydd Penygarn, a'i rhoi gan y Parch. Charles Edward Leigh Knight, cyn ficer Bexley, yng Nghaint. Ni wyddys beth oedd ei gymhelliad, ond enillodd iddo wisg Ofydd (gwyrdd) a'r enw barddol 'Carwr Cymru'.

Wrth iddo wneud cais i gynnal Eisteddfod 1911 yn y Fenni (a'i cafodd ym 1913), aeth Reginald McKenna, Prif Arglwydd y Morlys, allan o'i ffordd i feirniadu'r ymadrodd *'Wales and Monmouthshire'*, gan ddweud y byddai ei chynnal yn y Fenni yn profi unwaith ac am byth 'fod Gwent yn rhan o Gymru'. [Dim ond yn Neddf Llywodraeth Leol 1974, pryd y diddymwyd 'Sir Fynwy' a chreu 'Gwent' yn swyddogol yn ei lle, y digwyddodd hynny yn gyfansoddiadol a chyfreithiol.]

Ym 1911 y bu farw'r Brenin Edward VII. Canodd Gwilym Ceiriog (William Roberts) – na welwyd yn dda crybwyll ei enw naill ai yn y *Bywgraffiadur* na'r *Cydymaith* – awdl gignoeth iddo a enillodd Gadair **Eisteddfod Caerfyrddin, 1911**. Awdl ffuantus oedd hi, a brofai un peth yn anad dim, sef cyn lleied a oedd gan Gymru i ddiolch i'w ddiweddar Fawrhydi, yn Dywysog a Brenin fel ei gilydd, am a wnaethai drosti erioed. Yn y flwyddyn 2000 cyhoeddwyd cyfrol Stanley Weintraub, *The Importance of Being Edward: King in Waiting 1841–1901*. Nid oes ynddo un cyfeiriad at Gymru, y wlad a ddododd Edward gyfuwch â Duw, a'r wlad yr ymhonnai ef ei hun – hyd farwolaeth hirddisgwyliedig ei fam – fod yn Dywysog iddi.

Yn *Y Beirniad* ym 1911, ymosododd **Syr John Morris-Jones** yn ffiaidd ar yr Orsedd, gan ddweud mai 'sefydliad wedi ei seilio ar gelwydd a thwyll' ydoedd. Roedd ffynonellau hanes wedi'u llygru a'u gwenwyno, a'r Llydawiaid druain wedi bod mor ddiniwed â dilyn holl ffug-arferion y Cymry. Roedd mwy na pheth gwirionedd yn yr hyn a ddywedai, wrth gwrs.

Ymosodwyd arni yn ddiweddarach gan yr **Athro Griffith John Williams**, a haerodd: 'cymaint yw rhwysg a haerllugrwydd yr Orsedd fel ei bod yn ei hystyried ei hun yn llys goruchaf llenyddiaeth yng Nghymru'. Ymunodd yr **Athro Henry Lewis** yn y ddadl. A doedd **W J Gruffydd**, er ei fod yn Brifardd Coronog, ddim yn or-hoff o'r Orsedd chwaith: yr oedd wedi gwrthod gwahoddiad i ymuno â hi.

Daeth neb llai na **Cynan** i'r adwy i ateb y beirniaid academaidd hyn, gan ddiosg yr holl ffug-ddamcaniaethu parthed hynafiaeth yr Orsedd, a phwysleisio'r cyfraniad unigryw a wnâi, ac y gallasai ei wneud, i'r Eisteddfod, i Gymru ac i'r Gymraeg. Yn llythrennol, ychydig iawn o Gymraeg a fu rhwng yr Orsedd a'r Brifysgol, neu o leiaf â rhai academyddion y Gymraeg yn y Brifysgol, am genedlaethau.

Cafwyd diwedd, fwy neu lai, ar yr ymbellhau a'r ymgecru yma yn Eisteddfod Aberteifi ym 1976, pryd yr urddwyd y pedwar Athro Cymraeg ym mhedwar coleg Prifysgol Cymru gyda'i gilydd yn aelodau yng Ngorsedd. Sef *le grand geste* ar ran yr Orsedd a'r Brifysgol fel ei gilydd. Ond, ys canodd y diweddar Derwyn Jones yn ddeifiol-goeglyd yn *Cerddi:*

> *Deallus ni fyn dwyllwaith,*
> *A ffug yw ffug, nid ffaith.*

Yn **Wrecsam, ym 1912** enillwyd y Gadair a'r Goron gan T H Parry-Williams – am y tro cyntaf. Yr oedd i wneud hynny drachefn ym 1915. Yn holl hanes yr Eisteddfod, dim ond dau arall a gyflawnodd yr un gamp, sef Alan Llwyd, a gafodd ei ddwbwl cyntaf yn Rhuthun ym 1973, a'i ail yn Aberteifi ym 1976; a Donald Evans, a enillodd ei ddwbwl-dwbwl yn Wrecsam, 1977 a Dyffryn Lliw, 1980.

Arferai Parry-Williams adrodd stori ddoniol amdano'i hun yn dod adref i Ryd-ddu ar ôl ei ddwbwl cyntaf ym 1912. Cyfarfu â hen weithiwr amaethyddol a enillai, yn ôl pob tebyg, ychydig sylltau'r wythnos drwy chwys ei wyneb a nerth bôn braich. Nid oedd gan hwnnw fawr ddim diddordeb yn y Gadair na'r Goron, ond holodd â chwilfrydedd egnïol: 'Gest ti bres hefyd, Tom?' 'Do, fachgan, mi 'nillais i ddeugain punt.' 'Deugain punt, Tom? Arglwydd mawr! *Ac mi gwnest nhw ar dy din!'*

Ym **Mangor** yr oedd Prifwyl 1914 i fod: daeth y Rhyfel ar ei gwarthaf. Ond fe'i cynhaliwyd ym **1915.** Daeth Lloyd George yno, wrth gwrs, i draddodi araith wlatgar i ddeng mil yn y pafiliwn. Hynny yw, *Prydeinig*-wlatgar, er y buasai ef wedi pwysleisio mai'r un peth oedd hynny â bod yn wlatgar i Gymru. Erbyn hyn yr oedd yn Weinidog Arfau. Ar ôl y croeso ewfforig, â band llong-hogiau-drwg y *Clio,* o Afon Menai, yn seinio *'See the conquering*

BANGOR, 1915

LL-G yn swyno'r deng mil (heb feicroffon). Mae'r Orsedd ar y llwyfan y tu cefn iddo

---

hero comes' drosodd a throsodd; cyn i LL-G godi, cynigiodd Llew Tegid (Lewis Davies Jones) ddatganiad o ffyddlondeb yn y geiriau hyn:

> Yn enw deng mil o Gymry datganwn deyrngarwch i'r Brenin
> a ffyddlondeb i achos y Cyd Fyddinoedd yn y dyddiau helbulus
> hyn.

Yn ystod ei araith, yr oedd LL-G wedi llongyfarch Bardd y Goron a'r Gadair, T H Parry-Williams am ei gamp ddwbl. Meddai Emyr Price yn goeglyd am hyn – o gofio bod Parry-Williams yn heddychwr a gwrthwynebwr cydwybodol – pe bai wedi eu hennill ym 1916, ar ôl i LL-G orfodi gwasanaeth milwrol ar Wledydd Prydain, byddai ei enw a'i gamp wedi bod yn anathema i Lwyd o Wynedd.

Ni ofynnodd yr Archdderwydd 'A oes Heddwch?' yn ystod y seremonïau'r flwyddyn honno. Yn lle hynny, clywyd y Gweinidog Arfau, LL-G, yn cyhoeddi'n huawdl i'r genedl ei bod yn ymladd 'rhyfel cyfiawn'.

65

Am ei Chadair Ddu y mae'r cof dyfnaf a dwysaf am **Benbedw, 1917**, wrth gwrs. Gŵyr pawb yr hanes, felly, wrth ei hepgor, mi fodlonaf ar ddweud y bu Lloyd George yno hefyd – ac yntau'n Brif Weinidog, hollalluog bron, erbyn hynny – yn gwasgu'r diferyn olaf o emosiwn allan o'r drasiedi er mwyn cynnal breichiau cefnogwyr ei Ryfel. Yn ôl *Y Brython:*

> Roedd dagrau yn rhedeg i lawr gruddiau y mwyafrif o'r gynulleidfa, ac ymysg y rhai ar y llwyfan roedd y Prif Weinidog a dagrau yn llithro yn lladrataidd o gil ei lygaid yn awr ac yn y man.

Siaradodd LL-G yn fyr – nid oedd angen gwneud mwy. Nid oedd yr Arwr Hedd Wyn wedi marw'n ofer, meddai, oherwydd yr oedd 'dydd y cenhedloedd bychain ar wawrio a deuent yn wledydd rhydd wedi'r rhyfel orffen.' *Pa genhedloedd bychain, atolwg?* Anghofiwch am Gymru: os ewch am dro ar hyd y cei yn ninas Corc, Iwerddon, fe welwch gofeb i'r rhai o'r ddinas honno a laddwyd yn y Rhyfel Mawr. Mae rhestr yr enwau arni yn faith. Penderfynodd rhyw athrylith mai'r arysgrif gerfiedig fwyaf addas fyddai *'They gave their lives for the freedom of small nations'.* Bu cerfiwr amatur wrthi'n ychwanegu'r ddau air deifiol: *'Except Ireland'.* Nid oes rhaid atgoffa neb y bu gan Lloyd George ei hun gyfrifoldeb personol a gwleidyddol am y ddeuair ychwanegol yna yn ninas Corc. Yng ngeiriau E Morgan Humphreys yn *Y Genedl Gymreig* yn ddiweddarach, 'potas y diafol' fu polisïau LL-G yn Iwerddon.

Ym Medi y cynhaliwyd Prifwyl Penbedw, a dim ond ym 1918 y penderfynwyd neilltuo wythnos gyntaf Awst yn sefydlog, o hynny ymlaen ar ei chyfer. Mae'n dal felly.

Yn **Eisteddfod Caernarfon, 1921** y canwyd awdl 'Min y Môr' gan Meuryn, a phryddest 'Mab y Bwthyn' gan Cynan. Bu Cynan yn disgleirio yn yr Orsedd a'r Eisteddfod ar ôl hynny am weddill ei oes.

Yno hefyd y clywyd englynion coffa R Williams Parry i Hedd Wyn yn cael eu canu'n gyhoeddus am y tro cyntaf. Yn ystod yr Eisteddfod hon y dadorchuddiwyd y gofeb enwog i Lloyd George ar y Maes, gan Billy Hughes, y Cymro a ddaethai'n Brif Weinidog Awstralia – yn siarad yn Gymraeg.

CYHOEDDI EISTEDDFOD PWLLHELI YM 1924

Pedrog (nad oedd eto yn Archdderwydd) a lywyddodd — yng ngwisg yr Archdderwydd
— am fod yr Archdderwydd Elfed yn absennol trwy waeledd

Pan gyhoeddwyd **Eisteddfod Pwllheli ym 1924**, yr oedd yr Archdderwydd Elfed yn wael ei iechyd. Pe digwyddai hynny heddiw, byddai un o'r cyn-Archdderwyddon yn llywyddu [ystyrir yr olaf i lenwi'r swydd yn ddirprwy-Archdderwydd rhag ofn amgylchiad fel hyn]. Ond gan fod pob archdderwydd blaenorol wedi dal ei swydd am oes – Clwydfardd, Hwfa Môn a Dyfed – a Chadfan hefyd wedi marw yn y tresi, nid oedd yr un cyn-archdderwydd ar dir y byw. Pan fethodd Cadfan, oherwydd llesgedd marwol, wneud mwy nag agor yr Orsedd yn yr Wyddgrug ym 1923, dirprwyodd Elfed – na ddaeth yn Archdderwydd ei hun tan 1924 – ar ei ran. Felly, ac Elfed yn wael adeg Cyhoeddi Pwllheli ym 1924, camodd Pedrog i'r adwy. Mae'r darlun priodol yn dangos Pedrog ar y Maen Llog yng Ngŵyl y Cyhoeddi, yn gwisgo regalia llawn yr Archdderwydd. Ym 1928 y penodwyd Pedrog yn Archdderwydd yn ei hawl ei hun, i ddilyn Elfed. Gweinyddwyd y drefn honno yn ei gwrthol ym Mangor ym 1931, pan oedd gwaeledd Pedrog yn ei rwystro rhag gweithredu. Elfed, *ei ragflaenydd,* a lywyddodd y defodau yn ei le.

Ym Mhwllheli, medd *Y Faner,* yr urddwyd y Frenhines Marie o Rwmania ('Mair Gwalia' – pa mor anaddas y medr enw-yng-Ngorsedd fod?). Nid yw *Y Faner* yn enwi neb arall a urddwyd. Fe'i harwisgwyd gan Mrs D Lloyd George (Megan Ednyfed) a Mrs Coombe Tennant (Mam o Nedd), Meistres y Gwisgoedd. Cyflwynwyd y Corn Hirlas gan Miss Megan Lloyd George. Lloyd George ei hun oedd yn llywyddu ar y dydd Iau, fel arfer – does dim fel cadw pethau yn y teulu. Ond ar y prynhawn Mawrth, Llywydd y Dydd oedd neb llai na'r Prif Weinidog, Mr Stanley Baldwin; neu dyna sut yr oedd hi i fod, ond torrodd Baldwin ei gyhoeddiad.

Bu'r Prifardd Pedrog yn protestio'n flin mai 'meithrin cariadoldeb pur' oedd swyddogaeth y Brifwyl. Yn ystod yr wythnos y daeth chwe gŵr i oruwchystafell yn nhemprans Maes Gwyn yn y dref i ffurfio mudiad a alwyd 'Plaid Genedlaethol Cymru' – dynodir yr adeilad, ers dathlu hanner canmlwyddiant y Blaid ym 1975, â phlác. Ond ni fedrai surdod na grwgnach leihau dim ar y mwynhad digymysg a ddaeth yn sgîl y tywydd teg, digwmwl. Roedd *The Welsh Outlook* wedi datgan ei lawenydd dros y dref a chanddi:

LLOYD GEORGE, GWENALLT AC ELFED

LL-G a'r Archdderwydd Elfed yn cadeirio Gwenallt ym Mhrifwyl Abertawe, 1926

> *... a truly Welsh soul ... It is well that the honour of receiving so essentially Welsh an institution as the Eisteddfod should be conferred upon a place which still lives on the old ideals, breathes the old spirit, and speaks the old tongue.*

Ategwyd hyn gan y *Western Mail*:

> *Its venue is happily chosen – in a county which is a stronghold of national sentiment, and amid a landscape that is rich in loveliness and charm ... Here we shall have the essence of the eisteddfodic spirit at its purest and best.*

Ac meddai Saunders Lewis ei hun ym 1936 am y fro:

> Y mae Llŷn ac Eifionnydd yn gysegredig Gymreig ac yn arbennig yn holl hanes Cymru. I ni y mae traethau dihalog Llŷn, Ynys

> Enlli a Ffordd y Pererinion yn ddaear santaidd … Y mae eu
> hedd a'u tawelwch yn dreftadaeth. Nid hap na siawns a gyfrif am
> brydferthwch a thangnefedd Llŷn. Y mae hi'n wlad santaidd drwy
> holl ganrifoedd hanes ein cenedl ni … Bu tangnefedd Duw yn
> gyfran Llŷn, a bu ei thraddodiad yn ddi-dor … Tra byddai Llŷn yn
> Gymraeg ni ddarfyddai am genedl y Cymry.

Rwy'n dyfynnu cymaint o glodydd Pwllheli gan gofio mai dyma'r dref a
ysgymunodd Saunders Lewis ac a boerodd arno; a ddifriodd R S Thomas
trwy ei alw'n 'fardd gwlad' dinod (ac yntau wedi'i enwebu am Wobr
Nobel ar y pryd), a roes garped coch ei chroeso i lawr i gowtowio i'r
Billy Butlin a chwyddodd yn fythol fwy, ac a fyddai – oni bai bod stop
wedi'i roi ar Ddafydd Iwan gan ei blaid ei hun – wedi ymagor led y pen
i orlif diddiwedd o fewnfudwyr a'u cychod i'w Hafan deg. Heb sôn am
flagardio Harri Gwynn, a achubodd Brifwyl 1955 yn ariannol (gw. 'Cam
Harri Gwynn, adran ix, Pen. XVI, isod). Felly rhown y clod i Ben Llŷn
– a'i haeddod – yn hytrach nag i'w phrifddinas, Pwllheli, na safodd erioed
ar flaenau'i thraed i haeddu'r fath ormodiaith o ganmol.

Cofir **Eisteddfod Caergybi, 1927** am mai yno yr enillodd Caradog
Prichard ei Goron gyntaf. Gan y dyfarnwyd nad oedd neb yn deilwng
o'r Gadair, cyflwynwyd hi i Gwrt hynafol Biwmares (sy'n cario'r dyddiad
1614 ar yr adeilad), lle daeth yn gadair i'r barnwyr a fynychai'r Brawdlys.
Mae'n dal yno, er bod Brawdlys Môn wedi'i hen ysgubo ymaith gan grôm a
phinwydd Llys y Goron, Caernarfon. Mae hanes Cadair Caernarfon, 1979,
a ataliwyd am yr un rheswm, yn hollol wahanol, fel y cawn weld.

Lerpwl, 1929 oedd y tro diwethaf i'r Eisteddfod gael ei chynnal y tu allan
i Gymru – *gobeithio!* Dewi Emrys a gipiodd y Gadair.

Enillodd Dewi Emrys ei ail Gadair yn **Llanelli ym 1930**. Pan alwodd
yr Archdderwydd Pedrog arno i sefyll, doedd dim ymateb. Yr oedd sïon
wedi'u clywed mai ef oedd i'w chael, ond roedd Dewi Emrys i'w weld
yn eistedd yn hamddenol ar y llwyfan yn ei Wisg Prifardd ar ddechrau'r

seremoni. Yn union cyn cyhoeddi ffugenw'r bardd buddugol, sleifiodd Dewi oddi ar y llwyfan, tynnodd ei wisg, ac aeth i grwydro'r Maes ymhlith y dyrfa. Daethpwyd o hyd iddo a llusgwyd ef i'r Pafiliwn, ac i'r llwyfan. Dywedodd wedyn ei fod wedi diflannu fel protest yn erbyn y ffaith na chawsai wybod ymlaen llaw mai ef oedd yr enillydd. Ni chytunodd i ddychwelyd i'r Pafiliwn nes llwyddwyd i'w berswadio 'y buasai Mr Lloyd George wedi ypsetio'n arw' pe bai'r seremoni wedi'i difetha.

Oherwydd gwaeledd difrifol, collodd Lloyd George **Eisteddfod Bangor 1931**. Daeth Megan yno yn ei le, manteisiodd ar y cyfle i wneud ei marc Llywyddol a chafodd groeso teilwng o'i thad. Hon oedd Eisteddfod 'Y Dyrfa', a enillodd i Cynan ei drydedd Goron. Yn ail iddo yr oedd Dewi Emrys (gw. 'Dewi Emrys', adran vii, Pen. XVI, isod). Beirniadwyd 'Y Dyrfa' yn hallt am ei seciwlariaeth ac am iddi ddefnyddio termau a ystyrid yn sathredig gan rai, megis 'trei' a 'sgrym'. Teimlai un o'r beirniaid, Moelwyn Hughes, mor gryf fod ei phwnc – gêm ryngwladol rygbi Cymru *v*. Lloegr – yn annerbyniol a gwrthododd wobrwyo; yn wir, cadwodd draw o'r pafiliwn yn ystod y seremoni. Ond roedd y ddau arall o blaid, serch, meddir, na wyddai W J Gruffydd mo'r gwahaniaeth rhwng rygbi a phêl-droed!

Adeg **Eisteddfod Castell-nedd, 1934** cynhaliwyd gwledd hael a hynod i'r Lloyd Georgeiaid a'r prif-Orseddogion – yn eu gwisgoedd – yng Nghastell Sain Dunwyd. Eiddo i William Randolph Hearst oedd y Castell. Deil nifer o ddirgelion i fodoli ynghylch y wledd ysblennydd hon, ond un peth a wyddys i sicrwydd: roedd Hearst ei hun yn absennol – wedi mynd i'r Almaen, fe ddywedir, i brynu ci.

Tua 1932, lleisiodd W J Gruffydd y farn fod yr Eisteddfod Genedlaethol 'yn cyflym ddirwyn tua'i diwedd' a bod angen **'Diwygio'r Drefn'** – geiriau cyfarwydd, heddiw? Yr oedd hi yn ogystal, yn ôl Gruffydd, 'yn fwy anghymreig' – mae'n anodd peidio â derbyn hynny. Mor bell yn ôl â 1880, yr oedd y corff llywodraethol, 'Cymdeithas yr Eisteddfod

Genedlaethol', wedi addo parchu'r Orsedd *'with its mystic rites and high claims of veneration'* ond mae'n anodd anghytuno â'r sawl a gostrelodd y cyfnod hwn i'r ymadrodd: ' ... mewn gwirionedd ni fu gan y ddau sefydliad fawr ddim i'w ddweud wrth ei gilydd' tan 1937 pan roesant y gorau i ymgecru [*sic*] ac ymdoddi'n un awdurdod newydd, 'Cyngor yr Eisteddfod Genedlaethol', a arhosodd fwy neu lai yn yr un patrwm hyd y chwyldro cyfansoddiadol a welwyd yn 2005 pan gofrestrwyd yr Eisteddfod yn gwmni cyfyngedig elusennol – gyda Memorandwm ac Erthyglau Cymdeithasiad a gorfforwyd yn unol â'r Deddfau Cwmnïau. Cwynwyd hefyd fod diffygion mawr yn y modd y'i llywodraethwyd, gyda Chymdeithas yr Eisteddfod, Bwrdd Gorsedd y Beirdd, a phwyllgor lleol pob Eisteddfod unigol, yn gweithredu'n annibynnol ar ei gilydd ac yn croestynnu'n aml. Ar ôl cydweithio rhwng Cynan ar ran yr Orsedd, a D R Hughes, Ysgrifennydd y Cyngor, fe lwyddwyd i'w diwygio. Lle'r oedd yr Orsedd dan sylw, ail-saernïodd Cynan y seremonïau. Ffurfiwyd un corff ym 1937, sef 'Cyngor yr Eisteddfod Genedlaethol', er bod yr Orsedd wedi sicrhau ymreolaeth lawn yn ei phethau hi trwy gadw ei Bwrdd ei hun.

Cododd problem yr iaith unwaith eto yn **Eisteddfod Caernarfon, 1935** – yng Nghaernarfon, o bobman. Ymddiheurodd un o'r Arweinyddion o'r llwyfan am siarad yn Saesneg 'am fod nifer o'r Cymry a oedd yn bresennol heb fod yn deall Cymraeg'. Yr oedd *'owyr Inglish ffrends'* yn dal yn fyw ac yn iach – a hynny yn nhre'r Cofis! A hithau'n dref Gymreiciaf Cymru, hyd yn oed heddiw.

Ymhlith y rhai a urddwyd yn Ofyddion (gwyrdd, trwy arholiad) yr oedd un gŵr ifanc, ap Llysor, a ddaeth wedyn yn Brifardd y Goron ac yn Archdderwydd Cymru. Disgrifir ef yn *Y Brython* fel 'yr un a osododd y Ddraig Goch ar Dŵr yr Eryr [y Prif Dŵr anrhydedd yng Nghastell Caernarfon lle chwifiai Jac yr Undeb] dair blynedd yn ôl'. Dyma gyfnod pryd na welid odid fyth Ddraig Goch yn cwhwfan yn unman. Adwaenir ap Llysor hefyd fel y Dr W R P George, Cricieth. Doedd *Y Brython* ddim yn dweud ei fod hefyd, gydag eraill, wedi tynnu Jac yr Undeb *oddi ar* Dŵr yr Eryr i gymeradwyaeth tyrfa ar y Maes, ac wedi cael ei hebrwng i Swyddfa'r

Heddlu am ei waith da. O leiaf, tra oedd yn y ddalfa, cafodd ryw lun o ginio gan wraig y Rhingyll, a arferai ddarparu prydau bwyd i drigolion y celloedd. Roedd ap Llysor â'i draed yn rhydd drachefn cyn nos, ac ni ddygwyd cyhuddiad yn ei erbyn ef na'r un o'r lleill.

Hefyd urddwyd Megan Lloyd George (Awen o Fôn) yn Dderwydd. Bu Lloyd George wrthi ers rhai blynyddoedd, ar wahân i'w ddyletswyddau eisteddfodol, yn rhoi picnic i'r Prifeirdd a'r Swyddogion yn ystod wythnos y Brifwyl. Ym 1935, i Gwm Pennant yr aethpwyd, a'r parti yn cynnwys Gwilym R Jones (y Goron), Gwyndaf (Y Parch. E Gwyndaf Evans, enillydd ieuengaf y Gadair erioed, hyd hynny), a Cynan, a oedd newydd ei benodi'n Gofiadur yr Orsedd. Dyma'r ŵyl gyntaf lle bu LL-G yn defnyddio meicroffon i annerch tyrfa'r pafiliwn.

Broliodd *Yr Herald Cymraeg* fod eu Swyddfa wedi esgor ar chwe phrifardd: Llew Llwyfo, T Gwynn Jones, Meuryn, Prosser Rhys, Caradog Prichard, a bellach, Gwilym R – ysywaeth, anghofiwyd â sôn am Tudno! Yn ddiweddarach, yr oedd John Eilian, hefyd, i ychwanegu at gyfanswm 'Prifeirdd *Yr Herald*'.

Dywedir bod i bob eisteddfod ei helynt. Mewn cyfarfod o'r Orsedd – nid am y tro cyntaf na'r olaf – y bu storm Caernarfon. Wrth iddynt ethol Archdderwydd newydd, gyda'r canlyniad o blaid y Parch. J J Williams (J J), cafwyd cyhuddiadau bod y canlyniad wedi'i 'drefnu', â Cynan a Crwys, ymhlith eraill, wedi'u cau allan. [A gaf i ryfygu crybwyll y gwn innau i'r dim sut y teimlent?] Fodd bynnag, er i'r helynt dawelu, yn ôl *Y Cymro,* erbyn ethol Cofiadur a dewis Cynan, 'ni allai'r Gorseddwyr fodloni ar Eisteddfod heb fod codi twrw ynddi' – 'beth sy'n newydd?' gofynnaf innau.

Cyrhaeddodd y gwrthwynebiad i'r Seisnigo cynyddol ei benllanw ym **Machynlleth, 1937** pan ymddiswyddodd nifer o'r prif feirniaid, gan gynnwys yr Athro W J Gruffydd, Dr Thomas Parry, Dr Iorwerth Peate a Miss Cassie Davies. Protest oedd hyn, yn rhannol, yn erbyn penodi Ardalydd Londonderry yn un o Lywyddion y Dydd. Ef oedd perchen Plas Machynlleth ac ef hefyd oedd y Gweinidog Rhyfel a fu'n gyfrifol am orfodi'r Ysgol Fomio ar Benyberth yn Llŷn.

Yma, ar ôl hir alw gan rai fel W J Gruffydd a Cynan, y newidiwyd
Cyfansoddiad yr Ŵyl, gan gael y Gymraeg yn iaith swyddogol yr Eisteddfod.
Yr oedd yr Orsedd wedi gwneud hynny ers degawdau. Cadeirydd y
cyfarfod lle y digwyddodd hyn oedd Lloyd George, a fu'n galw amdano
ers dros ddeugain mlynedd. Yn ôl Cynan, heblaw am bresenoldeb LL-G
yn y cyfarfod a'i gefnogaeth hirhoedlog i ŵyl Gymraeg, ni fyddai hyn oll
wedi dod i fodolaeth.

Dau o'r Llywyddion a ddewiswyd gan Bwyllgor Lleol Machynlleth oedd
Ardalydd Londonderry a Winston Churchill (na ddaeth yno). Yn ei araith
Lywyddol dyweddodd LL-G mai rheitiach fyddai bod wedi dewis arwyr
o anian wahanol; megis Owain Glyndŵr a Robert Owen, y Drenewydd:
gorchwyl anodd, braidd, â'r ddau wedi marw ers cantoedd.

CAERDYDD, 1938

Yr Orsedd yn cyfarfod o fewn muriau'r Castell, lle defnyddiwyd 'meini' o goncrit!
Wele siâp y Maen Llog!

VII

Wedi'r Ail Ryfel

Yn ystod y Rhyfel, ni fu fawr o drefn ar bethau. Bu eisteddfodau bach yn Hen Golwyn, 1941; Aberteifi, 1942; Bangor, 1943 a Llandybïe, 1944. Ym 1940 cynhaliwyd eisteddfod radio, diolch i'r BBC, o Fangor, Caerdydd a Llundain. Trefnwyd hi gan T Rowland Hughes, cyhyrchydd gyda'r Gorfforaeth, ac ef a gadeiriwyd ynddi am yr eilwaith, am ei awdl 'Y Pererin'.

Trefnwyd i Lloyd George draddodi ei araith Lywyddol ar ddydd Mercher Prifwyl Radio 1940: yr unig un a ddarlledwyd. Dyma'i araith olaf fel Llywydd yr Eisteddfod. Mae'n eironig a thrist mai yn Saesneg y darlledwyd hi am fod y BBC yn Llundain yn amharod iddo wneud yn Gymraeg – 'er mwyn i bobol ledled Prydain ei deall'. Beth, tybed, a ddywedsai'r LL-G ifanc wrth y BBC am eu rhyfyg?

Ail-ddechreuwyd yr Eisteddfod lawn yn syth wedi'r Rhyfel, yn **Rhosllannerchrugog ym 1945**. Yn ystod wythnos y Brifwyl y gollyngwyd y bom atomig ar Nagasâci, a daeth y Rhyfel â Siapan i ben. Pan gyrhaeddodd y newydd yn ystod seremoni'r Orsedd ar y pnawn Iau dyma'r cyn-Archdderwydd Elfed, yn ei Wisg Aur – yn hen, yn ddall a musgrell – yn ymlwybro i flaen y llwyfan a dweud yn syml, ond mewn llais fel cloch: 'Gweddïwn'. Ar ôl i Elfed weddïo, canwyd yr emyn 'Cyfamod hedd, cyfamod cadarn Duw'. A phan ofynnodd Archdderwydd Cymru (Crwys), wrth iddo gadeirio'r Prifardd Tom Parri Jones: *'A oes Heddwch?'*, bloeddiwyd *'HEDDWCH!'*, mewn modd nas clywyd na chynt na chwedyn.

Gyda llaw, dywed rhai mai ystyr 'ein Gwlad' yn 'Cofia'n gwlad, Benllywydd tirion' o waith Elfed – a genir gydag arddeliad ym mhob

'BRENHINOL'

*Y Dywysoges (ar y pryd) 'Elisabeth o Windsor',
a urddwyd gan yr Archdderwydd Crwys yn
Aberpennar ym 1946. Ers 1af Ionawr 2006
nid yw mwyach yn aelod o'r Orsedd*

Gorsedd agored – yw 'Prydain Fawr': ni wn a yw hynny'n wir.

Yn **Aberpennar ym 1946**, urddwyd y Dywysoges Elizabeth dan yr enw-yng-Ngorsedd 'Elisabeth o Windsor'. Ymhen y rhawg, urddwyd ei gŵr yn 'Phylip Meirionnydd'. Yr oedd ei rhieni hefyd, a'i thaid a'i nain, wedi'u hurddo yn eu hamser, fel ei hewythr Edward VIII (wedyn Dug Windsor). Megis y gwelwyd, yr oedd bri mawr ar urddo aelodau teulu brenhinol Lloegr pryd bynnag y dôi'r cyfle. Byth oddi ar Aberpennar, argraffwyd llun *Elisabeth o Windsor* – yn ei Gwisg Werdd – gyferbyn â llun yr Archdderwydd ym mhob Rhaglen Gyhoeddi. Tua phum mlynedd yn ôl, penderfynodd Bwrdd yr Orsedd hepgor y llun brenhinol, a dodi darlun o Iolo Morganwg yn ei le. Hyd y cofiaf, yr oedd yn benderfyniad unfrydol; yn sicr yn benderfyniad *nem. con.*

Yn bwysicach, yn yr Eisteddfod hon yr enillodd y Doctor Geraint Bowen – wedyn yr Archdderwydd Geraint – y Gadair am ei Awdl i'r 'Amaethwr'. Dysgais lawer iawn am Orsedd ac Eisteddfod wrth draed Geraint dros y blynyddoedd. Digwyddodd rhyw gymaint o hynny wrth i ni weithredu'n gyd-ddirprwyon o Gymru yng Ngorsedd Llydaw, y sgrifennwyd mor drylwyr a dysgedig amdani gan ei briod, Zonia.

Wrth fynd heibio, efallai mai dyma'r fan i sôn – serch nad oes a wnelo hyn â'r Orsedd fel y cyfryw – fod Cyfansoddiad newydd yr Eisteddfod, a ddaeth i rym ym mis Ionawr 2006, yn datgan mai *Eisteddfod Genedlaethol Cymru*, ac nid *Eisteddfod Genedlaethol **Frenhinol** Cymru,* fydd yr unig enw swyddogol mwyach. Synnwn i ddim na fydd Eisteddfod Ryngwladol Llangollen – na fu erioed yn or-frwdfrydig dros Gymreictod yn y gorffennol – yn manteisio ar y sefyllfa ac yn llwyddo i fachu'r 'Brenhinol' yn rhan o'i theitl hi. Ond mae'n anodd dirnad sut y buasai cwlwm closiach â theulu Windsor yn gwneud honno'n ŵyl *fwy rhyngwladol* ei naws.

Lle bo'r Orsedd dan sylw, arferai ei hen Gyfansoddiad hithau ddatgan:

> Ystyrir medru Cymraeg yn gymhwyster cwbl hanfodol i unrhyw berson a gyflwynir am urdd trwy anrhydedd yn yr Orsedd. Yr unig eithriad i'r rheol hon fydd aelod o'r Teulu Brenhinol neu Bennaeth gwlad arall neu artistiaid cydnabyddedig o genhedloedd eraill a fyddo ar ymweliad â'r Ŵyl.

Fel y gwelwyd, yr oedd llaweroedd o'r breninolion wedi'u hurddo dros y blynyddoedd, o Edward VII a'i dylwyth, hyd at Elizabeth II a'i gŵr. Nid oedd yr un 'pennaeth gwlad arall' erioed wedi'i dd/derbyn, nac ychwaith 'artist cydnabyddedig'. Ceisiais yn galed berswadio Bwrdd yr Orsedd i urddo Arlywydd Iwerddon, Mary Robinson, ond methais. Pe bawn wedi llwyddo, fy mwriad, y rhawg, oedd dwyn enw Nelson Mandela gerbron. Yn y Cyfansoddiad newydd, y geiriad priodol, cwta a hollol ddiamwys, yw:

> Amod cyntaf aelodaeth yr Orsedd yw medru'r Gymraeg.

Felly, ni welwn mwyach yr un o'r breninolion; nac unrhyw arlywydd gweriniaeth nac artist cydnabyddedig. O roi ei ystyr manwl i eiriad y Cyfansoddiad newydd, nid yw'r Frenhines na'r Dug bellach yn aelodau o'r Orsedd, gan nad ydynt yn gymwys i fod. Gellir dadlau gan hynny fod geiriad y Cyfansoddiad newydd wedi eu diarddel ill dau, gan nad oes ynddo gymal pendant a diamwys – fel y bu – sy'n eu heithrio o'r rheidrwydd i fedru'r Gymraeg. Stori arall yw a oes unrhyw un, hyd yn hyn, wedi ymdrafferthu i hysbysu Elizabeth o W. a Phylip M. o'u diarddeliad.

Lle bo'r materion cyfansoddiadol-frenhinol uchod dan sylw, ni fedraf beidio â dyfalu'n synfyfyriol – *beth tybed fyddai Cynan wedi'i ddweud?*

Enillwyd Cadair **Pen-y-bont ar Ogwr, 1948** gan Dewi Emrys – ei bedwaredd. Yr oedd Cadfan, Crwys, Cynan, Wil Ifan, Caradog Prichard a J M Edwards wedi ennill Cadair neu Goron deirgwaith, a Dyfed a Thudno wedi ennill pedair Cadair yr un. Felly, rhag torri calonnau gormod o feirdd a llenorion ifanc, deddfwyd na fedrai neb ennill y Gadair, y Goron na'r Fedal fwy na dwywaith o hynny ymlaen. Mae'n beth syn na fyddai'r un math o reol mewn gweithgareddau eraill, megis chwaraeon: e.e., gornestau snwcer yn y Crucible, tennis yn Wimbledon, neu hyd yn oed y Gemau Olympaidd. Ond stori arall – a rhesymeg wahanol – yw honno.

Ymffrostiwyd wedi **Prifwyl 1949, Dolgellau** mai hi oedd 'yr Eisteddfod Gymreiciaf erioed'. Cafwyd trosiad Cymraeg ar gyfer pob darn cerddorol. Yr oedd rhai'n beirniadu hyn, gan ddweud y byddai'n cau allan bob côr o'r tu allan i Gymru. Fel pe i ateb y feirniadaeth, enillwyd y Cyntaf a'r Ail yng nghystadleuaeth y corau merched gan gorau o Plymouth a Blackpool – yn canu yn Gymraeg. Daw hyn â mi at y Rheol Gymraeg ei hun, a ddaeth i fod yng Nghaerffili ym 1950. Ond erys cwestiwn a godwyd o bryd i'w gilydd, yn ddiweddaraf gan Bryn Terfel a Stuart Burrows yn *Golwg*. [Gyda llaw, eddyf Stuart Burrows ei fod bellach wedi colli ei Gymraeg.]

Yng **Nghaerffili, 1950** y gweithredwyd y 'Rheol Gymraeg' yn swyddogol am y tro cyntaf. Cynhaliwyd popeth yn uniaith-Gymraeg. Ond fe'i torrwyd, yn fwriadol, gan yr Aelod Seneddol, Ness Edwards – Cymro uniaith (Saesneg) – a siaradodd yn Saesneg er mwyn ymosod ar y Rheol Gymraeg ei hun. Ond glynwyd wrth y Rheol Gymraeg o hynny ymlaen, a bellach mae wedi para dros hanner canrif, fwy neu lai yn ddi-dor.

Troed yn y drws?

'Y Rheol Gymraeg'? Purion: ond beth am 'Y Rheol dim Saesneg' – Cyngor Bryn Terfel i'r Brifwyl? Dim ond yn Hwlffordd ym 1972 y deddfwyd bod pob arwydd ar y Maes 'i fod yn Gymraeg o hyn allan' – rheol a dorrir mor fynych ag y'i cedwir. Yn dilyn y 'Rheol Gymraeg' – a fu gyda ni ers dros hanner canrif – codwyd sôn mewn rhifyn o *Golwg* ym Medi 2005 am y posibilrwydd o reol newydd sbon, a fedyddiwyd gan y cylchgrawn, 'Y Rheol Dim Saesneg'. Ffrwyth meddwl neb llai na Bryn Terfel ydyw, er y lleisiwyd yr un farn gan eraill o bryd i'w gilydd. Fe ymddangosodd bron yn syth ar ôl Eisteddfod Eryri, 2005 a Gŵyl y Faenol (gŵyl Bryn ei hun) a gynhaliwyd yn ddiweddarach yr un mis. Yn hytrach na'r Rheol Gymraeg, dylai'r Brifwyl gyflwyno'r rheol newydd ar gyfer ei chyngherddau. Fe fyddai hynny, wedyn, yn caniatáu defnydd o'r ieithoedd Eidaleg, Ffrangeg, Almaeneg a hyd yn oed Lladin yn y cyngherddau hynny. Dyna, wrth gwrs, a wneir yng Ngwyliau'r Faenol. Dyma eiriau Bryn ei hun ar y mater (*Golwg*, 1.9.05):

> Os oes yna offeren i'w gwneud, mi ddylid ei gwneud hi yn Lladin … wrth gwrs, o'n i'n fodlon gwneud yr Offeren gan Mozart yn Gymraeg, ond rydach chi'n colli cymaint ar deimlad darn o gerddoriaeth os ydach chi'n ei thynnu hi o'r iaith wreiddiol wnaeth y cyfansoddwr ei chyfansoddi hi ynddi.
>
> Os ydi o'n rhywbeth tuag at gyngherddau gyda'r nos, ac os oes gennych chi gôr lleol o ryw 400 o bobol, dw i'n meddwl eu bod nhw'n colli allan o beidio cael canu'r darn yn yr iaith wreiddiol.
>
> Does yna ddim llawer o ddarnau fedr gael eu perfformio'n Saesneg, fel *'Elias/Elijah'* y *Messiah* – yn Saesneg mae'r darn hwnnw, ac mi fasan ni'n ei berfformio fo yn Gymraeg. Ond os oes yna rywbeth yn Lladin, dw i'n meddwl dylai hi fod yn rheol i berfformio'r darn hwnnw yn Lladin.
>
> Wrth gwrs, dw i tu cefn i'r Rheol Gymraeg gant y cant lle mae'r Eisteddfod yn y cwestiwn, ond gyda'r nosweithiau gyda'r nos [*sic*], dw i'n meddwl y dylid llacio ychydig bach ar y rheol.

Ar un olwg mae'n anodd peidio cytuno â Bryn. O safbwynt cerddorol pur, mae cryn resymeg yn ei ddadl. Ac mae'n wir bod dau safbwynt ar y pwnc llosg yma, hyd yn oed yn Lloegr. Bydd yr *'English National Opera'*, yn ddieithriad, yn canu popeth yn Saesneg, tra bydd Tŷ Opera Covent Garden yn peri canu popeth yn yr iaith wreiddiol. Yn feunyddiol, ar y rhaglen radio *Classic FM*, byddir yn hysbysebu cyngherddau, gyda'r atodiad (ac ai fel atyniad?): *'This work will be sung in English'*.

Yr wythnos ddilynol, cafwyd llythyrau yn gwrthwynebu safbwynt Bryn Terfel. Yn fras, byrdwn y dadleuon oedd: 'Nid dyletswydd y Gymraeg yw gwasanaethu'r Eisteddfod, eithr dyletswydd yr Eisteddfod yw gwasanaethu'r Gymraeg'.

Fy hunan, rwy'n gweld perygl mawr yn nadl Bryn. Mae'n hawdd i elynion y Gymraeg ddadlau eisoes fod yr Eisteddfod yn wrth-Saesneg – nid bod rhesymeg yn y ddadl honno, ond fe'i lleisir yn feunyddiol, hyd syrffed. Ond os rhowch chi dragwyddol heol i bob iaith *ar wahân i'r Saesneg,* a sefydlu 'Rheol Dim Saesneg', fe fydd yn fêl ar fysedd gelynion yr iaith. Felly, da chi, gadewch i bethau aros fel y maen nhw.

Ar ôl dweud hynny, rwy'n rhagweld y bydd y ddadl hon yn rhygnu yn ei blaen tra pery'r Eisteddfod, a thra cynhelir cyngherddau.

Enillwyd y Goron am y tro cyntaf erioed gan fenyw, sef Dilys Cadwaladr, yn **Y Rhyl, 1953**. Er mwyn ymorol na thorrid mo'r gyfrinach, yr oedd Cynan ac Emrys Roberts, Ysgrifennydd y Llys, wedi cynllwynio i ryddhau si bod yr enillydd eisoes *wedi* ennill ei ddwy goron, ac felly na fyddai Coroni. Gweithiodd yr ystryw, a syfrdanodd Dilys Cadwaladr y genedl pan safodd ar alwad y Corn Gwlad.

Yr ail fenyw i'w choroni oedd Eluned Phillips (Luned Teifi), yn y Bala ym 1967, a thrachefn yn Llangefni ym 1983. Ac yna Einir Jones (Einir) ym Mro Delyn, 1991. Ac wrth gwrs, y Dr Mererid Hopwood (Mererid) ym Meifod yn 2002. Mae deuddeg merch wedi ennill y Fedal, bedair ohonynt ddwywaith. A hyd yn hyn, dim ond Mererid a gadeiriwyd: yn Ninbych yn 2001. Ac mae llaweroedd o'r Gorseddogion, o'r tair Urdd, yn fenywod.

Dylai'r Orsedd sylweddoli y perthyn iddi bellach – yn Brifeirdd a Phrif Lenorion fel ei gilydd – ddigonedd o ferched galluog a chymwys, sydd ar dir i'w hethol yn Archdderwydd: gwireddir hynny cyn bo hir gobeithio.

MAE LLAWEROEDD O'R GORSEDDOGION YN FENYWOD

Bendithiwyd **Pwllheli ym 1955** â thywydd cystal ag a gafodd ym 1925. Yn wir, bedyddiwyd hi'n 'Eisteddfod y Tes'. Ym marn *Y Cymro:*

> Eisteddfod ddidramgwydd iawn … Eisteddfod gartrefol, werinol, gynnes a Chymreig dros ben…

Pwy ddymunai well? Eto, fe gynhyrfodd John Eilian (John Tudor Jones) y dyfroedd trwy i'w *Herald Cymraeg* gyhoeddi darnau o'r bryddest fuddugol – 'Ffenestri', gan y Parch. W J Gruffydd, Y Glôg (Elerydd, a ddaeth yn Archdderwydd o 1984 hyd 1987) – yn union ar ôl ei gwobrwyo bnawn Mawrth. Nid oedd y *Cyfansoddiadau* i ddod allan tan ar ôl y Cadeirio bnawn Iau. Edrychodd yr Orsedd yn ddifrifol iawn ar y fath dor-cyfrinach, a hynny gan Brifardd Cadeiriol a Choronog a ddylai wybod yn well. Penodwyd 'comisiwn' i ymchwilio i'r digwyddiad: yr hoelion wyth oedd Syr David Hughes-Parry, y Dr William George a'r Henadur Emyr Williams – tri gŵr cyfraith ac felly, trwy ddiffiniad, tri gŵr doeth. 'Cosb' John Eilian fu

JOHN EILIAN

Yr hogyn drwg a gyhoeddodd ran o Bryddest fuddugol Pwllheli 1955 ddeuddydd cyn i'r Cyfansoddiadau ymddangos ar y dydd Iau

cael ei wahardd rhag cyfarch Bardd y Gadair ar y dydd Iau!

Wedyn bu stŵr pan gipiodd rhywun faner Jac yr Undeb oddi ar frig y Pafiliwn: 'aelodau Plaid Cymru' a gafodd y bai. Penderfyniad pa athrylith oedd dodi Jac yr Undeb ar bafiliwn Prifwyl Cymru yn y lle cyntaf? Bellach, nid wyf yn cofio gweld yr un 'Jac' yno ers blynyddoedd lawer.

O'r Maen Llog, cododd yr Archdderwydd Dyfnallt, yn hynafgwr 82 oed, ei lais dros yr iaith:

'Dylai'r lleihad yn nifer siaradwyr Cymraeg godi arswyd a chywilydd arnom, ond ni ddylem ddigalonni'n daeog fel rhai heb obaith.'

I gloi Prifwyl Pwllheli, dylid sôn am ymateb y Parch. Morgan Griffith, Gweinidog Capel Penmount (MC) y dref. Roedd yn byw yn Ffordd Caerdydd, a'i ddrws ffrynt ar draws y ffordd i Brif Fynedfa'r Maes. Am ryw reswm – nas darganfuwyd erioed – yr oedd pob eisteddfod yn atgas beth ganddo. Gan hynny, clôdd ei hun am yr wythnos yn y cwt yng ngwaelod ei ardd gefn, heb gasglu ei bost, ateb ei ffôn, ymateb i gnoc ar ei ddrws, troi ei set radio ymlaen, nac agor papur newydd. Ac yno y bu'n byw fel meudwy, y tu ôl i lenni caeedig, lathenni oddi wrth yr holl fwrlwm eisteddfodol, yn darllen esboniadau a straeon ditectif, hyd nes yr oedd y rhialtwch ar ben a'r Maes wedi'i glirio.

Yn **Abertawe, 1964,** am y tro cyntaf, arbrofwyd gyda offer cyfieithu ar y pryd, fel y gallai'r rhai na ddeallai Gymraeg wrando ar drosiad o bopeth a ddigwyddai yn y Pafiliwn. Does dim dwywaith na fu hyn yn gaffaeliad

'TYWYSOGAETHOL'

Caerdydd, 1960. Yr Archdderwydd Trefin yn urddo Dug Caeredin (Phylip Meirionnydd). Nid oedd gwirionedd yn yr awgrym mai codi'i fraich yn y cyfarchiad Natsïaidd yr oedd Trefin, o barch i wreiddiau Almaenig y Dug

garw, a bu'n gymorth mawr i alluogi glynu wrth y Rheol Gymraeg. Fe'i defnyddir ym mhob math o sefydliad trwy Gymru erbyn hyn, o'r Cynulliad Cenedlaethol i lawr i gynghorau cymuned.

Yn **Y Barri, 1968** yr urddwyd George Thomas (Siôr o Donypandy) yn Dderwydd yng Ngorsedd. Gellir dadlau mai George oedd yr Ysgrifennydd Gwladol mwyaf gwrth-Gymreig a gawsom erioed: roedd hynny'n peri yr ystyrid ef yn ŵr amhoblogaidd ac atgas gan lawer. Yn y pegwn arall, mae'n debyg mai Gwynfor Evans (a oedd yn aelod o'r Orsedd ers 1965), a phersawr ewfforia Sgwâr Caerfyrddin yn dal i lynu wrtho, oedd y gŵr mwyaf poblogaidd a charismataidd yng Nghymru gyfan. Yr oedd carfan helaeth o ieuenctid mwyaf gwlatgar Cymru wedi mynd i'r Pafiliwn i Seremoni'r Cadeirio, ac yn aros yn eiddgar i gael mynegi teimladau cignoeth am yr Ysgrifennydd Gwladol cyn gynted ag y gorymdeithiai i mewn gyda'r Orsedd. Roedd y lle'n frith gan heddlu, lifreiog a chudd. Dyma'r Gorseddogion yn cerdded i mewn, fesul dau. A phwy a gydgerddai – yn bâr cytûn – ond Gwynfor a George. Roedd y gynulleidfa'n gegrwth. Yr oeddwn i yno: roeddwn innau'n gegrwth hefyd. Wrth iddo gerdded heibio i'r sedd lle eisteddai ei fam, sibrydodd George yn ei chlust: *'It's all right, Mam, Gwynfor is with me.'* Erbyn gweld, yr oedd yr Archdderwydd Gwyndaf wedi mynd yr holl ffordd i Langadog i ymbil ar Gwynfor i achub croen George Thomas yn y modd yma ar y Maes. Sgrifennodd yr Archdderwydd lythyr at Gwynfor yn syth ar ôl yr Eisteddfod (15/8/68), a gynhwysai'r geiriau:

> Ofer a fuasai apelio am heddwch oni bai am eich presenoldeb... yr wyf yn sicr i chwi achub y sefyllfa ar y Maes, a sgorio 'trei' aruthrol yr un pryd.

(A gw. 'Siôr o Donypandy', adran viii, Pen. XVI, isod.)

Ond ni fu'r Eisteddfod mor hynaws tuag at Gwynfor Evans ag y bu ef tuag ati hi. Serch mai Gwynfor, yn ddiamau, oedd y mab disgleiriaf a gynhyrchodd y Barri yn ystod yr ugeinfed ganrif, ni fu'r Sanhedrin – sef Cyngor yr Eisteddfod, nid Gorsedd y Beirdd, yn y cyswllt hwn – yn ddigon grasol i estyn gwahoddiad iddo fod yn un o Lywyddion y Dydd (yr oedd chwech – un bob dydd – yr adeg hynny). Dadl dila Cyngor yr Eisteddfod oedd na ddylai'r un gwleidydd dderbyn gwahoddiad o'r fath gan y byddai hynny, o bosibl, yn eu gorfodi 'i ddewis rhwng gwleidyddion' pe ceid mwy nag un enwebiad gwleidyddol. (Trwy gyd-ddigwyddiad, rhieni Gwynfor, a gefnogai bopeth Cymraeg, a roddodd y Goron y flwyddyn honno, ac roedd y Cyngor wedi ei derbyn â'r diolch arferol.) Dylid nodi na fu unrhyw wrthwynebiad erioed fod gwleidyddion fel Cledwyn Hughes, William Edwards, Rhodri Morgan, Aneurin Bevan (yn Saesneg), Roderic Bowen a Dafydd Wigley – heb sôn am y bythol-bresennol Lloyd George yn ei ddydd – wedi derbyn gwahoddiad i lywyddu'r Genedlaethol. Pa ryfedd i rai weld 'cynllwyn budr' a bwriadol ar ran Eisteddfod y Barri i gadw Gwynfor Evans draw?

Yn y Barri hefyd yr enillodd y Parch. R Bryn Williams (wedyn yr Archdderwydd Bryn) – Gwladfäwr â'r Sbaeneg yn iaith gyntaf iddo – y Gadair am ei 'Awdl Foliant i'r Morwr'.

Yng **Nghaerfyrddin, 1974** yr enillodd y Dr W R P George (wedyn yr Archdderwydd ap Llysor) y Goron am ei Bryddest 'Tân'. Yno, hefyd, y dadorchuddiwyd 'Ffenestr yr Orsedd' yng Ngwesty'r Llwyn Iorwg, fel y gwelsom.

Mae gen innau gof personol arbennig am yr Eisteddfod honno, pan gefais fy urddo'n Dderwydd er anrhydedd (am lunio *Termau Cyfraith* yn bennaf, yn ôl dyfynneb y Cofiadur Gwyndaf). Dewisais ymffrostio yn fy milltir sgwâr trwy arddel yr enw-yng-Ngorsedd 'Robyn Llŷn'. Saith mlynedd cyn hynny, tua 1967, yr oeddwn wedi bwriadu sefyll arholiadau'r Orsedd ar gyfer gradd Llên Ofydd. Hynny ar anogaeth frwd y diweddar Arwyddfardd Erfyl Fychan (y Capten R W Jones). Roedd Erfyl wedi dod i fyw i Fynytho yn Llŷn, a'r ddau ohonom wedi dod yn dipyn o lawia'. Prynais y llyfrau gosod priodol a threuliais aeaf difyr a diddorol yn myfyrio ynddynt. Ysywaeth, tra oeddwn wrthi, bu farw Erfyl yn egr o annhymig. O golli cyfaill mor ddisymwth, collais hefyd yr awch i fwrw 'mlaen â'r gwaith.

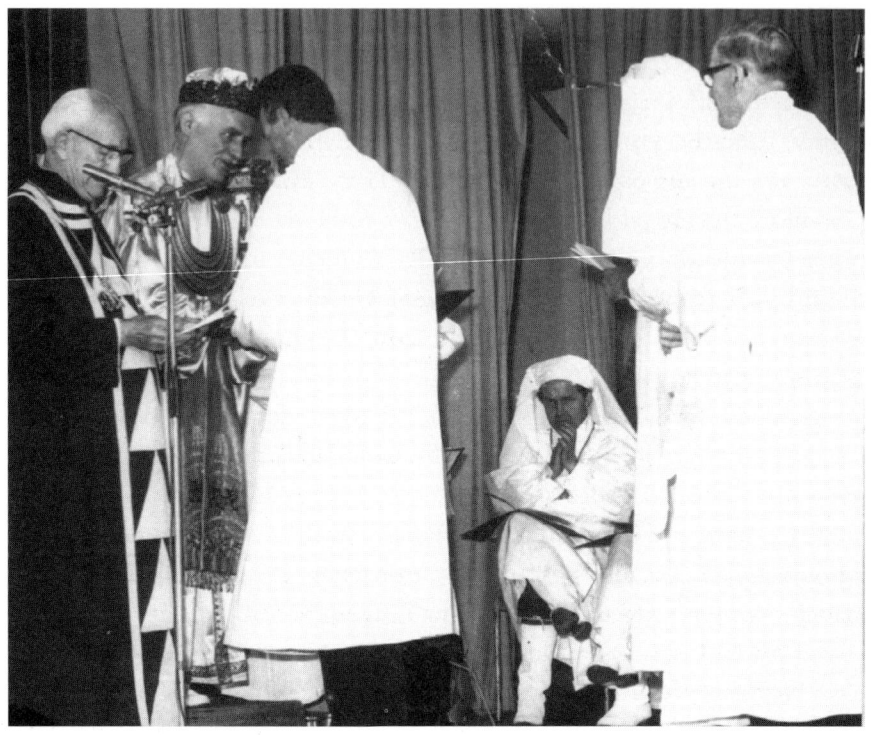

CROESO, 'FY NYSGEDIG GYFAILL'

Yr Archdderwydd Brinli yn urddo'r Awdur yn Dderwydd yng Ngorsedd, dan do, ym Mhrifwyl Caerfyrddin 1974. Wrth ochr Brinli gwelir y diweddar TW Thomas (ab Eos), ac yn disgwyl y tu ôl i'r Awdur mae'r diweddar Barch. OM Lloyd, Dolgellau. Yn yr hwntir gwelir Huw Tomos, Llywydd presennol y Llys [2006], rhwng cwsg ac effro

Rwy'n dal i ddifaru, braidd, canys yr oedd mwy na gronyn o wirionedd ym mhregeth daranllyd, tôn-gron, y diweddar Drefnydd Arholiadau, Huw Tegai (Huw Davies) ynghylch cyflwyno urddau trwy anrhydedd. Yr oedd Gorsedd y Beirdd meddai, bellach yn gadel gormod i mewn trwy borth llydan Anrhydedd yn hytrach na thrwy borth cyfyng Arholiad. Roedd 'anrhydeddu'r hanner dwsin', ym marn Huw, wedi gor-chwyddo i fod yn 'anrhydeddu'r hanner cant', ac roedd hynny'n dibrisio'r Urddau yn eu statws a'u gwerth fel ei gilydd. Gŵr a'i haddysgodd ei hun oedd Huw

Tegai: gadawodd ysgol yn bedair ar ddeg oed i weithio yn y chwarel, a bu'n rhaid iddo ymdrechu'n galed am bob mantais ac anrhydedd a ddaeth i'w ran weddill ei oes. Cytunwch â Huw neu beidio, ond yn sicr, mae ei safbwynt – a aeth bron yn angof, bellach – yn haeddu cael ei grybwyll mewn cyfrol fel hon. Canys mae'n safbwynt sy'n bwysig i hanes a delwedd Gorsedd y Beirdd.

Aethpwyd â'r Eisteddfod i **Aberteifi, 1976** er mwyn dathlu wyth canml-wyddiant yr eisteddfod gyntaf y ceir cofnod ohoni, a gynhaliwyd yng Nghastell Aberteifi ym 1176.

Eithr fe gofir Prifwyl Aberteifi am reswm gwahanol. Yno yr enillodd Alan Llwyd ei ail ddwbwl, sef cipio'r Goron a'r Gadair. Ond gadawyd blas drwg ar wrhydri Alan gan fod Dic Jones (Dic yr Hendre) wedi'i ddyfarnu'n fuddugol, ond wedi'i fwrw allan o'r gystadleuaeth ar ôl iddo ennill, am dorri un o'r rheolau cystadlu. Yn anffodus, cafodd yr helynt gyhoeddusrwydd mawr – i'm tyb i, dylai awdurdodau'r Eisteddfod fod wedi cadw'r cyfan yn gyfrinachol a gadael i Alan fwynhau braint a sglein ei gamp ddwbwl hyd yr eithaf, yn lle ceisio dad-wneud popeth a suro'r cyfan.

Pa reol a dorrodd Dic? Dim ond bod ar un o bwyllgorau lleol Prifwyl Aberteifi – pwyllgor nad oedd a wnelo ddim oll â chystadleuaeth y Gadair – pan oedd Rheolau'r Eisteddfod yn cyhoeddi'n haearnaidd-bendant na chaniateid hynny. Ac am roi ei briod enw 'R Lewis Jones' yn lle'r mwy adnabyddus 'Dic Jones', a chyfeiriad heblaw 'Yr Hendre' yn yr amlen dan sêl. A oedd hynny hefyd yn drosedd, atolwg?

Yr oeddwn yng Nghyngor yr Eisteddfod rhyw flwyddyn neu ddwy yn ôl pan gyhoeddwyd eu bod yn newid y rheol honno (sef gwahardd aelodau pwyllgorau lleol rhag cystadlu yn eu Heisteddfod hwy). Felly, – os caf ddychmygu sefyllfa – ni fyddai dim i rwystro beirniad yr Englyn Digri rhag cystadlu am y Rhuban Glas. Ar ôl i'r newid gael ei gario (yn unfrydol), gofynnais i Gadeirydd y Cyngor am ganiatâd i godi pwynt o drefn. Pan ofynnodd i mi beth oedd fy mhwynt o drefn, gofynnais: *'Pe bai rheolau Prifwyl 1976 fel y maen nhw'n awr, ar ôl i chi eu diwygio heddiw, onid Dic Jones a fyddai wedi ennill Cadair Aberteifi?'* Cefais yr argraff fod

GERAINT, ARCHDDERWYDD

Newydd goroni Meirion, a ddaeth wedyn yn Archdderwydd ei hun,
yng Nghaernarfon, 1979

distawrwydd llethol, a chryn lyncu poer. Yna: 'Ie,' atebodd y Cadeirydd, yn gwta. Oni fedr mân betheuach amharu ar rediad Hanes, weithiau? Ond yn sgîl y penderfyniad hwn, mae'n awr yn bosib i aelod o Bwyllgor Llên eisteddfod fod yn ymwneud â dewis testunau a beirniaid i'r eisteddfod honno – *a chystadlu!*

Mae stori arall, unigryw, sy'n gysylltiedig â Phrifwyl Aberteifi hefyd, ond na chafodd lawer o gyhoeddusrwydd gan i'r digwyddiadau eraill dynnu sylw pawb. Yr oedd gweithwyr maes tanio Aber-porth wedi cynnig rhoi'r Goron, ond trefnodd Cymdeithas yr Iaith Gymraeg ymgyrch lwyddiannus er mwyn atal hynny. O ganlyniad, ymddiswyddodd Saunders Lewis o fod yn Llywydd Anrhydeddus y Gymdeithas: gwyddai pawb beth oedd barn S L am 'heddychiaeth'.

'NEB YN DEILWNG'

Roedd siom amlwg ar wynebau Gwynn Tregarth, Dilwyn Cemais a'r Archdderwydd Geraint pan ataliawyd Cadair Caernarfon ym 1979. Pan ddigwydd hyn, rhoddir y Cleddyf Mawr ar draws y Gadair. Ond gofalodd rhoddwr y Gadair, y diweddar Siôn Eryl, ei bod yn cael cartref teilwng

Rhoddwr **Cadair Caernarfon, 1979** oedd y diweddar Eryl Owen-Jones (Siôn Eryl), cyfreithiwr a chyn-glerc y Cyngor Sir a Llys Chwarter Sir Gaernarfon. Dyfarnodd y beirniaid nad oedd neb yn deilwng ohoni. Oherwydd ei gysylltiadau cyfreithiol, a'r ffaith fod adeilad Llys y Goron, Caernarfon − olynydd y cyn-Lys Chwarter − yn cael ei ailwampio a'i adnewyddu ar y pryd, penderfynodd Siôn Eryl gyflwyno'i Gadair yn rhodd i Adran yr Arglwydd Ganghellor, iddi gael gwasanaethu ym mhrif safle anrhydedd Llys y Goron, yn gadair i'r Barnwr. Dyna a wnaed ar ôl atal Cadair Caergybi ym 1927, pryd y cyflwynwyd hi i Lys Biwmares.

Yn anffodus, yr Arglwydd Ganghellor ar y pryd oedd Arglwydd Hailsham, gŵr a ddrwgdybiai bob arlliw ar Gymreictod. Fe'i cofiwch yn ymweld â Bangor, pan alwodd aelodau Cymdeithas yr Iaith Gymraeg yn griw o *'baboons'*. Ni fynnai Hailsham i ddim *'eisteddfodic'* (ei air ef) halogi Llysoedd Barn ei Mawrhydi. Felly gwrthododd Hailsham gynnig Siôn Eryl mewn modd digon dirmygus a sarhaus o'r Cymry, o'r Eisteddfod ac o Siôn Eryl, yntau.

Beth oedd Siôn Eryl druan i'w wneud â'i gadair? Cyflwynodd hi ar y cyd i ysgolion uwchradd Syr Hugh Owen, Caernarfon; Brynrefail, Llanrug; a Dyffryn Nantlle, Penygroes, a sefydlodd gystadleuaeth lenyddol flynyddol rhwng y tair ysgol. Ar hyn o bryd, yn Ysgol Dyffryn Nantlle y mae'r Gadair. Os caf ryfygu dweud, mae'r fan honno yn llawer rheitiach lle iddi na bod dan ben ôl ambell dwmpath diddeall o Sais barnwrol fel sy'n ymweld â Llys Caernarfon yn rhy aml o lawer.

Wrth fynd heibio, nodaf gamp dau Archdderwydd-i-ddod: John Gwilym, a gadeiriwyd ym **Machynlleth, 1981** am ei Awdl 'Y Frwydr'; a Selwyn Iolen, a goronwyd yn **Nyffryn Conwy, 1988** am Ddilyniant o Gerddi 'Arwyr'.

Cynhaliwyd Gorsedd, ar wahân i unrhyw brifwyl, am y tro cyntaf yn ein dyddiau ni, yng **Nghaerwys ym 1968,** i ddathlu pedwar canmlwyddiant yr Eisteddfod enwog a fu yno ym 1568. Gwahoddwyd disgynyddion y rhai a oedd wedi'u henwi yn y Comisiwn gwreiddiol, hyd y medrwyd dod o hyd iddynt. Yr Archdderwydd Gwyndaf a lywyddai.

A sôn am gofio, eto: ym **1982**, saith canrif wedi lladd Llywelyn ein Llyw Olaf ym 1282, cynhaliwyd cynulliad gorseddol wrth **Gofeb Cilmeri** dan lywyddiaeth yr Archdderwydd Jâms Nicolas.

Ffug-ddiymhongarwch ar fy rhan fyddai peidio â sôn am Eisteddfod **Dyffryn Lliw, 1980.** Canys Prifwyl oedd honno nas anghofiaf am reswm sy'n hollbwysig i mi fy hun, sef mai yno y dyfarnwyd i mi'r Fedal Ryddiaith.

Eisteddai dau eisteddfodwr adnabyddus – ond nid gyda'i gilydd – yn rhes flaen y Pafiliwn. Sef y Dr John Gwilym Jones, a oedd wedi bod yn athro Saesneg arnaf; a Norah Isaac (Norah), nad oeddwn yn ei hadnabod yn bersonol yr adeg honno. Wrth i mi gael fy hebrwng *i'r* Llwyfan, ac i Norah f'adnabod o bell, meddai mewn syndod: 'Mowredd! Nid Robyn Léwis yw hwnna? Dyw Robyn Léwis ddim yn *Llenor!*' Wedyn, wrth i mi gael fy hebrwng *o'r* Llwyfan ar ddiwedd y Seremoni, dyma John Gwil yn fy stopio, yn pwmpio fy llaw, ac yn dweud yn hanner-sarrug: 'Tasach chi wedi gwrando mwy arna i, boi bach, a pheidio mynd i 'mhel â'r hen gyfraith 'na, mi fasach chi wedi cyrraedd fama ers ugain mlynedd!' *Tw bi shŵar.*

A dyna grynhoi'r mater. Er 'mod i cyn hynny wedi sgrifennu, darlithio a darlledu yn lled-eang ar fy mhriod a'm dewis bwnc – y gyfraith a statws (neu ddiffyg statws) cyfreithiol y Gymraeg – doeddwn i erioed wedi 'llenydda'. Yn eisteddfodwr: oeddwn, ar hyd f'oes: ac roedd gen i Wisg Wen ers chwe blynedd am lunio geirfa gyfreithiol. Wnes i erioed ystyried *cystadlu:* rhywbeth i bobl eraill i'w wneud oedd 'cystadlu'. Ond daeth ehediad gorffwyll i 'mhen ryw ddiwrnod, a – rhwng difri a chwarae – dyma fi'n sôn wrth Gwenan 'mod i'n ffansïo ymgeisio am y Fedal Ryddiaith. Ffrwydrodd hithau: '*Y Fedal Ryddiaith!*' Ac yna: 'Does dim byd fel bod yn uchelgeisiol *a dechrau ar y top,*' oedd ei hymateb deifiol, 'y *Fedal Ryddiaith,* 'wir!' Ond mi wnes. A rhyw fodd, mi enillais. Dyna'r unig dro i mi gystadlu ar ddim – nid wyf wedi fy mhoeri i fod yn gystadleuydd eisteddfodol.

Roedd ennill y fath gystadleuaeth yn sioc. Doedd gen i mo'r profiad blaenorol chwerw o gystadlu a methu, na'r un pryfoclyd o ymgeisio a boddi yn ymyl y lan: yn sicr ni sawrais erioed o'r blaen mo'r ewfforia o ddod i'r brig. Wyddwn i ddim ai ar fy mhen neu 'nhraed yr oeddwn i. Bu mater 'cadw'r gyfrinach' yn saga ynddi'i hun – rwy'n delio â hynny mewn rhan arall o'r llyfr. Heblaw am lygad barcud Gwenan, buaswn wedi eistedd ar Lwyfan y Brifwyl i'm Medalu – yn llygad y teledu lliw – mewn un socsen las golau ac un socsen werdd-streip-goch dywyll!

Newidiodd y Fedal fy mywyd: er gwell yn bendifaddau. Euthum ati i sgrifennu llawer mwy: nid ymffrost yw dweud hynny, ond amlygiad o sut yr altrwyd fy muchedd. Codwyd fi i Fwrdd yr Orsedd, a'm penodi'n Swyddog Cyfraith iddi pan fu Brinli druan farw'n ddisymwth. Ac i goroni'r cyfan, ymhen hir a hwyr etholwyd fi'n Archdderwydd. Mae popeth a ddigwyddodd yn ganlyniad uniongyrchol i'm rhyfyg yn rhoi cynnig am Fedal Dyffryn Lliw ym 1980. Mae'n wir dweud amdanaf, fel sy'n wir am niferoedd, mi wn, fod 'Gorsedda' wedi mynd yn ffordd o fyw i minnau, erbyn hyn. Un canlyniad hyfryd arall yw fy mod wedi cyfarfod â llaweroedd o bobl – o'r un anian â mi – am y tro cyntaf: nifer sylweddol y medraf bellach eu galw'n ffrindiau. Ni fedraf ychwaith wadu'r gwrthwyneb: mae gen i hefyd fwy o elynion, 'debyg.

Rhaid i mi beidio â mynd yn benwyllt nes colli pob amcan o gymesuredd trwy ymson myfïol fel hyn. Felly, gadewch i mi sôn, hefyd, mai yn Nyffryn Lliw y bu i Donald Evans gyflawni ei ddwbwl-dwbwl trwy gipio'r *Goron a'r Gadair* – am yr eildro. Yn haeddiannol, cefais fy rhoi yn fy lle gan John Roberts Williams wrth iddo gloriannu'r Brifwyl yn *Dros fy Sbectol* yr wythnos wedyn, pan longyfarchodd 'Robyn Léwis am ei gamp, a Donald Evans am ei *gampau*'.

VIII

Cynan:
Anrhydedd ac Anrhydeddau

Ym Mhwllheli, ym 1995, fel rhan o wythnos ddathlu canmlwyddiant geni **Cynan,** cynhaliwyd Gorsedd Goffa iddo – Gorsedd unigryw i ŵr unigryw, yr oedd ar yr Orsedd y fath ddyled iddo, a'r unig un erioed i wasanaethu'n Archdderwydd ddwywaith. Er y cafwyd gorymdaith ar hyd y Stryd Fawr, i lawr Stryd Penlan (heibio i'r tŷ lle ganed Cynan), ac

CYNAN

'Archdderwydd yr Archdderwyddon', sef y Parch. Albert Evans Jones, wedyn Syr Cynan Evans-Jones (1895–1970). Yr unig un erioed i wasanaethu ddwywaith yn Archdderwydd, o 1950–54 a 1963–66

ymlaen ar hyd y Cob, daeth glaw trwm ar ein gwarthaf cyn i ni gyrraedd Cylch y Meini, a bu'n rhaid i'r Archdderwydd John Gwilym lywyddu'r Orsedd Goffa yn Ysgol Glan-y-Môr, sy'n digwydd sefyll ar yr union safle lle cynhaliwyd Eisteddfod Pwllheli ym 1955.

Medrid traddodi darlith gyfan, a mwy, ar Gynan yn unig – gwnaeth Hywel Teifi hynny'n athrylithgar yn ystod dathliadau'r wythnos goffâu. Bodlonaf yma ar ddyfynnu un sylw amdano, a geir yng nghyfrol Dilwyn Cemais. Mae'n dweud y cyfan, yn wir, sef mai Cynan oedd y ffigwr mwyaf dylanwadol a welodd yr Orsedd yn ei holl hanes, er pan sefydlwyd hi gan Iolo Morganwg. Fy newis ddisgrifiad i o'r cawr hwn yw 'Archdderwydd yr Archdderwyddon.'

Ym Mhrifwyl **y Bala, 1967** digwyddodd helynt – drwg-enwog bellach – rhwng Cynan a'r cylchgrawn 'amharchus' *Lol*. A Cynan, erbyn hynny, 'yn hen a pharchus', mewn gwaeledd ac megis tad, onid taid, i'r Orsedd a'r Brifwyl fel ei gilydd – patriarch yn sicr. Yr oedd yn gyn-Archdderwydd ddwywaith, ac yn Llywydd Llys yr Eisteddfod. Cyhoeddwyd *Lol*, â darlun o ferch ifanc brydweddol, borcyn o noeth, ar y clawr, a'r geiriau 'SENSOR: BU CYNAN YMA' wedi'u stampio ar draws ei mannau pwysig. Roedd yr awgrym yn amlwg, ond wedi'i gymhlethu'n gyfrwys-gynnil gan y ffaith i Cynan fod yn sensor dramâu Cymraeg ar ran yr Arglwydd Siambrlen – swyddogaeth nad yw'n bod ers blynyddoedd bellach.

Ymgynghorodd Cynan â Chyfreithiwr yr Orsedd, Brinli (y Prifardd a'r cyfreithiwr Brinley Richards a ddaeth yn ddiweddarach yn Archdderwydd). Teipiodd Brinli lythyr twrnai ar bapur di-bennawd – nid oedd wedi dod â stoc o'i bapur swyddfa i'w ganlyn – ac aeth ag ef draw i stondin *Lol*. Hawliai'r llythyr bedwar peth:

(a) ymddiheuriad mewn ysgrifen;

(b) iawndal o £50, i'w roi i elusen o ddewis Cynan;

(c) peri tynnu pob copi o *Lol* oddi ar y silffoedd ym mhobman;

(ch) torri'r tudalen 'enllibus' o bob copi oedd weddill.

Ymateb cyntaf golygyddion *Lol* i'r cyhuddiad o enllib oedd mai jôc oedd y cyfan, ac mai rhyw fath o dynnwr coes oedd Brinli. O'r diwedd llwyddodd Brinli i'w darbwyllo ei fod ef – a Cynan yn enwedig – yn hollol o ddifrif.

Pan syrthiodd y geiniog, daeth *Lol* i chwilio am fy ngwasanaeth innau, i geisio achub eu cam. Bu Brinli a minnau wrthi am gryn ddeuddydd yn cyfarfod ein gilydd yng nghanol y Maes: Brinli'n gwibio yn ôl a blaen at Cynan, a minnau'n rasio ymlaen ac yn ôl at *Lol*. [Daeth Brinley a minnau i adnabod ein gilydd am y tro cyntaf, a thyfodd cyfeillgarwch rhyngom a barhaodd weddill oes Brinli.] Erbyn hyn, roedd yr hanes wedi lledu ar draws y Maes ac ar draws gwlad, trwy gymorth eiddgar y wasg a'r cyfryngau, sydd wrth eu boddau pan gyfyd unrhyw helynt eisteddfodol o'r math yma, yn enwedig os oes arogl sgandal arno. Cytunwyd ar delerau rhwng y ddwy ochr, a dodwyd yr ymddiheuriad ar bapur, wedi'i eirio'n ofalus rhwng Brinli a minnau, a'i arwyddo gan 'y Loliwrs' ar y naill law a chan Cynan ar y llall.

Ychydig yn ddiweddarach, gwelais Brinli'n brasgamu tuag ataf, â'i wynt yn ei ddwrn. Yr oedd ganddo ddwy gŵyn ychwanegol: sef bod *Lol* wedi rhyfygu rhoi blwch casglu y tu allan i'w stondin ac arno'r geiriau breision 'CRONFA ELUSEN CYNAN'; a'u bod hefyd wedi torri'r cytundeb trwy werthu copïau gwaharddedig o'r cylchgrawn ar y farchnad ddu – dan label gefn eu stondin ar y Maes. A bod y ddwy ystryw wedi codi cryn arian i *Lol*. Roedd Cynan, meddai Brinli, yn gynddeiriog. Mynnai Brinli i mi roi stop ar y ddeubeth yn y fan a'r lle. Ar ôl cryn geisio darbwyllo, llwyddais i wneud hynny i raddau, ond roedd camwedd dwbl *Lol* wedi bod yn dra phroffidiol, erbyn gweld.

Dylwn ychwanegu y bu'n rhaid i *Lol* dalu costau cyfreithiol Brinli – pum gini [£5.25]. Flynyddoedd yn ddiweddarach, darganfûm fod Brinli – a hynny heb i neb wybod – wedi rhoi pob dimai o'i gostau i'r Mudiad Ysgolion Meithrin. A thrwy hynny wedi profi nad oedd yr hunan-honiadau yn ei englyn enwog i'r *Cyfreithiwr* wedi dweud 'y gwir, yr holl wir, a'r gwir yn unig' am ei alwedigaeth – a'm galwedigaeth innau:

> *Brawd difyr, brwd dihafal – teyrn y cwil*
> *Yw'r twrnai coeth dyfal:*
> *Am weini deddf, mynn ei dâl*
> *A'i gostau yn ogystal.*

A fu Cynan yn ddoeth yn codi'r fath helynt yn y Bala? Mae'n wir dweud bod cyhuddo neb o enllib yn peri ailadrodd yr enllib drosodd a thro. Yn sicr, dyna a ddigwyddodd yma, *ad infinitum*. Ond hawdd yw doethinebu trannoeth y drin: gwneuthum innau yn union yr un peth wedi Prifwyl Tyddewi 2002 pan gyhoeddodd y *Daily Post* lythyr enllibus amdanaf innau (gw. 'Enllib', Pen. X, isod).

Yn hollol gyd-ddigwyddiadol, deuthum innau, megis y daeth Brinli, yn Swyddog Cyfraith yr Orsedd ac yn Archdderwydd. Os caf fwrw cip yn ôl a datgan barn ar achos drwg-enwog *Cynan –v– Lol*, mi ddywedaf mai go brin fod Cynan, yn ei henaint a'i waeledd, wedi haeddu'r fath driniaeth ysgeler ar law dryllwyr delwau ifanc, iconoclastig ac anghyfrifol braidd *Lol*. Er y cefais innau hefyd fy hyd a'm lled (haeddiannol weithiau) gan *Lol* dros y blynyddoedd wedi hynny. A thrwy hap, yr Archdderwydd Brinli a'm hurddodd i'n Dderwydd yng Ngorsedd rai blynyddoedd wedyn – ond nid am fy ngwaith da ar ran *Lol* yn Eisteddfod y Bala, medrwch fentro.

Ar ôl i mi gwpláu'r hanes uchod – a sgrifennais o'm cof – digwyddais daro ar ddyfyniad o'm gwaith fy hun a oedd wedi'i gyhoeddi gan Eirug Wyn yn *Jiwbilol!* (*Y Lolfa*, 1990). Yr oeddwn wedi llwyr anghofio 'mod i wedi croniclo'r hanes mor bell yn ôl â 1982 yn *Steddfota*. Os caf fentro bod yn ailadroddus, gan fod y dyfyniad hwnnw bellach yn chwarter canrif oed, a chymaint â hynny'n nes at y digwyddiad, wele'r hyn a ddisgrifiodd Eirug yn 'ddyfyniadau pwrpasol' o'm gwaith:

> Yn hwyr neu'n hwyrach, mae pawb yn ei chòpio hi gan *Lol*: a phan fydd hogia *Lol* yn pigo, maen nhw'n pigo at waed. Tro Cynan oedd hi yn y Bala. Wele *Lol* yn cyhoeddi llun o fenyw brydferth, borcyn â chapsiwn ar draws ei bola⋆ yn cyhoeddi: SENSOR: BU CYNAN YMA! Mwy o sbort nag o sbeit, synnwn i ddim, o du'r ieuenctid iconoclastig, wedi'i gyfeirio at darged amlwg o blith y Sefydliad – sef math o 'Fodryb Sâl', chwedl y Sais.
>
> Enllibus? – efallai. Di-chwaeth? – yn sicr, ym marn llawer. *Lèse-majesté*, hyd yn oed, yng ngolwg ambell un. A dweud y lleiaf, doedd Pileri'r Achos, ragor na'r hen Gwîn Vic gynt, ddim yn gweld y jôc. Felly dyma'r Cyfreithiwr Brinli, ar ran Cynan, yn cyflwyno llythyr llym i *Lol*, gan fynnu hawlio iawndal sylweddol, ymddiheuriad cyhoeddus, ac embargo stond ar werthiant y cylchgrawn.
>
> Adwaith cyntaf y cyhoeddwyr oedd credu bod Brinli yn tynnu coes: cefais innau gryn drafferth i'w darbwyllo ynghylch natur ddifrifol a syber Llythyr Twrnai. Wedi hir drafod rhwng Brinli a minnau – rhwng gwenolu'n ôl-a-blaen fel peli ping-pong, fo at Cynan a minnau at *Lol* – dyma gytuno fod *Lol* i dalu hanner can punt o iawndal am eu hawgrym cleisiol. [⋆ bola = bronnau (ychwanegiad Eirug Wyn rhag ofn i rywun fethu â deall.)]
>
> *Ychwanegodd Eirug: 'Y rhifyn hwnnw sefydlodd* Lol *fel cylchgrawn Hogia Drwg, a dug yn ei sgîl air newydd i fwrlwm adfywiad y chwedegau – "Enllib!" '*

Yn y Bala, hefyd, yr enillodd yr Archdderwydd Emrys Deudraeth (Emrys Roberts) ei gadair gyntaf, am ei Awdl 'Y Gwyddonydd': cipiodd ei ail Gadair bedair blynedd yn ddiweddarach, ym Mangor, 1971 pan ganodd awdl i'r 'Chwarelwr'.

Ym 1951, a thair tref ar y pryd – Caerdydd, Aberystwyth a Chaernarfon – yn ymgiprys i gael eu dewis yn **Brifddinas Cymru**, cynhaliwyd Seremoni Gyhoeddi Prifwyl Aberystwyth 1952. Yr oedd Cynan newydd ei orseddu'n Archdderwydd am y tro cyntaf, y flwyddyn cynt. Yn syth ar ôl esgyn i'r Maen Llog, cyhoeddodd, yn ei lais organ-cadeirlan unigryw, yn ddifrifol-ddwys: '*Cyn i mi agor y gweithgareddau, mae gen i gyhoeddiad*

CADEIRIO'R 'CHWARELWR'

*Yr Archdderwydd Tilsli'n cadeirio Emrys Deudraeth,
a ddaeth wedyn yn Archdderwydd ei hun, ym Mangor, 1971*

*o'r pwys mwyaf i'w wneud fel Archdderwydd, sef datgan fod tref Aberystwyth
wedi ei dewis yn swyddogol i fod yn Brifddinas Cymru ...* 'Boddwyd gweddill
y frawddeg gan y rhu o gymeradwyaeth a banllefu, a barhaodd am gryn
ddau funud – a dylid sôn bod pwysigion y fro i gyd yn bresennol: Y Maer
a'i Gyngor, Penaethiaid y Cyngor Sir, yr Aelod Seneddol, yr Arglwydd-
Raglaw, yr Uchel Siryf, Prifathro a phrif-athrawon y Brifysgol, a phawb
arall a oedd yn neb.

Ar ôl i'r dorf led-ddistewi drachefn cododd Cynan ei fraich i orchymyn
gosteg, ac aeth rhagddo: '... *chefais i ddim cyfle i orffen fy mrawddeg. Cyhoeddi*

*yr oeddwn i fod Aberystwyth wedi ei dewis yn swyddogol i fod yn Brifddinas i Gymru **yn ystod wythnos yr Eisteddfod**.'* Yr oedd rhai a oedd yn bresennol yn gandryll ulw: ac ni chafodd Cynan faddeuant gan ambell un o hunan-bwysigion Aberystwyth weddill ei oes. Ond roedd hi'n enghraifft fendigedig o Gynan y wag, yn llwyddo i dynnu coes y genedl nes roedd hi'n tincian.

Achlysur nodedig arall pan gyfarfu'r Orsedd, neu rai o'i haelodau, oedd yng Nghastell Caernarfon ar gyfer **Arwisgiad 1969**. Yr oedd mynd yno o gwbl bron â chreu hollt yn ei rhengoedd, ond fe *aeth* rhai, a ddetholwyd yn ofalus gan yr Orsedd a chan y 'Sefydliad', gan gynnwys yr Archdderwydd Bryn a'r Archdderwydd Emeritws Cynan, a oedd newydd ei urddo'n Farchog dan yr enw 'Syr Cynan Evans-Jones'. Cyn pen hanner blwyddyn, yn Ionawr 1970, yr oedd Cynan wedi'n gadael. Bu'r Tywysog Charles Windsor draw yn **Eisteddfod y Fflint, 1969**, lle cafwyd helynt hyd at regi a tharo, a rhengoedd o blismyn. Ni chafodd yr un Brifwyl ei thywyllu wedi hynny gan 'ei Uchelder Brenhinol' – ys cyferchid ef, i'w wyneb, gan Cynan a Parry-Williams, heb ystyried mor hurt bost y swniai teitl mor ymgreiniol o seicoffantaidd yn Gymraeg. Ond pan ddyrchefir dynion yn Farchogion, mae'n rhaid iddyn nhw ymdopi ag yngan rhyw bethau rhwysgfawr felly.

Yn y Fflint, hefyd, y cipiodd Jâms Niclas – Archdderwydd a Chofiadur i ddod – y Gadair am ei Awdl 'Yr Alwad'. Wrth sôn amdano yma, ac yntau newydd ymddeol o'r swydd [Awst, 2005], carwn dalu teyrnged i Jâms am ei wasanaeth maith a chlodwiw yn Gofiadur yr Orsedd (am chwarter canrif), a dymuno'n dda iddo ef a'i briod Hazel yn 'hamdden' ei ymddeoliad.

Yn wahanol i laweroedd o'i hynafiaid, gan gynnwys ei hen hen daid a'i hen hen nain, ei hen daid a'i hen nain, ei daid a'i nain a'i dad a'i fam, nid yw Charles Windsor wedi cael gwahoddiad i ymuno â'r Orsedd. Mae'n deg honni bod hinsawdd Cymru a'r Orsedd wedi newid, ac i'm tyb i, nid yw'n debyg y byddir byth yn estyn gwahoddiad iddo ef nac i neb o'i dylwyth. A fyddai urddo 'Siarl o Windsor' yng Ngorsedd yn anrhydedd *i'r Orsedd*, atolwg? Efallai fod dwy farn am hynny. A fyddai ei urddo yng Ngorsedd yn anrhydedd *iddo ef*? Tybed, mewn gwirionedd? Mae pob anrhydedd dan haul, gan gynnwys rheseidiau o fedalau a gwyddorau cyfain o deitlau a graddau prifysgol – i gyd yn anhaeddiannol – wedi dod i'w ran mor rhwydd fel na all amgyffred ystyr y gair 'anrhydedd' mwyach. Mae teulu Saxe-Coburg-Gotha a Windsor wedi cael mwy na'u siâr o anrhydeddau o lawer man: yn sicr felly, ers dros ganrif a hanner, o du Gorsedd y Beirdd hefyd. Felly, gadael i bethau fod sydd orau. Rwy'n hyderus mai dyna a wneir. Sut bynnag, a oes gan Charles ddigon o Gymraeg ar ôl erbyn hyn i beri ei fod yn gymwys i'w urddo?

O edrych ar aelodaeth yr Orsedd, fel y mae ac fel y bu, daw un ffaith ryfedd ac annisgwyl iawn i'r fei. Sef bod nifer o'r prif ysgolheigion Cymraeg yn y gorffennol wedi gweld yn dda i dderbyn **anrhydeddau'r Goron**, ond heb fod yn aelodau yng Ngorsedd y Beirdd. Meddylier am Syr John Morris-Jones, Syr T H Parry-Williams, Syr Thomas Parry, Syr Idris Foster, Syr Ifor Williams, Syr John Rhŷs a Syr Henry Lewis: a hefyd Syr David Hughes Parry – serch mai'r Gyfraith ac nid y Gymraeg oedd ei briod bwnc ef. Yn achos ambell un a fu'n ymosod ar yr Orsedd, medr dyn ddeall y peth: ond beth am y lleill?

Mae'n bosibl meddwl am Farchog(es) neu Arglwydd(es) o'r Gymru gyfoes a gafodd anrhydedd, ond sydd heb fod yn aelod yng Ngorsedd: er bod ganddo/ganddi'r *hawl* i ymaelodi. A hynny heb arholiad na gwahoddiad – yn rhinwedd graddau prifysgol disglair yn y pynciau priodol. Ond mae hynyna, bellach, bron yn hen hen hanes. At ei gilydd, yn ein dyddiau ni, nid yw academwyr y Gymraeg o'r radd aruchaf yna yn derbyn – neu'n cael cynnig – urdd Marchog. Newidiwyd ystyron 'teilyngdod' a 'haeddiant'. Bellach, gwêl y Sefydliad yn well i ddyrchafu cantorion pop neu filiwnyddion a ddewisodd fyw tu hwnt i'r glannau mewn hafanau-trethi moethus.

Ond beth, ynteu, am y sbarblis mân o anrhydeddau mwy pedestraidd, fel y CBE, yr OBE a'r MBE, a arllwysir – megis conffeti – ddwywaith y flwyddyn am ben y crachach, y snoblyd a'r snobyddlyd, y diniwed a'r naïf

ANRHYDEDDAU'R GORON

'Pan fo pawb yn rhywun, nid yw neb yn neb.'
Anthony Sampson yn The Honours System

fel ei gilydd? Wel, mae'n debyg y medraf *led*-ddeall rhywun sy'n fodlon derbyn anrhydedd gan yr Orsedd **a'r Goron;** mae ambell un o rai felly yn ein rhengoedd ni a'u rhengoedd nhw. Dagrau'r sefyllfa yw bod cyfran sylweddol o'u plith yn proffesu Sosialaeth neu Genedlaetholdeb. Gwyddom fod cryn chwysu ymysg rhai 'Cymry da' am yr handlenni hyn. Diddymwyd y BEM (*British Empire Medal*) gan John Major ar y sail ei fod mor ddistadl a di-sylw yn ei farn ef fel nad oedd yn werth ei gyflwyno.

A medraf *lawn* ddeall rhywun a fyddai'n wfftio anrhydedd gan y naill a'r llall fel ei gilydd – megis y diweddar Gwilym R Jones a'r diweddar Ddoctor Tudur. Ond *ymwrthod* â'r Orsedd a *derbyn* teitl brenhinol? Mewn ymgais i ateb y pos, gofynnais y cwestiwn i'r Dr Geraint Bowen un tro. Bu am rai munudau yn pendroni'n ddwys. Ac yna meddai: 'Dyna i ti beth yw'r gwahaniaeth rhwng ysgolheictod a diwylliant'. Ar y pryd credwn ei fod wedi rhoi ei fys ar ryw ateb tywyll, ond cyfrwys-gynnil, i'm cwestiwn; ond yr hiraf y pendronaf, y lleiaf oll y deallaf ei ystyr. Mae'n ddrwg gen i, Geraint.

Wedi'r cyfan, mae ambell un yn meddwi ar anrhydeddau ac 'anrhydeddau' fel ei gilydd, ac yn awchu i'w pentyrru ar ei domen, ni waeth o ba ffynhonnell y dônt. O ganlyniad, mae rhai o'n plith yn ddianrhydedd, tra na fo'r gweddill ond yn ddi-anrhydedd.

Mae'n syndod pa mor aml y clywir un sydd newydd dderbyn dyweder, OBE, yn hanner-ymesgusodi trwy ddweud: *'Nid i mi'n bersonol* y mae'r anrhydedd wrth gwrs, ond "i'r Gymdeithas" / "i'm cyd-weithwyr" / "i bawb a fu'n hel arian" / "i holl gefnogwyr yr elusen" / "i bob aelod o'r côr" / "i'r hen hogia" ', ac ati, ac ati. Yn union fel pe bai'n teimlo pwl o euogrwydd am fod wedi derbyn. Dyma'r math o ffug-ddiymhongarwch a berthyn i rai Cymry: tybed beth fyddai barn seiciatrydd am hyn o feddylfryd?

Bellach, mae rhai o brif wledydd y Gymanwlad, megis Canada, Awstralia a Seland Newydd – serch bod Elizabeth II yn frenhines arnynt hwythau, hyd yn hyn – wedi gwahardd eu dinasyddion rhag derbyn anrhydeddau'r Goron. Fe gofiwch sut y bu i Conrad Black (cyn-berchennog y *Daily Telegraph*), dinesydd Canadaidd, gefnu ar ei famwlad a throi'n ddinesydd Prydeinig cyn iddo fedru derbyn teitl arglwydd gan Tony Blair. Roedd Prif Weinidog Canada, Jean Chrétien, wedi ystyfnigo a gwrthod ildio i Blair a chaniatáu eithriad i'r gwaharddiad Canadaidd pan ddymunai Blair ddyrchafu

Black. Os nad oes angen y gongiau hyn ar wledydd mor fawr, datblygedig a gwâr â'r tair a enwais, pam mae eu hangen ar Gymru fach? Gŵyr pawb fod arian wedi – neu *yn* – newid dwylo am ambell 'anrhydedd'. Onid oedd Lloyd George, yn ei ddydd, yn ddrwg-enwog am swcro cyfundrefn felly? Yn ddiweddar, clywais yr awgrym newydd a gwreiddiol mai i'r cyfeiriad arall y mae'r arian yn llifo yn achos sawl un o'r 'Cymry da' y dyddiau hyn – sef o Lundain i Gymru. Eglurodd yr awgrymydd, yn sarrug a difrïol, mai 'graddfa gyfredol y tâl yw deg darn ar hugain o arian'.

Ond yn ôl yr hen air, onid cig cas yw cig coch? (ac onid surion yw'r grawnwin?), gofynnwch. A fyddwn i mor watwarus fy agwedd petawn i fy hun wedi cael cynnig anrhydedd? Wel, chefais i ddim; ond cynigiwyd yr MBE i'm diweddar dad yng nghyfraith un tro. Sgrifennodd yntau yn ôl i holi: *'What empire?'* O'm rhan fy hun, pan oeddwn i'n Gadeirydd Cyngor Dwyfor, cawsom – ddwywaith – wahoddiad i arddwest ym Mhalas Buckingham. Y ddeudro, gwrthododd Gwenan a minnau. O ganlyniad, mae'n siŵr bod ein henwau i lawr, am ein rhyfyg, yn llyfr-bach-marciau-duon Y Bobol Sy'n Cyfrif. Felly, fydda i ddim yn dal fy ngwynt wrth ddisgwyl i'r postmon gludo amlen-femrwn i'r tŷ acw, ac arno arflun y Goron Frenhinol mewn coch ac aur.

Mae llaweroedd heblaw fi sy'n coleddu barn gyffelyb am haint y llythrennau ymerodrol 'ma. Gerllaw croesffordd ar un o briffyrdd prysuraf ein gwlad, mae cae sy'n eiddo i aelod brwd o *Cymuned*. Ei ddiléit direidus yw defnyddio hen garafán yn hysbysfwrdd: mae'n gerbyd symudol, ac felly tu hwnt i reolaeth haearnaidd Cynllunwyr y Sir ar hysbysfyrddau ymylon y priffyrdd. Bydd ei sloganau pigog wastad yn ysbrydoli – neu'n corddi – miloedd o fodurwyr. Un diwrnod yn lled-ddiweddar, seriwyd y geiriau a ganlyn ar ymwybyddiaeth pawb a yrrai heibio:

O.B.E. = BRAD

WELSH NOT BRITISH

Ymhen y rhawg daeth y plismyn draw ato a pheri iddo symud yr arwydd. Nid oes neb yn deall pa hawl oedd gan yr Heddlu i wneud hynny, gan nad oedd arlliw o unrhyw drosedd. 'Gorchymyn oddi fry,' oedd eglurhad awgrymog ond bwriadol-niwlog y Gleision. Daeth pobol y goets fawr i'r casgliad bod blewyn go hir wedi'i dynnu o drwyn *rhywun*.

Ymddengys disgrifiad cignoeth, creulon – ac annisgwyl – o'r hyn a alwaf 'Cymreictod heddiw' mewn traethawd byr gan Brian Davies yn *A People and Proletariat* (gol. David Smith), a gyhoeddwyd gan 'Llafur, *the Society of Welsh Labour History'* ym 1980. Yr oedd hyn cyn dyddiau 'Llafur Newydd'; a chwarter canrif cyn i ni brofi blas Prydeindod iwnion-jacllyd a chibddall y Sgotyn Gordon Brown. Meddai Davies:

> *The extension of imperialist culture, however, has another aspect. The methods through which an imperialist ruling class strives to control the cultural expression of a subordinate nationality in order to maintain social order are extremely complex. In the case of nineteenth century Wales the emphasis of ruling class policy seems to change from heavy-handed suppression in the early decades, through assimilation/anglicisation in mid-century, to an encouragement at the end of the century of an acceptable, docile Welshnesss in which the Welsh language and culture became a respectable badge of identification for people who were as loyal to the Empire as any other section of the British establishment.*

Dyma Gymry a fedrai gynnig gwobr yn eu Heisteddfod, prif lestr eu diwylliant, am draethawd yn Saesneg – nid heddiw, mae'n wir, eithr heb fod mor bell, bell, â hynny yn ôl – ar y testun, *'The efficacy of Eisteddfodau as a means of disseminating the English langugage'*! A oes angen dweud mwy? Canys mae Brian Davies wedi disgrifio'r union ffenomen y llwyddodd Geraint (Twm) Jones, yn ei golofn yn *Y Cymro,* ei distyllu i dri gair yn unig: *'creu Saeson Cymraeg'.*

IX

Hedd a Chledd

Yr oedd Iolo wedi gweld llawer o rinweddau yng nghredoau'r Crynwyr, megis eu parodrwydd i gondemnio rhyfel. Meddai: 'Ni ddygant arf noeth ger wyneb nac yn erbyn neb, ac nid rhydd i neb ddwyn arf noeth lle byddo bardd.' Rhesymegol iddo, gan hynny, oedd defod y Cledd. Nid diystyr, felly, yw'r syniad o'i gadw yn y wain, doed a ddêl. Ym Medi 1992 – a hithau'n ddaucanmlwyddiant, yr oedd y Llyfrgell Genedlaethol wedi trefnu arddangosfa o holl regalia'r Orsedd mewn casys gwydr. Digwyddwn sefyll yn ymyl grŵp bychan o'm cyd-swyddogion: un ohonynt oedd y diweddar Delme Evans (Delme Bro Myrddin) a fu am flynyddoedd yn Geidwad y Cledd. O'i flaen, mewn cwpwrdd gwydr, safai'r Cledd noeth, *a'i wain wrth ei ochr*. Ac meddai Delme: 'Dyma fi wedi bod yn Geidwad y Cledd ers deng mlynedd, a nawr yw'r tro cyntaf erioed i mi'i weld e'n gyfan gwbl mas o'r wain!'

Nid pawb sy'n cytuno â defnyddio'r Cledd o gwbl. Cafwyd symudiad ym 1991 i'w ddileu'n llwyr o'r seremoni a defnyddio 'arwyddlun heddychol' yn ei le. Yn Llys yr Eisteddfod, aeth yn ddadl boeth rhwng y Canon Dewi Thomas a'r diweddar Barch. Rhys Nicholas (Rhys Niclas), Derwydd Gweinyddol yr Orsedd. Gweinyddwyd y *coup de grâce*, os maddeuwch y gyffelybiaeth anffodus, gan Rhys, a gytunodd yn llwyr â Dewi fod cleddyf yn arf a gynlluniwyd yn unswydd-bwrpas i frifo, niweidio, arteithio a lladd. Ond, ychwanegodd, onid erfyn llawn cyn greuloned â chleddyf yw *croes*, ac y gellid cyffelybu popeth aflan a ddywedid am y Cleddyf, i'r Groes, hithau? Afraid sôn, ar ôl yr ergyd yna – fforensig-ffyrnig i'm clustiau cyfreithiol i – roedd dadl y Canon Thomas yn deilchion.

Ond fe berthyn i'r Orsedd gleddyf arall hefyd – y **'cleddyf bach'**. Hwnnw yw'r hanner-cledd a ddygir ynghyd – neu a briodir – â'i gymar, yr hanner-cledd arall pan fo Gorseddau Cymru a Llydaw yn dod at ei gilydd i gynnal cyd-Orsedd (ac a ddefnyddir yn ddi-feth ym mhob gorsedd a gynhelir yn Llydaw). Arwydd ydynt o'r brawdgarwch sy'n bodoli rhwng y ddwy wlad. Ond ymddengys bod *trydydd* 'hanner-cledd' yn bodoli hefyd. Ac mae tri hanner yn gwneud un a hanner, ys cofiaf er pan ddysgais i fy syms yn Ysgol Nefyn 'slawer dydd.

Lluniodd Gorsedd Llydaw ei 'hanner-cledd' ychwanegol ei hun, er mwyn medru ei ddefnyddio pan oedd hi'n cynnal cyd-orsedd â Gorsedd Gâl – mudiad hollol Ffrangeg a Ffrengig – nad oes a wnelo ddim oll â'r Celtiaid nac â'r un o'u hieithoedd. Nid yw 'Gorsedd Gâl' yn un o'r gorseddau a gydnabyddir gan Orsedd y Beirdd, gan ei bod hi, yn ein tyb ni, yn gor-ymhél â dewiniaeth a derwyddiaeth, ac yn fudiad gwrth-eglwysig, onid gwrth-Gristnogol. Ys dywedodd y Dr Geraint Bowen ar ôl ymweliad â Llydaw: 'Nid hanner Cymru o'r Cledd a ddefnyddiwyd ond hanner-cledd newydd a saernïwyd yn unswydd bwrpas.' Ac meddai ymhellach: 'Newidiwyd carn yr hanner Llydewig gwreiddiol, a bu'n rhaid maes o law addasu hanner Cymru i'w ffitio.'

Wrth i minnau edrych yn syn ar y *tri* hanner-cledd gyda'i gilydd – sef y cyfanswm o gledd a hanner – a'u byseddu tan ryfeddu, fedrwn i ddim peidio â synfyfyrio'n drist ynghylch y brawdgarwch 'unigryw' yr honnir iddo fodoli rhwng Gorseddau Cymru a Llydaw. Pa sawl gradd o 'unigryw' sydd, dwedwch?

Ac er mwyn profi pa fath o ffars a all ddeillio o'r mater uno cleddyfau 'ma, ni fedraf well na chrybwyll hanes Gorsedd Llydaw ym 1927, pryd yr 'anghofiodd' dirprwyaeth Cymru ddod â'u Hanner-Cledd hwy draw i'w canlyn. Bu rhaid cynnal defod uno'r ddau hanner trwy ddefnyddio bidog a gafwyd ar fenthyg gan filwr ym myddin Ffrainc – simboliaeth anffodus, braidd, i orseddau sy'n proffesu heddwch!

X

O'r Maen Llog

Dengys hanes fod **archdderwyddon** – fel y gorseddogion hwythau – i'w cael ym mhob lliw a llun, siâp a thoriad: y naill yn gefnog, y llall yn foliog. Mae rhai'n mynegi barn; eraill yn coleddu rhagfarn. Rhai yn egnïol; eraill yn ddioglyd. Rhai yn dal cynulleidfa yng nghledr eu llaw; eraill yn sych fel lludw. Rhai yn alluog; eraill yn analluog – ambell un, efallai, yn ei dyb ei hun yn *holl*-alluog. Rhai yn swil; ac eraill yn blaen a miniog eu tafodau. Fe wn yn iawn mai tipyn o dderyn drycin y bûm i, gyda'r ddawn i godi gwrychyn ac efallai i fod yn drahaus ar brydiau. O'r brethyn hwnnw y torrwyd fi, a dydw i'n ymddiheuro dim am hynny. Ond yr ydw i'n ddiolchgar i'm cyd-Orseddogion am yr anrhydedd o gael treulio – a sawru – tymor yn Archdderwydd; y profiad cyntaf i Brif Lenor nad yw'n honni bod yn unrhyw fath o fardd. Mae arnaf ddyled iddynt hefyd – ac i Swyddogion y Llys – am ymdopi â mi ar fy ngorau ac ar fy ngwaethaf fel ei gilydd.

Mae pob archdderwydd yn aredig ei gŵys ei hun. Tragwyddol heol i'm holynydd, a'i olynwyr yntau pan ddônt, roi eu stamp eu hunain ar yr Orsedd yn y dyfodol. Nid gwaith hawdd, na chyfrifoldeb ysgafn, yw ceisio cadw cow ar y bwystfil rhyfedd ac anystywallt hwnnw a elwir 'Gorsedd y Beirdd'. Ond ys dywedais pan oeddwn newydd fy ethol, a thrachefn wrth i mi adael y Swydd: hon – i'm tyb i – yw'r anrhydedd uchaf y gall Cymru ei rhoi i neb o'i phlant.

Gellir dadlau bod i'r **Nôd Cyfrin**, / | \, fel sydd i sawl simbol arall ac iddynt sail grefyddol neu *quasi*-grefyddol, y pwrpas o gyfleu enw Duw – neu dduwiau – heb yngan na sgrifennu'r enw. Neu, o'i sgrifennu o

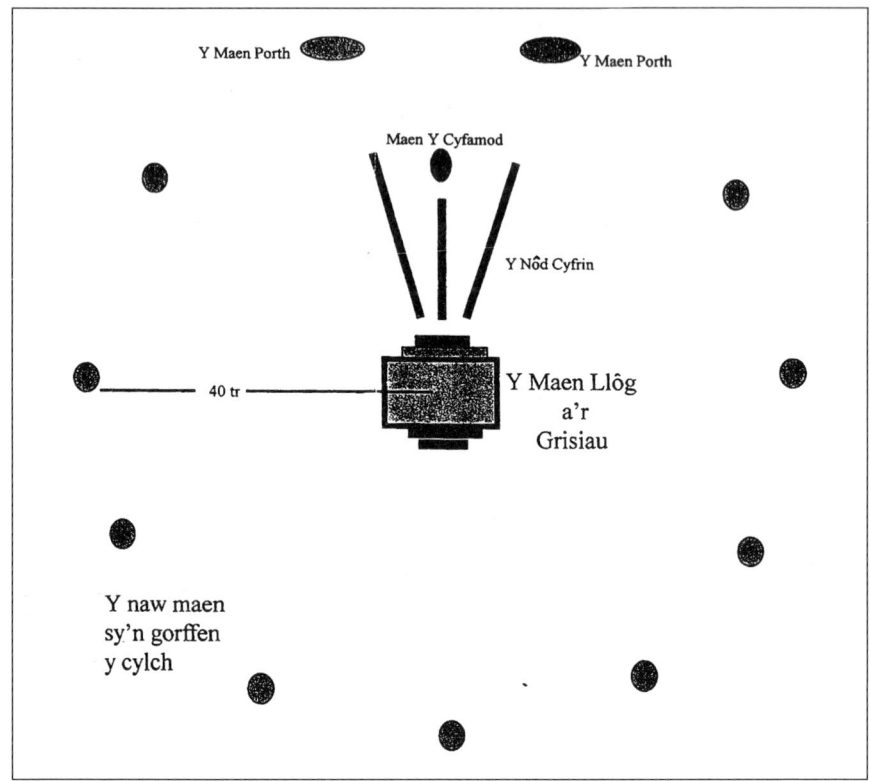

Y Maen Porth

Y Maen Porth

Maen Y Cyfamod

Y Nôd Cyfrin

40 tr

Y Maen Llôg
a'r
Grisiau

Y naw maen
sy'n gorffen
y cylch

CYLCH MEINI'R ORSEDD

gwbl, gwneud hynny mewn llythreniad dieithr neu anghyffredin. Mae ambell emynydd yn sôn, â pharch ac arswyd, am 'yr Enw', a gŵyr pawb Pwy a olygir. [Gyda llaw, yn ôl *Geiriadur Prifysgol Cymru*, 'Nod' yw'r sillafiad cywir: ond defnyddiai Cynan yr acen grom: 'Nôd' – yn hyn o beth dewisaf ddilyn Cynan.]

Delir Duw mewn parch arbennig yng Ngorsedd y Beirdd, lle y cynrychiolir Ef gan y simbol / | \. Gall hynny fod yn gyfeiriad anuniongyrchol, megis pelydrau'r haul, yn golygu 'pelydrau'r priodoleddau Dwyfol' – cariad, cyfiawnder, gwirionedd. Gelwir ef felly, hefyd (ond yn anaml iawn), yn 'Nôd Pelydr Goleuni'. Gellir dadlau ei fod yn simbol o drioedd crefyddol neu seciwlar eraill hefyd, megis 'ffydd, gobaith, cariad', neu – o gofio cyfnod Iolo a'r Chwyldro Ffrengig – *'Liberté, Égalité, Fraternité!'* (Rhyddid, Cydraddoldeb, Brawdoliaeth!). Dyma eglurhad Iolo ei hun ym 1792, sef eglurhad 'y Cread':

> Yn y dechreuad Duw.
> A Duw a roddodd ei Enw ar lafar, nid amgen na / | \. A chyda'r gair cyflamodd yr holl fydoedd i fod, gan gyd-ganu mewn gorfoledd, gan adlefaru Enw Duw ag islefain bereiddlais.

Ond mae'n eithaf posibl mai llen fwg oedd y cyfan o'r eglurhad yna, er mwyn celu unrhyw gydymdeimlad â Ffrainc rhag Awdurdodau Coron Lloegr.

Ceir cyflead o'r Nôd Cyfrin bob amser yng ngosodiad *trionglog* Maen y Cyfamod a'r ddau Faen Porth i Gylch yr Orsedd yn eu perthynas â'r Maen Llog. Gosodir Maen Y Cyfamod ychydig i mewn o'r Porth (i gyfeiriad y Maen Llog) i ddynodi pwynt cywir y Dwyrain. Dylai'r Maen Porth i'r Gogledd oddi wrth hwnnw wynebu llygad yr haul yn codi ar ddydd hwyaf yr haf (Alban Hefin), tra dylai'r Maen Porth i'r De oddi wrtho wynebu llygad yr haul yn codi ar ddydd byrraf y Gaeaf (Alban Arthan). Oddi mewn i'r triongl meini hwn y cymerir addunedau'r Orsedd yn wastad, gan y rhai sydd ar fin cael eu hurddo am y tro cyntaf, a chan Archdderwyddon etholedig cyn eu Gorseddu.

Serch bod darluniau'n bodoli – megis ar Wynebddarlun y gyfrol hon – sy'n dangos Iolo Morganwg yn dal papur ag arno ddyluniad o'r Nôd, credir mai'r Sgrôl gyntaf i'w chyhoeddi ac arni'r Nôd Cyfrin oedd Sgrôl Gyhoeddi 'Eisteddfod Gwent a Dyfed', Cacrdydd, 1834 – felly fe'i cyhoeddwyd ym 1833. Yn dilyn y Cyhoeddi, ymddangosodd y 'Rhybudd Defodawl' – ys gelwid ef – yn y *Merthyr Guardian*.

Bellach ymddengys y Nôd ym mhobman, o Goron yr Archdderwydd (a chyn hynny ar y meitr 'esgobol' a wisgai Hwfa Môn), ei Stola, ei Fodrwy, ac ym mhob cyhoeddiad gan yr Orsedd. Gwelir y Nôd hefyd ar y Cleddyf Mawr, Y Corn Hirlas, Banerigau'r Cyrn Gwlad, Baner Anferthfawr yr Orsedd, Bathodynnau cadwyn-gwddf y Swyddogion, Tystysgrifau

Aelodaeth y Gorseddogion ac ar Gadair a Choron pob Prifardd buddugol. Mae i'w weld ar fathodyn twll botwm aelodaeth yr Orsedd, ac ar y tei mewn gwyrdd neu mewn glas. Ni chynhyrchwyd tei lliw gwyn 'am fod i dei gwyn naws Al Capone a'i giwed' yn ôl ambell wag ar y Bwrdd pan gynlluniwyd y tei rai blynyddoedd yn ôl.

Mae'r Nôd yn cael ei ddefnyddio yn yr un modd gan Orsedd y Beirdd; yng Ngorsedd Cernyw, lle cyfeirir ato fel yr *'Awen'*; Gorsedd Llydaw, lle mae'n rhan o benwisg pob aelod o'u Gorsedd; a Gorsedd y Wladfa. Gwelir ef yng Ngorseddau Taleithiol Môn a Maldwyn, a hefyd mewn llawer o eisteddfodau llai ar hyd ac ar led Cymru a mannau eraill. Mae hyd yn oed y *Druid Order* yn Lloegr yn ei ddefnyddio'n dalog. Wedi'r cyfan, fel logo – os caf ddefnyddio'r gair jargonllyd, cyfoes am simbol o'r fath – ni pherthyn iddo ddim hawlfraint gyfreithiol.

'Dwynwyd' y Nôd gan Gwilym Cowlyd i bwrpasau Gorsedd Taliesin. Mae i'w weld ar garreg fedd Owain Gwyrfai (bu f. 1874) ym mynwent Betws Garmon, a hefyd ar fedd Gwalchmai (bu f. 1897) yn Llan-rhos. Yr oedd wedi ei ysgythru ar wydr y ffenest uwchben drws ffrynt Eifion Wyn ym Mhorthmadog; ac mae wedi'i gerfio ar faen plinth cerflun Syr Hugh Owen ar Y Maes, Caernarfon.

Ond nid pawb sydd yn deall nac yn ceisio deall. Go brin felly bod gwirionedd yn yr hyn a sgrifennodd David Tudor Evans, golygydd y *Transactions* (Adroddiad swyddogol yr Eisteddfod – *yn Saesneg!*) ym 1883, a fu'n ceisio manteisio ar y cyfle i dynnu'r ddaear o dan y Maen Llog a Meini'r Orsedd, ac a anwybyddodd y seremonïau a'r buddugwyr yn llwyr, gan geisio bychanu Iolo Morganwg yn gyffredinol:

> He [Iolo] was also the author of the Nôd Cyfrin – a triangular figure often used in connection with Eisteddfod literature… The idea is now discarded by every educated Welshman. [!]

A minnau ar un achlysur yn gwisgo tei swyddogol yr Orsedd – a'r Nôd Cyfrin wedi'i frodio arno mewn edau aur – mewn llys barn, gofynnodd rhyw Sais o gyfreithiwr i mi beth oedd arwyddocâd y Nôd Cyfrin a frodiwyd arno: eglurais innau wrtho. 'O,' meddai yn ei iaith a'i draha, *'roedd o'n f'atgoffa i o wicedi criced Awstralia ar chwâl yn dilyn pelawd go galed gan un o fowlwyr Lloegr!'*

Seremoni'r Cyhoeddi **Eisteddfod Maldwyn, 1981** oedd hi, a gynhaliwyd rhwng y Meini yng Nghylch yr Orsedd, Machynlleth. Yr Archdderwydd ar y pryd oedd Geraint (y Dr Geraint Bowen), gŵr pendant ei farn a miniog ei dafod, a gredai mewn dweud ei ddweud o'r Maen Llog.

Dylid gosod y cefndir yn ofalus. Yn ystod Seremoni Gyhoeddi unrhyw eisteddfod, bydd pwysigion y fro, yn gefnogwyr i'r Brifwyl ac yn garedigion y Gymraeg a'r Pethe ai peidio, yn cael gwahoddiad i'r Gorlan, ac yn eistedd, yn eu cadwyni a'u lifreiau, yn y rhesi blaen – pobl megis Arglwydd Raglawiaid, Uchel Siryfion, Prif Gwnstabliaid, Meiri, Cadeiryddion Cynghorau, Ynadon Heddwch ac ati. Ac wrth gwrs, Aelodau Seneddol ac (erbyn hyn) Aelodau'r Cynulliad. Gan nad oedd Cynulliad mewn bod y pryd hynny, a Maldwyn gyfan a chanddi un Aelod, dim ond un seren wleidyddol oedd yn y ffurfafen y diwrnod hwnnw. Yn Etholiad 1979, collodd Emlyn Hooson (Emlyn Maldwyn), a oedd wedi dal Sedd Maldwyn ers pan enillodd hi mewn is-etholiad ym 1962, i'r Tori Delwyn Williams, o tua 1500 pleidlais. [Erbyn gweld, Aelod un tymor fu Delwyn, gan iddo yntau yn ei dro golli'r Sedd ym 1983 i Alex Carlile, o 668.] Yr oedd Delwyn Williams yn ddi-Gymraeg, ac yn fuan iawn ar ôl ei ethol dangosodd ei fod hefyd yn wrth-Gymraeg. Ond roedd yn ei sedd yn rheng flaen y Gorlan, yn gwenu ar bawb a phopeth ac yn siglo pob llaw a ddôi o fewn cyrraedd.

Cyfnod y 'Rhyfel Oer' oedd hi, a doedd Geraint ddim yn fyr o ddodi ei linyn mesur yn llym a brathog ar Margaret Thatcher, ei hegwyddorion, ei chabinet a'i pholisïau, gan symud o'r bygythiad niwclear rhyngwladol at orsafoedd niwclear lleol. Traddododd glamp o araith gofiadwy, a enillodd iddo gymeradwyaeth y rhan fwyaf a'i deallodd, yn Orseddogion a gwesteion – ond nid pawb, wrth reswm. Dilynodd Delwyn Williams yr hyn y gwelai'r mwyafrif yn ei wneud, ac ymroes i guro dwylo'n wresog bob tro y gwelai eraill wrthi. Daeth y seremoni i ben, heb i'r Anrhydeddus Aelod fod wedi deall yr un gair a oedd wedi'i ddweud. Dychwelodd adref,

TRWY LYGAD Y CAMERA …

Tyddewi, 2002. Urddo'r Tra-Pharch. Ddoctor Rowan Williams,
Archesgob Cymru; bellach Archesgob Caer-gaint

… A THRWY LYGAID Y CARTWNYDD TEGWYN JONES

gan deimlo, mae'n siŵr, ei fod wedi cyflawni diwrnod da o waith, wedi bod yn amlwg, ac wedi cael ei weld gan bawb.

Y bore Llun canlynol, cafwyd adroddiadau yn y wasg o'r hyn yr oedd Geraint wedi'i ddweud, gan awgrymu iddo fynd dros ben llestri braidd, o ystyried mai o'r Maen Llog yr oedd yn llefaru [fe wn i am y teimlad yn iawn!]. Ac yna, y darluniau – llun amlwg iawn o Delwyn Williams, yr AS Torïaidd lleol, yn cymeradwyo Geraint i'r cymylau! Cafodd llaweroedd sbort fawr uwch eu brecwast y bore hwnnw, ond bu Delwyn Williams wrthi am wythnosau yn sgrifennu llythyrau i'r wasg yn lladd ar yr Orsedd a'r Archdderwydd, er mwyn profi Ceidwadwr mor uniongred-las ydoedd. Fel y soniais i, 'pharhaodd o ddim dros yr Etholiad canlynol, a dychwelodd i ebargofiant.

Cefais y fraint o urddo **pâr o Archesgobion**, sef y Tra-Pharchedig Ddr Rowan Williams (ap Neirin) yn Nhyddewi yn 2002, ac yntau ar y pryd ar fin dod yn Archesgob Caer-gaint. Hefyd ei olynydd, y Tra-Pharchedig Ddr Barry Morgan (Cennydd o'r Waun), Archesgob newydd Cymru, yng Nghasnewydd yn 2004. Dyma fraint-ddwbwl unigryw, mae'n debyg: bydd yn gryn amser cyn y gwnaiff archdderwydd hynny eto. Medraf gan hynny ymffrostio mai fi yw'r unig Archdderwydd erioed sydd wedi urddo *dau* Archesgob. Wrth i mi wneud hynny – sef brolio (ac mi wnes) – digwyddais ddodi'r teitlau o chwith. Gan hynny, fy ymffrost oedd, 'mai fi oedd yr unig *Archesgob* erioed i fod wedi urddo dau *Archdderwydd!*' Gwnewch a fynnwch o'r bagliad yna, ond roedd Rowan Williams a Barry Morgan, fel ei gilydd, yn meddwl ei bod yn stori ddoniol iawn, ac yn llawn bwriadu ei dweud wrth eraill yn llawnder yr amser. Dyna yw haeddiant gŵr sy'n gosod ei drol o flaen dau geffyl.

Ond daeth urddo Rowan Williams â mi wyneb yn wyneb ag anwybodaeth affwysol – a phlentynnaidd – y cyfryngau Eingl-Americanaidd am Gymru, ei hiaith, ei diwylliant, a'i phethau. Canfûm fod yr un peth yn wir am eu heglwyswyr hefyd. Cawsant y syniad fod darpar-Archesgob Caer-gaint i'w urddo yn aelod o ryw fudiad derwyddol, paganaidd, di-Saesneg ym mhellteroedd anwar, anghysbell Gwyllt Walia.

Aeth 'y Sefydliad' i gyflwr o gryndod, braw ac arswyd. Ni wyddent ddim oll am nac eisteddfod, na gorsedd, nac ychwaith fawr fwy am Gymru, y Cymry na'r Gymraeg. Pan glywsant am Iolo Morganwg a'i gastiau, a'i fod yn destun drwgdybiaeth i Awdurdodau ei oes a'i gyfnod, bu bron iddynt un ac oll gael trawiad marwol. Darganfu rhywun fod gan y criwiach Cymraeg hwn o orffwylliaid arweinydd a elwid 'Archdderwydd'. Daeth rhywun o hyd i rifau ffôn symudol a ffôn llety'r cyfryw Archdderwydd. Os cefais i un caniad gan wasg a radio, fe gefais ddau ddwsin, nid yn unig o Lundain fawr wybodus, ond o bellafoedd daear megis San Francisco a Hong Cong. Yr oeddynt am gael at y gwir (neu o leiaf at unrhyw 'wir' a oedd yn ddigon dieithr ac esoterig i werthu papurau newydd neu i roi blas syfrdan i unrhyw ddarllenwyr neu wrandawyr hygoelus a fedrai'r iaith fain). Dyma sampl o'r cwestiynau a ofynnwyd i mi yn hollol ddifrifol gan ohebwyr yn eu hoed a'u hamser – yn eu plith, rhai o oreuon pwysfawr ac enwog Stryd y Fflyd a'r tonfeddi:

1. A oedd y derwyddon Cymraeg yn addoli'r haul?
2. A oeddent yn aberthu morynion noeth ar feini'r Orsedd?
3. A oeddent yn bwyta eiddew?
4. Pam nad oeddent yn siarad â'i gilydd yn Saesneg, fel bodau rhesymol ym mhobman?
5. A oeddent yn llinach y derwyddon cyn-Rufeinig hynny a aberthai blant bach?
6. A oeddent yn bwyta madarch hud neu'n ysmygu cyffuriau hudrithiol?

Ceisiais eu hateb yn rhesymol, ond doedd waeth i mi heb. Nid oeddwn ddim tewach fy nghawl o egluro bod yn ein rhengoedd nifer o weinidogion ac offeiriaid (Anglicanaidd a Chatholig), athrawon prifysgol, barnwyr uchel lys, ac ati. Na bod Iwmyn y Gard yn Nhŵr Llundain, neu Urdd y Gardesi Aur yn Windsor, mor rhesymol neu mor afresymol eu gwisg â ni. Nac ychwaith fod yr Eisteddfod a'r Iaith yn bod cyn eu bondigrybwyll *Magna Carta* (1215) a chyn i William Tyndale drosi'r Beibl i'r Saesneg (*circa* 1530).

Ond yr hyn a barodd iddynt godi'u clustiau oedd pan soniais yr ystyrid yr Orsedd yn Gyfundrefn Anrhydeddau i'r Cymry. Wrth i mi sylweddoli fod gan y Sacsoniaid gymaint o ddiddordeb mewn 'anrhydeddau', penderfynais gael tipyn o hwyl am eu pennau. 'Fel y mae'r Frenhines yn "*ffynhonnell pob anrhydedd*" yn Lloegr,' cyhoeddais yn ddifrifol, 'felly hefyd y mae'r Archdderwydd yn "*ffynhonnell pob anrhydedd*" yng Nghymru.' Erbyn hyn yr oeddent ar dân i gael gwybod mwy. 'Pa anrhydedd a gafodd yr Archesgob?' oedd eu cwestiwn nesaf. 'Y Wisg Wen – yr uchaf oll,' atebais. 'I ba anrhydedd brenhinol y byddai'r Wisg Wen hon yn cyfateb?' holasant yn eiddgar. 'Wel,' myfyriais yn bwyllog, 'does dim posibl cael cymhariaeth gysáct, ond fe dybiwn i fod urddo â Gwisg Wen yn dod rhywle rhwng dau a thri gradd uwchlaw urddo'n Farchog.' Fe lyncwyd fy 'nghymhariaeth' yn ddi-gwestiwn, mewn syfrdan a pharchedig ofn. Fu dim sylwadau nawddoglyd am y Cymry ar y rhaglen, wedyn.

Mewn gwirionedd, bu teilyngdod a statws urddau Gorseddol yn bwnc llosg ac uchelgeisiol o'r dechreuad. Hyd yn oed ym 1792, anelai Iolo at roi'r lle blaenllaw i'r Orsedd yn yr Eisteddfodau. Iddo ef, yr oedd yr Orsedd megis academi i'r Cymry, lle dylai beirdd fedru graddio yn BBD (Bardd Braint a Defod), a ystyriai Iolo yn uwch ei statws na gradd yn Rhydychen neu Gaergrawnt. Erbyn canol y 19^{eg} ganrif, un o'r taeraf ei ddadleuon o blaid safoni statws yr urddau oedd Creuddynfab (William Williams, cyfaill agos i Geiriog). Mae'n wir y bu symudiad ar un amser – tua 1860 – i gael Siarter i'r Eisteddfod fel ag iddi fedru cyflwyno graddau swyddogol, nid yn unig yn ôl braint a defod, ond, ebe Creuddynfab yn Y Faner a'r Eisteddfod, hefyd yn ôl cyfraith:

> a byddai yr urddau yn sefyll yn yr un '*rank*' ag MA a BA Rhydychain a manau ereill, a rhoddent drwydded i'r rhai a'u meddent i gael cymdeithasu â dysgedigion y wlad hon â'r Cyfandir.

Roedd y Parch. John Eiddon Jones (Eiddon), wedyn, am i'r Orsedd fedru cyflwyno graddau, pe cyrhaeddent y nod a roes ef iddynt, a oedd yn gyfwerth â graddau Prifysgol, gyda'r uchaf yn cyfateb i DD neu PHD 'ond yn fwy cyffredinol a chenedlaethol, ac yn dylanwadu ar y lluaws, ac nid o fewn cylch cyfyngedig.'

Pan holodd *Radio Canterbury* fi, rhyfygais fynd gam ymhellach, a thynnu'r goes arall. Fel y digwydd, yr oedd tref Casnewydd wedi'i dyrchafu'n ddinas yn yr un flwyddyn ag yr urddwyd Rowan Williams [2002]. Wrth gwrs, nid oedd unrhyw gysylltiad rhwng y ddeubeth. Eglurais i'r Caer-geintiaid hygoelus mai'r bwriad, wrth ddyrchafu Casnewydd yn Ddinas, oedd galluogi Rowan Williams i symud pencadlys yr Eglwys Anglicanaidd Fyd-eang o Gaer-gaint i Gasnewydd, fel mai o Gymru, ac nid o Loegr, y rheolid Anglicaniaeth mwyach. Nid oedd sicrwydd eto, eglurais yn syber, a fyddai hynny hefyd yn golygu datgysylltu Eglwys Loegr maes o law. Bu bron i'r holwr dagu.

Byddaf yn rhyfeddu weithiau pa mor anwybodus y gall rhai o'r Sacsoniaid mwyaf deallus ac uchel eu cyraeddiadau a'u parch, fod am ein gwlad fach ni, heb i hynny amharu yn y modd lleiaf ar y clod a'r enwogrwydd – a'r arian – a ddaw i'w rhan. Un o'r llenorion uchaf ei barch yn Lloegr, serch ei fod yn greadur digon rhodresgar, a wyddai anferthedd ei glyfrwch ei hun ac a oedd yn hollol hunan-bwysig, oedd y diweddar Bernard Levin. Yn ei lyfr *The Pendulum Years* (1970), rhyfygodd ddodi ei linyn mesur cynhwysfawr, chwaethus ar y Cymry, eu hiaith a'u Heisteddfod yn y geiriau hyn:

> … *matters were not helped much by the growing insistence, borne along on the wave of nationalism, that the Welsh language must be revived and strengthened, and taught in the schools instead of dreadful foreign tongues. The fact that the vast majority of Welsh people spoke little or no Welsh and showed no desire to learn any, or to have their children learn any either, made no difference. At any rate, if it did, the difference was one which only caused complaints that Welsh children were being deprived of their cultural heritage, though the amount of genuine literature in Welsh was small, and additions to it of any merit rare. That this was the case could be seen each year at the Eisteddfod, where, amid much dressing-up and chanting, a Bardic crown was awarded to, say, a schoolteacher in horn-rimmed spectacles and what he believed to be Druidic robes. The crown was awarded for, as it might be, an enormous poem in rhymed octosyllabic couplets about an ancient Welsh chieftain who had done little of note other than to sell his army to the English for cash down; the poem would be discussed for a few days or weeks in a small circle in Wales, and thereafter never be seen again, nor its author heard of.*

Yn wyneb agweddau fel yna, pa ryfedd i gyfryngau'r byd mawr Eingl-Americanaidd adweithio fel y gwnaethant, pan urddwyd Rowan Williams yn Dderwydd yng Ngorsedd Tyddewi?

Ond da yw medru nodi nad dyna oedd barn pob Sais am ein Prifwyl. Pwy oedd yn Eisteddfod Bangor ym 1931 ond H V Morton, a oedd ar daith o gwmpas y Gogledd yn casglu deunydd ar gyfer ei glasur *In Search of Wales*. Ynddo, sgrifennodd:

> *The National Eisteddfod is, I think, one of the most interesting ceremonies I have ever attended. I have seen kings crowned and I have seen them buried. I have seen nations in mourning and in times of popular rejoicing. I have seen crowds as big as this Welsh crowd whipped up into a dervish frenzy about sport; but never have I seen a crowd which represents all the lights and shades of an entire nation gathered together to sing, to play musical instruments and to recite verse.*
>
> [Ac yntau yn eistedd ar lethr gwelltog yn aros am seremoni'r coroni bnawn Mawrth, gofynnodd i fardd ifanc a oedd enw'r Bardd Coronog yn wir gyfrinach, ai peidio.] *'Oh, yes, of course,' he replies; then dropping his voice, he says in a mysterious whisper, 'I believe it's Cynan. There he is. We'll ask him.' But Cynan denied all knowledge.*
>
> *The pavilion was packed with people and, in the fullness of time, the Archdruid called on the poet who, according to the adjudicators, had written the best poem on* Y Dyrfa *(The Crowd) and who bore the* nom de plume *of 'Morgan'. At the back of the pavilion a blushing poet rises to his feet. He is a distant indistinguishable figure … The Herald Bard and the Sword Bearer leave the platform and march slowly towards the mysterious 'Morgan'. They return, one on each side of him, to conduct him to his coronation. No sooner is 'Morgan' half down the pavilion than I detect something familiar about him. It **is** Cynan.*

Mae'n bleser medru nodi bod *The Oxford Companion to English Literature* yn rhoi gofod helaeth i H V Morton. Does dim sôn am enw Bernard Levin.

Soniais droeon am '**gadw'r gyfrinach**'. Ar wahân i'm profiad yn Nyffryn Lliw pan ddyfarnwyd imi'r Fedal, deuthum wyneb yn wyneb â'r honedig-gyfrinach yn Eisteddfod Dinbych, 2001, pan etholwyd fi'n Archdderwydd. Doedd enw'r buddugol ddim i'w gyhoeddi tan 11.00 o'r gloch ar y bore Gwener, a hynny yng Nghyfarfod Cyffredinol yr Orsedd.

Ac ar ddiwedd y cyfarfod hwnnw, er mwyn gwneud yn saff y byddai'r gynulleidfa'n aros. Gwyddai pawb fod tri yn y ras, a phwy oedd y tri. Gydol yr wythnos, daeth ffrindiau a chydnabod – a hyd yn oed rhai nad oedd gen i syniad pwy oeddynt – ataf. Naill ai i led-awgrymu, i hanner-llongyfarch, neu ddim ond i holi a stilio. Ac er 'mod i'n mynd ar fy llw na wyddwn i ddim – a doeddwn i ddim *yn* gwybod – ymateb niferoedd, tan hanner gwenu, oedd: 'Wel ie. Cyfrinach ydi cyfrinach, on'd e?' Roedd wynebau Jâms Nicolas a Delme Bro Myrddin (a fu'n cyfri'r pleidleisiau) fel dau Sffincs o'r Aifft. Roeddwn i'n difaru nad oeddwn i wedi encilio i Ynys Enlli.

Ym Mhrifwyl Casnewydd, 2004 yr oedd Cyfansoddiad newydd y Brifwyl dan sylw'r Cyngor. Roedd ambell fudiad, megis 'Cylch yr Iaith', a nifer o unigolion, yn ddrwgdybus o effaith y cymal a fyddai'n diffinio statws y Gymraeg o hynny ymlaen. Yn fy anerchiad o'r Maen Llog ar y bore Llun, gofynnais i'r Gorseddogion – lle'r oedd yr iaith dan sylw – i efelychu Jônsi, a 'chadw'u hunain yn bur'. Euthum ymlaen i ddyfynnu geiriau Saunders Lewis o *Buchedd Garmon*:

> Gwinllan a roddwyd i'm gofal yw Cymru fy ngwlad, i'w thraddodi i'm plant ac i blant fy mhlant yn dreftadaeth dragwyddol. Ac wele'r moch yn rhuthro arni, i'w maeddu. Minnau yn awr, galwaf ar fy nghyfeillion, y cyffredin a'r ysgolhaig – deuwch ataf i'r adwy: sefwch gyda mi yn y bwlch, fel y cedwir i'r oesoedd a ddêl y glendid a fu.

Gwn y bu i'r Tywysog Charles eu llefaru ar un achlysur pan oedd yn ceisio annerch yn ei Gymraeg anfynych ar un o'i ymweliadau â Chymru. Cofiaf sgrifennu i'r wasg ar y pryd i ofyn a oedd y ffaith ei fod wedi rhyfygu dyfynnu Saunders Lewis – o bawb! – yn golygu ei fod yn bwriadu rhoi Pardwn Brenhinol i S L a'i ddau gydymaith pan (ac os) y deuai'n frenin ar Gymru ddydd a ddaw.

Ond ar ôl i *mi* eu dyfynnu oddi ar y Maen Llog, bu bron i'r nefoedd syrthio! At bwy roeddwn i'n cyfeirio, atolwg? At Gyngor yr Eisteddfod, am iddynt, yn honedig, fwriadu 'ystumio' y Rheol Gymraeg? At fewnfudwyr o Loegr sy'n gwladychu'r Gymru wledig? At y mwyafrif di-Gymraeg sy'n byw o gwmpas Casnewydd a Gwent? Cefais fy hyd a'm lled gan ambell bwysigyn o'r Sanhedrin Steddfodol. 'Ein galw ni'n *foch*, 'wir!' Atebais i'r perwyl, pe bai S L wedi sôn am 'seirff' neu 'fwncïod', mai dyna'r gair y byddwn innau wedi'i ddefnyddio. A sut bynnag, os oedd y cap yn ffitio, wel …

Bu randibŵ arall yng Nghasnewydd. Ar gorn **Ann Clwyd, AS**, bellach 'Y *Gwir Anrhydeddus* Ann Clwyd, AS' ers pan ddyrchafodd Tony Blair hi i'r Cyfrin Gyngor ddeuddydd ar ôl yr Eisteddfod – dyna pryd y cyhoeddwyd y dyrchafiad, beth bynnag. Bnawn Iau, yr oeddwn wedi derbyn gwahoddiad i seremoni Cymru a'r Byd. Pwy oedd hefyd ar y llwyfan ond Ann Clwyd. Wyddwn i ddim ei bod hi i draddodi anerchiad, ond dyna oedd wedi'i drefnu. Aeth ati i ddweud nifer o bethau digon gwleidyddol – yn eu plith bod y byd yn llawer iawn mwy heddychlon nag yr oedd ddwy flynedd ynghynt, diolch i'r hyn oedd wedi digwydd yn Irác. Gwnaeth nifer o osodiadau cyffelyb a oedd yn hollol groes i'r graen i mi, nes y bu bron i mi godi a cherdded allan ar draws y llwyfan ac i fyny'r llwybr canol yng ngŵydd pawb wrth iddi lefaru. Ond wnes i ddim.

Canys cofiais fod trannoeth yn fore'r Maen Llog unwaith eto. Felly, o'r Maen Llog y condemniais hi. Ei chystwyo, nid am ei daliadau – mae ganddi berffaith hawl i'w barn – ond am draddodi araith a fyddai wedi gweddu i Dŷ'r Cyffredin ar ei waethaf efallai, ond a oedd yn gwbl groes i draddodiadau heddychlon Llwyfan Prifwyl Cymru: man a man iddynt fod wedi estyn y gwahoddiad i George W Bush. Gorffennais fy sylwadau: 'Rhag cywilydd i ti Ann Clwyd, a thithau'n aelod o Orsedd y Beirdd, hefyd.' Wrth gwrs, yn ôl y disgwyl, bu pob rhyfelgi a rhyfelwrach yn fy sgwrio innau yn y colofnau llythyrau wedyn. Ond roedd yn galondid mawr pan gyhoeddodd mudiad *Cymru a'r Byd* ddatganiad yr un bore eu bod yn ymwrthod yn llwyr â'r sylwadau gwleidyddol a wnaethpwyd gan Ann Clwyd yn ystod eu Seremoni Groeso. Dywedodd yr Archesgob Barry Morgan wrthyf hefyd ei fod yntau'n cytuno â phob gair o'm heiddo, a'i fod wedi dweud hynny ar goedd gwlad mewn cyfweliad radio yr un diwrnod.

Mae 'Cymru a'r Byd' yn seremoni nas cynhelir o 2006 ymlaen, a gofynnir a oedd iddi unrhyw arwyddocâd ar ôl, ac eithrio fel enghraifft o aredig y tywod. Mae'n werth darllen barn Hywel Teifi unwaith yn rhagor, serch hynny, yn ei lythyr pwerus i *Golwg* (23.2.06, y dyfynnais ohono eisoes mewn cyd-destun arall). Meddai, am y bwriad i'w dileu:

> ... y mae'r bwriad i ddileu seremoni'r Cymry ar Wasgar ... yn frad yn erbyn natur a phwrpas y brifwyl. Beth fyddai hanes y Gymraeg heb hiraeth – heb angorion emosiwn?
>
> Nid pennau'r Cymry sydd wedi cadw'r iaith yn fyw dros y blynyddoedd ond eu calonnau. Nid dim ond dibrisio cyfraniad y Cymry ar Wasgar i arwyddocâd ein prifwyl a wna'r penderfyniad i ddileu eu seremoni, y mae'n gwadu'n ogystal i'r werin eisteddfodol y pleser o uniaethu â'u hiraeth.
>
> Mae ganddynt hawl i'w llwyfan ac i'w sentimentau. Gwareder ni, *pace* R. Williams Parry, prifardd 1910, rhag creaduriaid dicra, cwta, cŵl heb hiraeth yn eu hwynebau pŵl.

Yn union fel y sgrifennodd Hywel am ddileu Llywydd y Dydd (gw. 'Eisteddfod Caerdydd, 1883, Pen. V, uchod), roedd Meirion Evans, Tedi Millward a Dafydd Lloyd Hughes yn porthi ei farn yn hyn o beth hefyd.

'Meini'r Maes' yw'r enw cywir ac urddasol a fathwyd gan y Prifardd Mererid i ddisgrifio'r cylch gorseddol newydd, symudol, a ddefnyddiwyd am y tro cyntaf ar y Maes yn Eisteddfod Eryri, 2005. Enw addas, canys nid meini 'plastig', na rhai 'gwydr-ffibr' mohonynt – roedd yr enwau hynny'n swnio braidd yn ddifrïol a lluch-i-dafl, rywsut. Bu sŵn ym mrig y morwydd ers rhai blynyddoedd fod nifer o bobl, rhai'n Orseddogion ac eraill ddim, yn credu bod y meini cerrig yn ormod o gowled i'w cael ac i'w gosod mewn cylch hollol newydd o flwyddyn i flwyddyn. Ac roedd eu lleoliad bron bob amser ymhell o Faes yr Eisteddfod. Pam felly na fedrid sicrhau meini y gellid eu gosod *ar y Maes ei hun*, fel ag i'r Orsedd fedru gorymdeithio o gwmpas y Maes i gyrraedd atynt, a hynny ar awr resymol o'r bore, a thrwy hynny ddenu tyrfa i wylio'r ddefod?

Mae'n debyg mai'r amlycaf o selogion y meini symudol dros y

blynyddoedd oedd y diweddar John Roberts Williams (John Aelod), a arferai godi'r mater o bryd i'w gilydd ar ei sgwrs bum-munud wythnosol *Dros fy Sbectol* ar Radio Cymru. Ac yntau wedi bod yn Olygydd *Y Cymro* am rai blynyddoedd hefyd, yr oedd wedi manteisio ar y cyfle i sôn am feini symudol yn ei golofnau yn y fan'no hefyd, ddegawdau ynghynt. Yr eironi yw bod y meini wedi eu defnyddio am y tro cyntaf fisoedd cwta ar ôl i'w deulu a'i gyfeillion ffarwelio ag ef yn Amlosgfa Bangor. Cytunai pawb â'r Archdderwydd Selwyn Iolen pan awgrymodd o'r Maen Llog newydd nad oedd dim sicrach na bod John wrthi'n ein gwylio, dros ei sbectol, o rywle uwchlaw'r cymylau y bore hwnnw.

Cyfeiriaf mewn man arall at y modd yr arferid cludo'r Gorseddogion mewn bysiau o ryw stafelloedd gwisgo pellennig draw i'r Maes ar gyfer y Seremonïau. Pan leolwyd y stafelloedd hynny yng nghefn y Pafiliwn am y tro cyntaf, yr oedd yr esgid ar y droed arall, braidd, ar gyfer seremonïau'r bore. Rhaid oedd cael bysiau i fynd â'r Gorseddogion at y meini. A'r meini hynny, fel rheol, wedi'u lleoli mewn parc neu ar ryw lecyn arall yng nghanol tref, weithiau gerllaw swyddfeydd y Cyngor lleol, ac yn aml bum neu ddeng milltir i ffwrdd; meini a oedd wedi eu lleoli ar gyfer y *Cyhoeddi* flwyddyn a mis cyn yr Eisteddfod ei hun. Man delfrydol i'r Cyhoeddi, wrth gwrs, canys ar hyd y strydoedd at y Meini yr âi'r ddwy orymdaith, yr orseddol a'r ddinesig. Bwriad gorymdaith yw tynnu sylw'r cyhoedd: dyna a ddigwyddai'n ddi-feth. A hithau bob amser yn bnawn Sadwrn. A hyd yn oed pe baech chi'n dymuno lleoli'r meini ar Faes yr Eisteddfod, roedd hynny'n amhosibl. Canys flwyddyn a mis cyn yr Ŵyl, doedd dim maes eisteddfod mewn bod.

Ond erbyn dyfodiad yr Ŵyl, roedd y meini 'cyfleus' wedi troi'n feini anghyfleus. Roedd y nod a'r pwrpas yn wahanol. I ddechrau cychwyn, mae bore Llun a bore Gwener yn ddyddiau gwaith. Ac mae gan dref yr Eisteddfod ei gwaith a'i bara beunyddiol i fynd â'i bryd; felly, waeth i chi heb â cheisio cynnal gorymdaith. Mae'r meini 'trefol' yn rhy bell ac anghyfleus i dynnu trwch yr eisteddfodwyr o'u cynefin, y Maes. At hynny, mae naw o'r gloch yn rhy fore i fynd â bryd neb ond y selocaf o selogion; o ganlyniad, mae'r mwyafrif yn y gorlan gyhoeddus naill ai'n deulu neu'n ffrindiau i'r rhai sydd i gael eu hurddo'r bore hwnnw.

Os ewch chi o gwmpas y wlad, fe welwch feini gorsedd parhaol o ithfaen, llechfaen neu dywodfaen mewn llaweroedd o wahanol safleoedd – nid yw marmor yn faen cysefin i Gymru. At ei gilydd, byddant yn cael eu gadael yn eu hunfan ar ôl unrhyw eisteddfod, er cof, ac i'w defnyddio eilwaith a rhagor pan ac os daw'r Brifwyl yn ôl i'r ardal. Eithriad yw iddynt gael eu clirio o unrhyw safle, megis y gwnaed yng Nghricieth ar ôl Eisteddfod Bro Dwyfor, 1975 am fod rhyw dwpsod diweledigaeth wedi bod mor gibddall â'u lleoli ar dir adeiladu – gwerth arian mawr bid siŵr – ac nid ar Y Maes lle byddent wedi cael sefyll hyd dragwyddoldeb. 'Y Maes' yw'r enw ar y llecyn gwyrdd eang yng nghanol y dreflan, lle cynhelir Ffair Cricieth.

Trwy lwc lleoliad, cawsom gyfle i arbrofi yn Eisteddfod Casnewydd, 2004. Yr oedd y meini yn rhai cerrig, parhaol, a godwyd ar gyfer Eisteddfod

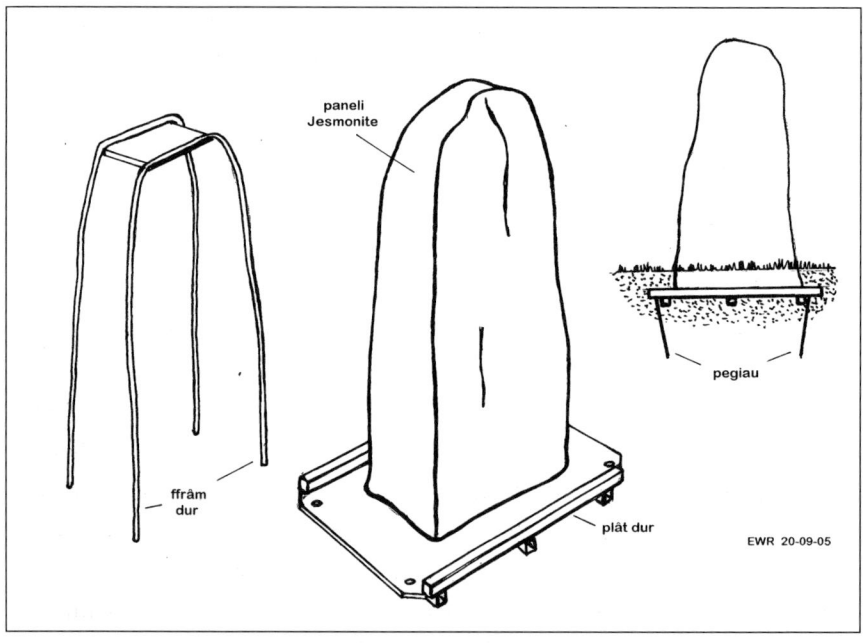

CYNLLUN MEINI'R MAES

1988 ym Mharc Tredegar. Ym 1988, yr oeddynt yn union tu allan i Brif Fynedfa'r Maes: yn 2004 newidiwyd ffiniau'r Maes fel ag i'w cynnwys o'i fewn. Buom yn ffodus yn y tywydd; cynhaliwyd dwy Orsedd foreol am 11 o'r gloch ar y Maes, yn hollol lwyddiannus. Yng Nghyfarfod Cyffredinol yr Orsedd, a gynhaliwyd bnawn Gwener, gofynnais am benderfyniad drwy bleidlais ynghylch y cynllun i sicrhau meini symudol a chynnal gorseddau ar y Maes o hyn ymlaen. Yr oedd y Gorseddogion yn unfryd o blaid, ac nid ataliwyd yr un bleidlais, hyd yn oed – er mwyn y cofnod, gofynnais o'r gadair a oedd unrhyw un heb bleidleisio; nid oedd neb.

I Ifan Eryri, Pensaer yr Orsedd, y mae'r prif ddiolch am Feini'r Maes. Aeth o gwmpas aelodau'r Orsedd a'u perswadio, yn unigolion a theuluoedd, i noddi'r meini newydd, fel na ddisgynnodd unrhyw gost ar yr Orsedd na'r Eisteddfod. Cawsant eu gwneud, trwy brosesau eithaf cymhleth, gan y cerflunydd Christine Roberts, Bethesda a'i gŵr y Dr Emyr Roberts, sy'n ymchwilydd electroneg ym Mhrifysgol Cymru, Bangor. Yn wahanol i 'gerrig' stiwdio deledu, yr oedd yn rhaid i'r rhain ddal pob tywydd, ac aros yn solet yn eu lleoedd ar ôl eu gosod. Maent o ddeunydd a elwir *'jesmonite'* (enw masnachol nad yw yng ngeiriaduron Bruce, y Brifysgol na Rhydychen), sy'n sylwedd acrylig, anfflamadwy, ac sy'n hynod ysgafn ei bwysau. Lle bo maen o garreg yn pwyso 400 kg (8/20 tunnell), mae maen cyffelyb acrylig yn pwyso'r ddegfed ran, sef 40 kg.

Y mae deuddeg maen yn ffurfio'r Cylch, sef un Maen Cyfamod, dau Faen Porth a naw maen arall. Hynny heb gyfrif y Maen Llog, a leolir yng nghanol y Cylch. Mae'r Maen Llog yn llawer mwy na'r lleill, ac er mwyn ei gludo, mae'n datgymalu yn bedair rhan, sef dwy i'r 'llwyfan', a'r grisiau blaen a'r grisiau cefn (a chanllaw) ar wahân. Nid wyf am enwi'r noddwyr i gyd, ond mae'n deg rhoi ar glawr mai'r Archdderwydd Selwyn Iolen a'i briod Meira a dalod am y Maen Llog – sawl mil. Hefyd, arwyddwyd y tu mewn i dri maen gan blant y rhoddwyr, Tomos, Morgan a Deio (Bryn Terfel a Leslie); Llyr, Rhydian a Heledd (y Dr Gwyn Lewis, 'Gwyn o Arfon', Trefnydd Arholiadau'r Orsedd, ac Alwena, 'Alwen Myllin'); a Gareth a Sara (Gerallt Jones, cyfreithiwr, 'Gerallt', a Marian Wyn Jones [BBC], 'Telynores Maethlon').

Ymddangosodd erthygl yn y *South Wales Evening Post* yn beirniadu Meini'r Maes, ac yn mynnu ein bod yn dod â'r meini cerrig yn ôl cyn Eisteddfod Abertawe, 2006. Dau Aelod (Torïaidd) o'r Cynulliad Cenedlaethol, Alun Cairns a Brynle Williams a fu'n cwyno fwyaf. Carwn wybod pa bryd y bu'r un o'r ddau yn selogion yr Eisteddfod Genedlaethol, a pha faint a gyfrannwyd gan y naill na'r llall at gronfa'r Brifwyl yn ystod y deng mlynedd diwethaf. Carwn hefyd eu hatgoffa mai penderfyniad unfrydol yr Orsedd oedd yr hyn a wnaed. Nid yw'r naill na'r llall ohonynt yn aelod o'r Orsedd, nac ychwaith, yn ôl y rhestr ddiwethaf a welais, o Lys yr Eisteddfod. Felly, taw piau hi, barchus Aelodau.

Pan oeddwn yn sôn am Cynan, gofynnais y cwestiwn ai doeth oedd iddo fod wedi cwrso *Lol* am **Enllib** (gw. 'Y Bala, 1967' Pen. VIII, uchod), gan awgrymu'r gwrthwyneb. Ond yn dilyn Prifwyl Tyddewi, 2002, dyma fi'n gwneud yn union yr un peth fy hun – yn erbyn y *Daily Post*.

Yn ystod rhuthr unrhyw Brifwyl – yn enwedig pan fo dyn yn Archdderwydd – hawdd iawn yw peidio â sylwi ar ryw eitem neu'i gilydd yn y papurau dyddiol. Dim ond yr wythnos wedi'r Ŵyl y sgrifennodd cyfaill ataf yn amgáu copi o lythyr a oedd wedi'i gyhoeddi yn y *Daily Post*. Ymddangosodd ddeuddydd wedi i mi groesawu'r dirprwyon Celtaidd i'r Llwyfan, yn union cyn Seremoni'r Coroni ar y dydd Llun. Mae hon yn ddefod sy'n bod ers blynyddoeddd bellach. Awdur y llythyr oedd rhyw Frank Fortescue, o Gaer, na welais lythyr yn ei enw na chynt na chwedyn.

Cwyno yr oedd fy mod yn croesawu ymwelwyr *Celtaidd* – ac 'ni fu sôn,' meddai, 'am yr holl ymwelwyr nad ydynt Geltiaid, a oedd hefyd yn arllwys eu harian budron Seisnig i goffrau'r Eisteddfod – canys, yn wahanol i'r Doctor da [*sef myfi*] medrant werthfawrogi a charu diwylliant sydd tu hwnt i'w diwylliant eu hunain'. Ni wnaf unrhyw sylw am y dweud yna: wedi'r cyfan, yr wyf yn greadur digon croendew, ac wedi hen arfer cael fy lambastio a'm cystwyo yn y Wasg gan feirniaid a gelynion fel ei gilydd. Derbyniaf yn rhwydd fod y llythyrau blewyn-o-drwyn y byddaf yn eu sgrifennu i'r Wasg fy hun yn gwahodd sylwadau cyffelyb.

Ond aeth Frank Fortescue yn llawer pellach na hynny. Penderfynodd ddweud ei ddweud am honedig-ymddygiad ar fy rhan, flynyddoedd ynghynt, pan oeddwn yn gweithredu'n ddirprwy-Farnwr yn Llys y Goron. Gwell yw i mi ddyfynnu ei eiriau yn y gwreiddiol:

> *My blood runs cold to think that this hate-filled fanatic once sat in judgment on his fellow man and woman. God help any English man or woman who found themselves in his court, innocent or guilty.*

Roedd yr ensyniad yn hollol glir: yr oeddwn o ran cymeriad a gweithred yn berson hollol anaddas i fod ar unrhyw Fainc farnwrol (o bobman!), ac roeddwn yn barod i adael i hiliaeth a chasineb reoli fy nyfarniadau. Yn fyr, fel barnwr byddwn yn gweinyddu anghyfiawnder bwriadol, yn enwedig yn erbyn unrhyw Sais neu Saesnes.

Serch fy mod wedi byw a gweithio ym myd y gyfraith ar hyd fy oes, penderfynais geisio cyngor cyfreithiol. (Yn ôl yr hen wireb, 'y sawl sy'n gyfreithiwr drosto'i hun; mae ganddo ffŵl yn gleient'.) Ceisiais farn cyfreithiwr a chwnsler ar y mater. Doedd dim amheuaeth nad oedd enllib, meddai'r ddau. Yr oedd digon o 'gasineb, gwawd a dirmyg' – y diffiniad traddodiadol o enllib – bwriadol yn y geiriau nes eu bod, yn hollol amlwg, yn enllibus, a hynny o falais.

Felly dyma fynd i hela'r *Daily Post*, a gyhoeddodd yr enllib i'r byd, i hawlio: (a) ymddiheuriad yn eu colofnau, (b) iawndal, i'w roi at achos da o'm dewis i.

Nid af i'ch blino â chwrs hirfaith y trafodaethau, ond y diwedd fu i'r *Post* setlo'r mater allan o'r Llys, ymddiheuro, a thalu swm o arian. Cefais yr hyn a geisiwn. Nid af ati i ddadlennu swm, ond penderfynais mai'r 'achos da o'm dewis i' fyddai Gorsedd y Beirdd. Felly archebais ddwy gadair dderw, ganol-oesol eu cynllun, gosgeiddig-eglwysig eu naws, i'w defnyddio gan y cyn-Archdderwyddon yn yr Orsedd pan gynhelir hi rhwng y meini yn yr awyr agored. Yr oedd yr arian yn union ddigon i dalu am y ddwy, heb unrhyw swm yn weddill – dyna pam y cytunwyd i setlo am y swm, wrth gwrs. Mae'r ddwy gadair i'w gweld yn y Cylch bob tro y cynhelir Gorsedd, ac erbyn hyn, ar ôl i mi orffen fy nhymor yn

Archdderwydd, yr wyf yn cael eistedd yn un ohonynt fy hun.

Pan oedd Bwrdd yr Orsedd yn diolch i mi (fe ddylent fod wedi diolch i Mr Fortescue a'r *Daily Post*) am y rhodd, mynegodd y cyn-Archdderwydd – a'r Cofiadur bellach – y smala John Gwilym, y dymuniad taer: 'Gresyn o beth na fyddai rhywun yn enllibio'r Archdderwydd yn amlach'.

Y PÂR CADEIRIAU CYN-ARCHDDERWYDDOL

Talwyd amdanynt gan y Daily Post *– am iddynt enllibio'r awdur*

XI

Gorseddau Dieithr

M ae'r fath beth yn bod ag **Urdd o Dderwyddon yn Lloegr** – *The Antient Druid Order*, ys galwant eu hunain. Mae'r rheiny'n medru rhaffu celwyddau am eu hynafiaeth hefyd: os credwch chi, bu'r enwogion canlynol yn aelodau brwd o'u brawdoliaeth: Pythagoras, y Brenin Alfred Fawr, y seryddwr William Halley, Syr Isaac Newton, Syr Christopher Wren, y Dr John Dee, Elias Ashmole (sefydlydd yr Ashmolean, Rhydychen), Bulwer Lytton, William Blake, Robert Owen (y Drenewydd), Charles Kingsley, Lewis Spence a Winston Churchill! Pwy all ddadlau i'r gwrthwyneb? Ond fe *fu* Winston Churchill yn aelod, os credwch chi dystiolaeth ffotograff (gw. trosodd).

Byddant yn cyfarfod mewn tair canolfan sef Bryn Gwyn (*Tower Hill*), Côr y Cewri (*Stonehenge*) a Bryn y Briallu (*Primrose Hill*). Pan oedd yn gwneud rhifyn o *Hel Straeon* un tro gofynnodd Gwyn Llewelyn i'r Dr John Davies (Bwlch-llan) fel hanesydd, ac i minnau fel Swyddog o'r Orsedd fynd draw i Fryn y Briallu i wylio un o'u seremonïau, ac yna ddweud ein dweud ar y mater wrth ei gamera. Yn ein dillad ein hunain yr oedd John a minnau, wrth gwrs, fel sylwedyddion: nid yw ein Gorsedd ni'n cydnabod y *Druid Order* am nifer o resymau – y prif un yw nad oes a wnelont ddim oll ag iaith, llên, barddas, cerdd, dawns na diwylliant o unrhyw fath. Ystyriant dderwyddiaeth a phaganiaeth yn gwlt crefyddol, bron. At hynny, maent yn ymhél yn drwm braidd â chyffuriau lledrithiol (yr oedd Iolo hefyd yn gyffuriwr mawr, ond efallai mai gwell yw peidio â sôn am hynny).

Mae eu defod hwy yn rhyfeddol o debyg i'n defod ni. Cleddyf Mawr, Corn Gwlad, Gweddi'r Orsedd, galw am Heddwch, ac ati. O dyrchu i'r hanes, canfûm y bu cyfnod o gweryla chwerw rhwng y *Druid Order*

DERWYDDON LLOEGR

yn dathlu Alban Hefin yng Nghôr y Cewri. Yn y blaendir gwelir teclynnau eu defod, sef Rhosyn (blodyn Lloegr), a phelen gopor y cynhelir fflam o'i mewn

'WYNSTWN DDERWYDD'?

Llun o Winston Churchill ar ôl ei 'urddo' i Gyfrinfa Albion o'r Druid Order *yn Blenheim, 15 Awst 1908. Efallai fod yr holl farfau Siôn-Cornaidd yn awgrymu nad achlysur hollol o ddifrif mohono* a Gorsedd y Beirdd, *'largely over the language question'*. Y sawl a lwyddodd i ddod â'r Derwyddon Saesneg i fwcwl wedi'r ymgecru oedd y bardd William Blake. Fel y gŵyr pob plentyn ysgol, Blake oedd awdur yr emyn *'Jerusalem'*, sy'n gorffen â'r llinell enwog neu ddrwg-enwog: *'In England's green and pleasant land'*. Honno yw arwyddgan Sefydliad y Merched – a Llafur Newydd ers pan aeth honno'n rhy barchus i ganu *The Red Flag*: clywsom Neil Kinnock yn ymesgusodi'n ddiweddar trwy ddweud y bydd o a Glenys bob amser yn canu: *'In **Britain's** green and pleasant land';* chwarae teg i'r pâr!

O bryd i'w gilydd bu cynrychiolaeth o'r *Druid Order* yng Ngorsedd Llydaw – sy'n tueddu i fod braidd yn 'dderwyddol', weithiau – ac yn eu tro, aeth rhai o Lydaw i Lundain. Roedd hyn yn amlwg iawn tua dechrau chwedegau'r 20^{fed} ganrif. Yr oedd Cynan yn ddig iawn a phasiwyd i hysbysu Gorsedd Llydaw na wnâi hyn mo'r tro. Bu'n rhaid i Lydaw ddewis rhwng Cymru a Llundain, a Chymru oedd eu dewis. Ond cofiaf fod yng Ngorsedd Llydaw, a derbyn map o Gylch yr Orsedd ganddynt, a ddynodai'n glir lle'r oedd cynrychiolwyr Cymru, Cernyw, a'r *Druid Order* i sefyll. Eithr rhaglen wedi'i hargraffu ers cenhedlaeth oedd hi. Mewn tri ymweliad â *Goursezh Breizh*, ni synhwyrais hyd yn oed arogl mwg lle bu'r un derwydd Llundeinig. Serch y gwelodd Ifan Eryri (Ifan Lloyd Williams) a minnau unwaith Dderwydd Mawr Llydaw, Gwenc'hlan, yn rhoi math o 'eneiniad olaf' ar ei Faen Llog i un o'i dderwyddon a oedd yn marw o gancr: profiad annifyr ac arswydus oedd gorfod gwylio defod felly.

I gloi'r sylwadau hyn amdanynt, fe'u disgrifiaf orau trwy ddweud yn fyr: *Nid Derwyddon Lloegr sy'n gwarchod gwerthoedd eu gwlad.*

*'**Archdruid Evans** here'*, meddai'r llais ar y pen arall wedi i mi ateb y ffôn. Na, nid y diweddar Archdderwydd Gwyndaf oedd yn siarad, ond rhyw Sioni di-Gymraeg o'r Cymoedd o'r enw Willy Evans, a oedd â'i fryd ar sefydlu *'a new Druid Order'* yng Nghymru. A minnau'n Swyddog Cyfraith Gorsedd y Beirdd, yr oedd wedi cysylltu â mi yn y gobaith y byddwn i'n rhoi rhwydd hynt iddo ffurfio Gorsedd, er mwyn iddo gael ei hagor yn rhwysgfawr rhwng Meini Gorsedd Beirdd Ynys Prydain ym Mharc Magnolia Caerdydd.

Ie, ein meini ni! Wedi bod wrthi'n hel straeon, hel dail, hel diod, hel cyffuriau a hel breuddwydion gwrach gyda rhai o Dderwyddon Lloegr yr oedd, mae'n ymddangos. Ni fuasai a wnelo'i 'orsedd' arfaethedig ddim oll â diwylliant – ddim hyd yn oed â diwylliant Seisnig a Saesneg Cymru; nac unrhyw ddiwylliant arall, hyd y medrwn ganfod.

Yr oedd am gael gwybod sut i estyn gwahoddiad i Archdderwydd Cymru (*'your Archdruid'* fel y cyfeiriai ato) – y Prifardd John Gwilym ar y pryd – ac 'archdderwyddon' o wahanol fathau a lleoedd, a rhai eraill a ddaliai rai o brif swyddi Cymru fod yn bresennol. Ymhlith y 'rhai eraill' yr oedd Ysgrifennydd Gwladol Cymru, Arglwydd Faer Caerdydd, Archesgob Cymru ac Archesgob Catholig Caerdydd, heb sôn am Arglwydd Raglawiaid, Prif Gwnstabliaid, Uchel-Seiri, Uchel Siryfon a Phrifathrawon prifysgolion. A rhestr faith arall 'nad oedd ar dir i'w datgelu' ar y pryd.

Teimlwn fod rheidrwydd arnaf ymgynghori â'r Archdderwydd a'r Cofiadur, a medrwch fentro nad oeddynt yn hapus iawn pan glywsant am y bwriad. Pwy oedd â'r hawl i ddefnyddio cylch meini Gorsedd y Beirdd? Wedi'r cyfan, yr oeddent wedi eu gadael yn eu hunfan ers 1977, pryd y cyhoeddwyd Eisteddfod 1978. Roeddynt wedi'u lleoli ar dir a berthynai i Gyngor y Ddinas, ac roedd llwybr cyhoeddus yn mynd heibio iddynt. Nid oedd unrhyw fath o rwystr na ffens o'u cwmpas, ac roedd rhwydd hynt i blantos fynd arnynt ac ar hyd-ddynt i chwarae, i famau ifainc â choetsys bach eistedd ar risiau'r Maen Llog i gael smôc a chlonc: yn fyr, i unrhyw un wneud unrhyw beth yn, neu o gwmpas, y Cylch. Ein Cylch ni.

Medrwch ddychmygu'r penawdau: *WALES'S NEW GORSEDD; ENGLISH DRUIDS AT LAST!; RIVAL ARCHDRUIDS!; WELSH BARDS HAVE HAD THEIR DAY;* a chyffelyb enghreifftiau anwybodus a rhagfarnllyd. Byddai'n creu camddealltwriaeth yng Nghymru, yn enwedig yn y Gymru ddi-Gymraeg, tra byddem yn gyff gwawd unwaith eto i'r Saeson. Mae aelodau'r *Druid Order* eisoes yn cael eu hystyried yn griw o grancod pan gyfarfyddant yng Nghôr y Cewri i groesawu codiad yr haul ar Alban Hefin bob blwyddyn. Yr oedd rhaid taro'r 'orsedd' hon ar ei phen rhag blaen.

Ond roedd sawl ffordd o gael y Wil yma i'w wely. Cawsom air bach

Y CYN-ARWYDDFARDD DILWYN CEMAIS

yn chwilio am haul

yng nghlust un o'n Swyddogion mwyaf cosmopolitanaidd, yr Arwyddfardd Dilwyn Cemais (y Capten Dillwyn Miles). Nawr, mae Dilwyn yn troi mewn cylchoedd o bob math ac ansawdd, lle na thry'r gweddill ohonom o gwbl. Mae'n adnabod pawb sy'n werth ei adnabod yn y De a thu hwnt. Cafodd yntau yn ei dro air distaw mewn clustiau di-ri; a chanlyniad yr holl sibrwd a hanner awgrym oedd na dderbyniwyd unrhyw wahoddiad o du *'Archdruid Evans'* gan neb. Aeth ei gynllun i'r gwellt ac aeth yntau i ebargofiant.

Gyda llaw, mae Parc Magnolia wedi'i leoli'n union wrth ystlys mur allanol Castell Caerdydd. Mae mor agos fel y medrwch edrych i lawr ar Gylch yr Orsedd, a'i weld oddi uchod yng ngogoniant ei holl grynder pan gerddwch ar hyd mur y Castell. Ym 1980, digwyddais fod yn aros yng Ngwesty'r Angel gyferbyn â'r Castell. Holais bâr o Americanwyr a gyfarfûm yno – ac a oedd wedi cael eu tywys trwy'r Castell y pnawn hwnnw – a oeddent wedi digwydd gweld Meini'r Orsedd ym Mharc Magnolia. (Ym 1980, a hwythau yn eu lle ers 1977, nid oeddynt ond cwta dair oed.)

Oeddent, roedd yr Americanwyr wedi gweld y Cylch; ac wedi gofyn i'w tywysydd beth oedd y cylch meini rhyfedd hwn. A'r ateb gwybodus – gan un o dywyswyr swyddogol Castell Caerdydd, a ddylai wybod beth oedd beth: *'They're only some old Celtic remains.'*

Ym 1928 aeth yr Archdderwydd Pedrog draw i Gernyw i sefydlu **Gorseth Kernow**. Aeth yr Orsedd honno o nerth i nerth ac mae'n dal mewn bri. Gorsedd un urdd, Glas yn unig, yw *Gorseth Kernow*, a lywyddir gan ei Bardd Mawr (*Barth Mur*) ei hun. Byddir yn ddieithriad – megis y gwneir â Gorsedd Llydaw (*Goursezh Breizh*) – yn cyfnewid cynrychiolwyr pan gyferfydd. Maent yn rhoi llawer o bwys ar y chwedl Arthuraidd: neb llai na'r Brenin Arthur sy'n cael y clod am na chawson nhw ddim ond un diwrnod gwlyb yn ystod y tri chwarter canrif y bu eu *Gorseth* mewn bod – credwch neu beidio.

Yn Boscôn (*Boscawen*) y sefydlwyd *Gorseth Kernow*, rhwng cylch cyntefig o feini nid nepell o Land's End. Serch bod yno gynrychiolaeth o Lydaw hefyd, ac iddynt geisio cydganu'r Anthemau Cenedlaethol (trosiadau Cernyweg a Llydaweg o eiriau 'Hen Wlad fy Nhadau' – ar yr un dôn), nid oedd yn llwyddiant digamsyniol. Meddai'r Dr Geraint Bowen yn sych: 'Llwyddwyd i ganu'r Anthem Genedlaethol yn Llydaweg oherwydd presenoldeb dau Sioni Winwns o Lydaw, a oedd yn digwydd bod yn gwerthu yn yr ardal.'

Wrth drafod Gorsedd Cernyw, dylid sylweddoli mai cymdeithas o *ddysgwyr* yw hi. Nid oes modd iddynt ymarfer yr iaith yn y gymdeithas o'u cwmpas, canys mae'r Gernyweg wedi edwino'n llwyr fel iaith lafar, frodorol, fyw, ers cyn diwedd y ddeunawfed ganrif. Yn y nodwedd hollbwysig hon y mae *Gorseth Kernow* yn hollol wahanol i'n Gorsedd ni.

Sut bynnag am hynny, pan ddathlwyd y tri chwarter canmlwyddiant yn Llansteffan (*Launceston* neu *Lanson*), a minnau'n Archdderwydd ar y pryd, cefais y fraint o arwain mintai o hanner cant o Orseddogion, a chynifer eto o gefnogwyr a pherthnasau, o Gymru draw i'w Gorsedd ddathlu. Gwenodd haul y Brenin Arthur arnom, a chafwyd diwrnod nas anghofir fyth gan y rhai a oedd yn bresennol.

CROESO CHWE-IEITHOG I LYDAW

Sef Ffrangeg, Saesneg, Llydaweg, Gwyddeleg, Cymraeg a Gaeleg.
Onid purion fyddai newid trefn yr ieithoedd?

Dylid egluro y cynhelid y gorseddau a'r eisteddfodau 'o dan nawdd' **Cadair arbennig**. Rhennid Cymru gan Iolo yn bedair 'Cadair', sef Cadair Morgannwg a Gwent, Cadair Gwynedd, Cadair Powys a Chadair Dyfed. Yn ôl y Dr Geraint Bowen, trwy anwybyddu'r drefn sirol a wthiwyd ar y Cymry ceisiai Iolo Morganwg roi delwedd hynafol i'w sefydliad Barddol a phwysleisio annibyniaeth ddiwylliannol y genedl. Mynnai Gorseddogion Gwynedd mai 'dan nawdd Cadair Gwynedd y cynhelid Gorsedd ac Eisteddfod Lerpwl 1840'. Ieuan Glan Geirionydd oedd yn 'Fardd Llywyddol' yr Orsedd ac un o'r Mostyniaid oedd Llywydd yr Eisteddfod. (Mynnai Iolo hefyd mai dan nawdd Cadair Morgannwg a Gwent – neu Cadair Arthur – y cynhelid gorseddau Llundain.)

Ac mewn *'Regulations of The Eisteddfod'*, a gafwyd ynghlwm wrth Raglen Prifwyl Caer, 1866 meddid:

> The Eisteddfod shall be held annually... alternately in North and South
> Wales, and occasionally in border English towns.
> For the purposes of this arrangement Monmouthshire and the towns

bordering on South Wales shall be considered as parts of South Wales, and Liverpool, Manchester, Chester and the towns bordering on North Wales shall be considered as parts of North Wales.

Dyna beth *yw* llurgunio daearyddiaeth!

Bid a fo am y lleoliad felly, nid oedd neb yn gweld dim o'i le os cynhelid **Eisteddfod Cymru yn Lloegr**. Cynhaliwyd hi y tu allan i Gymru (heb gyfrif lleoedd megis America, a heb or-fanylu pa eisteddfodau yn union oedd yn 'Genedlaethol') ar naw achlysur rhwng 1840 a 1929: sef Lerpwl, 1840; Caer, 1866; Penbedw, 1879; Lerpwl, 1884; Llundain, 1887; Lerpwl, 1900; Llundain, 1909; Penbedw, 1917, a Lerpwl, 1929. Meddai Dilwyn Cemais, mewn brawddeg y gellir ei darllen mewn dwy ffordd: *'The 1929 Eisteddfod was the last to be staged outside Wales.'*

Erbyn hyn, cymaint yw'r gost o'i chynnal fel y bydd awdurdodau'r Brifwyl yn mynd i'r priffyrdd a'r caeau, gan ddiosg eu cap cardota a moesymgrymu, i weld pa dref neu ardal sy'n fodlon ysgwyddo'r baich o'i chynnal. Nid felly y bu pethau; rwy'n cofio adeg pryd y caech chi ddwy neu dair o drefi neu ardaloedd yn cystadlu â'i gilydd ac yn ymgiprys yn ffyrnig am y fraint o gael ei llwyfannu. Dyna sut yr oedd pethau yn nau ddegau'r 20[fed] ganrif. Ym 1923, cyflwynwyd dau gais am Brifwyl 1925. Pwllheli a orfu, ond daeth tro Lerpwl ym 1929. Yn ôl y *Western Mail*, 25[ain] Gorffennaf:

LONDON, Tuesday FROM OUR OWN CORRESPONDENT

The Gorsedd and the National Eisteddfod Association will hold their joint meeting at Mold on August 8 [yn ystod wythnos Eisteddfod yr Wyddgrug, 1923] *and the business will include the arrangements for the Pontypool Eisteddfod in 1924 ...* **and of the application for the Eisteddfod of 1925**.

Liverpool and Pwllheli are the applicants for 1925, and the respective cases have now been prepared and the petitions sent in to the Authorities of the Eisteddfod [mae'n atgoffa dyn o'r ceisiadau manwl a anfonir at y Pwyllgor Olympaidd Rhyngwladol flynyddoedd ymlaen llaw gan rai o ddinasoedd blaenllaw'r byd]. *I am able to give a summary of each application.*

BANER GORSEDD LLYDAW

Cyflwynwyd iddynt gan y Cymry yn Eisteddfod Abertawe 1907.
Hi a ddefnyddir hyd heddiw

Nid af i fanylu ynghylch cais Pwllheli. Ond dengys crynodeb o gais Lerpwl
(ac mae'n rhaid i mi grynhoi ymhellach, gan fod yr adroddiad bron yn
hanner tudalen – a'r *Western Mail* yn bapur dalennau llydan y pryd hwnnw)
nifer o bwyntiau disgwyliedig a diddorol. Yn gyntaf, mae'n rhamantu
ynghylch Cymreictod Cymry'r Glannau ac yn sôn am gyfarfod 'anferth a
dylanwadol' a gynullwyd i lansio'r cais. Gan mai Arglwydd Faer Lerpwl,

y Cynghorydd Frank Campbell Wilson, a gadeiriai, medrwn gasglu mai yn Saesneg y'i cynhaliwyd. Roedd honedig *'Welsh population'* Lerpwl a'r glannau – heb sôn am iaith – yn fwy nag unrhyw dref na dinas y tu mewn na'r tu allan i'r 'Dywysogaeth'. Mae'n dyfynnu'r hen dôn gron mai 'Lerpwl yw prifddinas Gogledd Cymru' (sy'n atgas beth i mi, nad wyf yn cydnabod ond Caerdydd), ac mae'n crybwyll bod Lerpwl o fewn cyrraedd hawdd i bawb. Yna mae'n brolio llwyddiant Eisteddfodau blaenorol Lerpwl, ym 1884 a 1900. Crybwyllir y parciau a'r neuaddau ysblennydd a hollol addas, a'r cyfleusterau lletya rhesymol eu pris. Ac uwchlaw popeth, y gefnogaeth ariannol, neno'r Tad. Mewn brawddeg: *'a city unrivalled for the promotion and advancement of Cymric ideals by the number of thoroughly Welsh societies it supports.'* Ho, hym.

Yn dilyn yr hunan-froliant hwn, ceir rhestr o gymdeithasau a sefydliadau Lerpwlaidd a Chilgwrïaidd, megis:

> Cyngor Dinas Lerpwl; Cymdeithas Genedlaethol Cymry Lerpwl; Undeb y Ddraig Goch; Cymdeithas Genedlaethol Gymreig Cilgwri; Cymdeithas Gymreig Bootle; *'Young Wales Societies'* Anfield a'r South End; Cymdeithas Gymreig Prifysgol Lerpwl; Undeb Corawl Cymreig Lerpwl; Cymdeithas Ddrama Cymry Lerpwl; Gymdeithas Operatig Gymreig Lerpwl, a'r gymdeithas Gymreig/Gymraeg gyffredinol yn Lerpwl.

Ac yr oedd pobl o bwys hefyd wedi llofnodi'r Ddeiseb – yr Arglwydd Faer, Henaduriaid a Chynghorwyr, Swyddogion y cymdeithasau a restrwyd uchod, Canghellor y Brifysgol, arweinwyr corau, *'and 270 additional signatories'*. Beth oedd poblogaeth Lerpwl ym 1923? Miliwn? Hanner miliwn? O ran hynny beth oedd poblogaeth Gymraeg, Gymreig neu Gymreig-o-dras Lerpwl yn y flwyddyn honno? Yn sicr, llawer mwy na'r *'270 additional signatories'*. Ond mae'n rhaid i ni dderbyn ei chysylltiad clòs â Chymru, a bod llaweroedd o Gymry – Cymry Cymraeg hefyd – yn byw, yn astudio neu'n gweithio yno yn ystod y dau ddegau.

Yn ystod y flwyddyn 2005, bu Dinas Lerpwl yn cael ei henwi fel lleoliad posibl i Brifwyl 2007. Tynnwyd fy sylw gan Roderick Owen, Cadeirydd Cymdeithas Gymraeg Lerpwl, at y ffaith fod yn y Ddinas ym 1929 *chwe deg o* addoldai Cymraeg: erbyn 2005, nid oedd ond *chwech* ar ôl a'u cynulleidfaoedd wedi prinhau ac heneiddio. Am y rheswm hwnnw ac eraill, yr oedd y Gymdeithas (a Chymdeithas gyfatebol Penbedw) yn unfryd yn erbyn mynd â Gŵyl 2007 i Lannau Merswy. *Ar ôl* i'r Brifwyl benderfynu peidio â mynd i Lerpwl yn 2007, daeth 'ymddiheuriad' sydyn ac annisgwyl o du Cyngor y Ddinas am raib Tryweryn bedwar degawd ynghynt. Nid yw'n berthnasol i'r gyfrol hon, felly bodlonaf ar un sylw yng nghyswllt y boddi hwnnw: 'Caeodd yr hollt, ond erys y graith'.

Ond cais Pwllheli a orfu ym 1923 ac i'r dref honno yr

DOWCH I LERPWL!

Poster bei-ling ar gyfer eisteddfod bei-ling

aeth Eisteddfod 1925. Nid oedd hynny'n unrhyw sen ar Lerpwl, canys fe lwyddodd ei chais hi i lwyfannu'r Brifwyl ym 1929. A dyma Lerpwl yn gwneud cais i'w llwyfannu unwaith eto yn 2007. Datganwyd dwy farn ynghylch y priodoldeb o wneud hynny. Nid pwrpas y geiriau hyn yw dadlau achos y naill ochr na'r llall. Ond mae'n deg dweud bod dwy elfen newydd i'w hystyried ar ddechrau'r 21^{ain} ganrif. Sef:

1. Na ddylid, fel mater o egwyddor, gynnal Eisteddfod Genedlaethol Cymru y tu allan i Gymru;
2. Pwysigrwydd yr hyn a alwaf 'Ffactor Tryweryn'.

Lle bo'r egwyddor o beidio â mynd allan o Gymru dan sylw, dyfynnaf y cymal o 'Amcanion' yr Eisteddfod, o'r Memorandwm Cymdeithasiad a dderbyniwyd yn unfrydol gan y Llys ym Mhrifwyl Eryri, 2005:

> Hybu, hyrwyddo a diogelu diwylliant Cymru a'r iaith Gymraeg trwy gynnal Gŵyl genedlaethol yn flynyddol, sef Eisteddfod Genedlaethol Cymru.

Hollol glir a diamwys. Ond yr oeddwn wedi rhoi Rhybudd o Gynnig i'w drafod gan y Llys, sef bod y geiriau 'yng Nghymru' yn cael eu dodi yn y man priodol. Yna byddai'r 'Amcan' yn darllen:

> Hybu, hyrwyddo a diogelu diwylliant Cymru a'r iaith Gymraeg trwy gynnal Gŵyl genedlaethol yn flynyddol **yng Nghymru**, sef Eisteddfod Genedlaethol Cymru.

Yr oedd y gwelliant lawn mor glir a diamwys. Ond ar ôl i mi ei gynnig ac i'r Llys ei drafod – serch nad oedd neb fel pe'n *dymuno* mynd i Lerpwl – fe'm trechwyd o 97 pleidlais yn erbyn 34. Buasai angen mwyafrif o ddwy ran o dair iddo fod wedi llwyddo. Felly fe gollais yn drychinebus. Roedd yn rhaid i mi felly, fel democrat, dderbyn barn y mwyafrif – ond doedd dim rhaid i mi fynd draw i Lerpwl i'r Eisteddfod, os yno y'i cynhelid wedi'r cyfan. Credwn mai mater o arian fyddai hi yn y pen draw, er y bûm yn eithafol yn ôl fy arfer, pan ddisgrifiais unrhyw swm a geid gan Gyngor Lerpwl fel 'cardod taeogion'.

Lle bo 'Cofio Tryweryn' dan sylw, cynghorodd ambell lais ni, y dylem *anghofio* Tryweryn. Rwy'n methu gweld pam. Mae'r Saeson wedi bod wrthi'n prysur gofio eu rhyfeloedd a'u buddugoliaethau, ac mae degawdau – onid canrifoedd – oddi ar y rheiny. Ac maen nhw'n cofio Dunkerque er mai ffoedigaeth, nid buddugoliaeth, a ddigwyddodd yn y fan honno. Y drwg yw, wrth gwrs, bod *Lerpwl* wedi llwyddo i anghofio Tryweryn. Yn ystod y trafod ynglŷn â Phrifwyl 2007, bûm ar un o raglenni *Radio Merseyside,* yn dadlau yn erbyn rhyw gynghorydd neu swyddog o Gyngor Dinas Lerpwl. Pan soniais am Dryweryn, ni wyddai ddim am y digwyddiad, a bu rhaid i mi egluro wrtho beth oedd wedi digwydd i Gapel Celyn yn y chwe degau. Yr oedd yn gwrthod credu: *'Why, Liverpool could never have*

CERNYW, 1928

Yr Orsedd Gyntaf yn Boscawen Un, pryd y sefydlwyd Gorseth Kernow
gan yr Archdderwydd Pedrog (fel yr Awdur, gŵr o Lŷn)

CERNYW, 2003

*Siân Aman a'r Awdur ar y Maen Llog yn Lansteffan (Launceston), Cernyw yn dathlu tri
chwarter canmlwyddiant* Gorseth Kernow. *Yr oedd mintai o tua hanner cant o Orseddogion
Cymru hefyd yn bresennol. Y tu ôl iddynt gwelir dau gynrychiolydd o Orsedd Llydaw*

CLUDO CLEDDYF ARTHUR

Cyd-Orsedd a gynhaliwyd yng Nghernyw ym 1971 – pryd y gwnaed cytundeb rhwng y tair Gorsedd, a elwir 'Cytundeb Bae Caerlyon'. O'r chwith, mewn gwyn, Eostig Sarzhaw, Derwydd Mawr Llydaw, ac ar y dde iddo, yr Archdderwydd Tilsli. Y tu ôl i'r Cledd gwelir Trevanyon, Bardd Mawr Cernyw. Cludir y Cledd gan Gwas Costenyn, a ddaeth yn ddiweddarach yn Fardd Mawr ei hun

TAIR GWLAD GELTAIDD YNGHYD

[o'r chwith] Cyn-Fardd Mawr Cernyw, y diweddar John Bolitho; Per ac Erwann o Lydaw; Dirprwy-Fardd Mawr Cernyw, Gwenenen; y Bardd Mawr, Towennow; Siân Aman a'r Awdur

done such a dreadful thing,' oedd ei ymateb anwybodus. Cwestiwn arall a ofynnodd, gyda llaw, yng nghyswllt Eisteddfod yn Lerpwl oedd: *'Do you have to have so much Welsh?'*

Prin, bellach, yw'r rhai sy'n fyw a oedd yn bresennol yn Eisteddfod Lerpwl 1929. Un – a fu farw ddiwedd 2005 yn gant oed – oedd y ddiweddar Rhuana Morgan (*née* Rees), gweddw'r diweddar Athro T J Morgan [mam yr Athro Prys Morgan, Llywydd Cymdeithas y Cymmrodorion, a'i frawd bach Rhodri, Prif Weinidog Cymru]. Bu Mrs Morgan yn eisteddfodreg gyson ar hyd ei hoes, ac yn rhinwedd hynny, roedd ar dir i fedru cymharu prifwyliau. Ym 1929 yr oedd yn lletya yng Nghyffordd Llandudno ac yn cymudo yn ôl a blaen ar y trên i Lerpwl bob dydd. Pan gododd sôn ym mrig y morwydd y gallai'r Brifwyl ymweld â Lerpwl drachefn yn 2007, mynegodd ei barn yn groyw wrth ei mab Prys am yr Eisteddfod flaenorol y bu hi ynddi yn Lerpwl, a hithau ar y pryd yn 23 blwydd oed: 'Doedd Steddfod Lerpwl yn dda i ddim fel steddfod. Doedd yno ddim hwyl. Steddfod oedd hi heb ysbryd yn y byd. Wnes i mo'i mwynhau hi o gwbl.'

Eithr yr Wyddgrug, ac nid Lerpwl, a ddewiswyd yn lleoliad i Brifwyl 2007, diolch i nifer o ffactorau nad ymdriniaf â hwy yma. Carwn ddyfynnu nodyn a sgrifennodd Rodney Lyons (Towennow), Bardd Mawr Gorsedd Cernyw, yn y cerdyn cyfarch a anfonodd ataf adeg y Nadolig 2005 – dyma fy nhrosiad o'i eiriau:

> Roeddwn mor falch mai synnwyr cyffredin a orfu. Methwn â chredu bod cynlluniau ar droed i gynnal yr Eisteddfod yn Lerpwl. Pe ceid awgrym y dylid cynnal *Gorseth Kernow* yn Plymouth, byddem i gyd yn cerdded allan.

Oni ddywedodd Towennow y cyfan?

Serch y bûm draw yn Eisteddfod y Wladfa ddwywaith, nid oedd **Gorsedd y Wladfa** mewn bod ar y pryd. Bu Gorsedd ar un adeg, ond roedd honno wedi hen fynd i'r gwellt. Gorsedd oedd hi a gynhaliodd ei chyfarfod cyntaf adeg Nadolig cyntaf y Gwladfawyr yn eu tiriogaeth newydd. Rai blynyddoedd yn ddiweddarach hawliodd Gytun Ebrill, un o ddilynwyr Gwilym Cowlyd a Gorsedd Taliesin (gw. 'Gwilym Cowlyd, adran vi, Pen. XVI, isod) ei fod yn 'Archdderwydd' y Wladfa. Sonnir yn *Awen Ariannin* fod memrwn rhyfeddol ym meddiant y diweddar Archdderwydd Emeritws Bryn (R Bryn Williams), a ddarllenai fel a ganlyn:

Y Gwir yn erbyn y Byd **/ | ** *O Iesu na'd Gamwaith*

CADAIR FARDDOL TYWYSOGAETH CYMRU
GORSEDD BEIRDD YNYS PRYDAIN

Hyn sydd dystiolaeth fod Griffith Griffiths (Gytun Ebrill) yn Gadeirfardd profedig, a thrwyddedawg cyfallwy [*cymwys*] o Orsedd Beirdd Ynys Prydain, ac iddo hawl ac awdurdod i ddeffro Cadair a chynnal Gorsedd ar Gerdd a Barddoniaeth – yn ôl braint a defawd Beirdd Ynys Prydain, ar lan y Gamwy yng Nghymru Newydd, neu unrhyw drefedigaeth Gymreig trwy'r byd oll. 'Gair ei air ef ar bawb.'

Tyst ein llaw –   Arwyddwyd:

Ar air a chydwybod wrth fraint a   *Owen Gethin Jones*
dyfarn Gorsedd Beirdd Ynys
Prydain ar Fryn y Caniadau, yn   *Scorpion* [Thomas Roberts]
Nhalaeth Gwynedd, a nawdd   *Gwilym Cowlyd*
Cadair farddol Tywysogaeth
Cymru Alban Arthan 1881.

Roedd y memrwn wedi'i 'selio'n drwm'. Y 'darn cyntaf wedi'i argraffu'n fras, a'r darn olaf mewn ysgrifen… pedair sêl ar rubanau plethedig ac amryliw, a'r cwbl wedi ei blygu a'i gadw mewn cist gopr.' Yr Awdurdod ar bapur – os oedd unrhyw awdurdod i'r 'awdurdod' – wedi cyrraedd, felly, 16 mlynedd ar ôl y 'penodiad'. Ond fe wnaeth y tro.

Ceir sôn, hefyd, sut y byddid yn defnyddio cleddyf yn yr Orsedd ac uwchben Beirdd y Gadair rhwng 1880 a 1930. Credai Bryn mai hen gleddyf yn perthyn i un o filwyr Ariannin ydoedd, un cymharol fyr a thrwm a gedwid mewn gwain o ledr du.

Ond nid tan 1908, yn Eisteddfod Genedlaethol Llangollen, y dechreuwyd arddel perthynas â Gorsedd Cymru. Yn y Brifwyl honno, areithiwyd gan R J Berwyn o Batagonia. Neges oddi wrth Gytun Ebrill oedd ganddo:

At yr Archdderwydd Dyfed yng Ngorsedd Eisteddfod Llangollen: Medi 15, 1908.

Dan nawdd Duw a'i Dangnef

Y gwir yn erbyn y byd

Oes y byd i'r iaith Gymraeg. Iesu, na'd gamwaith.

Gytun Ebrill, Archdderwydd Patagonia (trwy apwyntiad yng Ngorseddau yng Nghonwy a Llanrwst 1881 [*h.y. Gorseddau Taliesin* – R LL]) yn anfon annerch at y frawdoliaeth yng Ngorsedd Frenhinol Llangollen. Llwyddiant i chwi, frodyr anwyl i godi'r Hen Wlad yn ei hol. Hyderaf y cewch chwi gynrychiolaeth dda oddi yma ym mhersonau urddasol Eluned [*Morgan*] a Berwyn.

> *Coder toll yn Llangollen – ar y beirdd*
> *A'r byd a fedd awen*
> *I ganu byth heb gynnen*
> *I roi parch i Ior y pen.*

Gytun Ebrill dros 80 oed

Llwyn Ebrill, Gwladfa'r Camwy, Patagonia, Gorphenaf 15, 1908.

Fodd bynnag, gyda'r blynyddoedd, gwanychu fu hanes Gorsedd y Wladfa ac erbyn yr Ail Ryfel Byd yr oedd wedi peidio â bod.

Ym mis Hydref 2001 aeth fy rhagflaenydd, yr Archdderwydd Meirion, ynghyd â thua hanner cant o Orseddogion, i Batagonia i sefydlu, neu'n

YR ARCHDDERWYDD MEIRION

Rhagflaenydd yr Awdur yn y swydd, Y Parch. Meirion Evans, 1999–2002.
Arweiniodd fintai o Orseddogion i'r Wladfa i ailsefydlu eu Gorsedd, draw

hytrach ail-sefydlu, Gorsedd y Wladfa. Yr oedd cais wedi dod ar gyfer hyn ers peth amser, ac roedd Bwrdd yr Orsedd wedi edrych yn ffafriol iawn arno. Yr oedd Elvie Macdonald (Glan Camwy) yn byw yn Llanrhystud, Ceredigion, a phwy well, na mwy cyfleus, i weithredu'n gysylltwr rhwng Gorsedd y Beirdd a'r ddarpar-Orsedd draw?

Bu'n daith hynod: cawsant groeso ym mhobman o Buenos Aires i lawr, a chyflwynwyd anrhegion i'r Archdderwydd ar bob achlysur. Talwyd y pwyth yn ôl, gydag anrhegion megis copi o 'Eifionydd' wedi'i fframio a darlun o'r Lôn Goed i Senedd-dŷ Ariannin, ac yna fodelau o'r Cleddyf Mawr fel arwydd o ddiolch mewn mannau eraill. Dylid nodi mai'r

CORON PENNAETH GORSEDD Y WLADFA

Wele'r diweddar Anthony Lewis, ei gwneuthurwr, yn dal Coron y Wladfa. Arni mae geiriau Geraint: 'Coron i Wladfa'r Cewri / Rhodd gan y Cymry yw hi.'

sawl a warchodai'r 'cleddyfau bach' oedd yr Arwyddfardd, y diweddar Delme Bro Myrddin (Delme Evans); pan aeth draw i'r Wladfa, yr oedd mewn gwaeledd mawr. Mae'n drist nodi y buom yn angladd Delme yng Nghaerfyrddin ymhen cwta hanner blwyddyn; ddiwrnod cyn Agoriad Eisteddfod Tyddewi, 2002. Atgynhyrchwyd teyrnged haeddiannol y cyn-Archdderwydd a'r Cofiadur Jâms Nicolas i Delme yn Adran yr Orsedd o Adroddiad Blynyddol yr Eisteddfod am y flwyddyn 2003.

Felly, ar fore heulog yn y Gaiman, mewn cylch o feini a godwyd yn arbennig i'r pwrpas, wele Archdderwydd Cymru yn cyhoeddi bod Gorsedd y Wladfa unwaith eto'n agored. Braf, meddai, oedd gweld nifer dda o Orseddogion Cymru yn gorymdeithio yn eu gwisgoedd, yng nghwmni rhyw ddeugain a oedd i'w hurddo yng Ngorsedd y Wladfa. Ac wrth gwrs, doedd neb yn aelodau o'r Orsedd honno, ar wahân i'r rhai a oedd i'w hurddo'r bore hwnnw. Cafwyd dau utganwr o blith Heddlu Ariannin, côr o leisiau ardderchog, y Ddawns Flodau draddodiadol, a Gweddi'r Orsedd. Gorsedd un urdd – glas yn unig – yw Gorsedd y Wladfa. Mae eu gwisg yn dra gwahanol i'n gwisgoedd ni: dilledyn ar ffurf yr hyn a eilw'r Sbaenwyr yn *poncho* cwta yw, ac ni cheir penwisg.

Gan fod Gorsedd Cymru yn 'fam-orsedd' iddi – fel y mae i Orseddau Cernyw a Llydaw, gelwir ei phennaeth yn 'Llywydd', ac nid 'Archdderwydd'. Ab Aeron Jones oedd Llywydd cyntaf yr Orsedd newydd, ac fe'i coronwyd ar y Maen Llog gan Meirion. Mae ei goron – o wneuthuriad y diweddar Anthony Lewis – yn rhodd gan Orsedd Cymru, ac arni cerfiwyd cwpled gan y cyn-Archdderwydd Geraint:

Coron i Wladfa'r Cewri,
Rhodd gan y Cymry yw hi.

Golygai ail-sefydlu Gorsedd y Wladfa ei bod ar dir i anfon cynrychiolwyr swyddogol i Orsedd Cymru ym mhob Prifwyl, megis y gwna Cernyw a Llydaw (a'r gwyliau Celtaidd eraill). Byddant yn eistedd yn y Cylch, ac ar y Llwyfan yn y prif seremonïau, ac yn ein cyfarch yn eu tro. Hyd yma, dros bedair blynedd, cawsom bedwar. Y cyntaf oedd Dewi Mefin Jones (Dewi Mefin); dilynwyd ef gan Benito Jones (Bened); yna Carlos Dante Ferrari (Oddan Teyle); ac yn bedwerydd – wedi dod yr holl ffordd o Lanrhystud – Elvey Macdonald ('Glan Camwy' yn y ddwy Orsedd). Yr oedd Bened, fel y digwydd, yn berthynas trwy briodas i'r diweddar Archdderwydd Emeritws Tilsli.

Nid swyddogaeth seremonïau Gorsedd y Beirdd yw hysbysebu llyfrau; nage'n bendant. Ond ym Mhrifwyl Casnewydd, teimlais mai purion fyddai crybwyll, o'r Maen Llog fore Llun ac o'r Llwyfan yn y pnawn, gyfrol go arbennig. A gwneud hynny wrth groesawu'r cynrychiolwyr Celtaidd a Gorsedd y Wladfa. Am mai awdur y gyfrol, Carlos Dante Ferrari, oedd prif-Gynrychiolydd Gorsedd Patagonia, a safai gerbron Eisteddfodwyr Cymru yn y cnawd, ac am mai nofel am hanes cynnar y Cymry a aeth 'draw' oedd ei gyfrol. At hynny, yr oedd hi ar werth ar y Maes, ac i'w lansio'n swyddogol gan Gymdeithas Cymru-Ariannin ym Mhabell y Cymdeithasau ar y dydd Iau. Felly, go brin 'mod i wedi creu cynsail; o leiaf, nid nes digwydd y cyfuniad rhyfedd yna o ffeithiau ryw dro eto, ddydd a ddaw. Tybed a wêl pwy bynnag a fydd yn Archdderwydd ar y pryd yn dda i wneud yr hyn a wneuthum i?

Mae'r gyfrol hon, un brin yn natur pethau, o waith awdur hollol anadnabyddus – dyma'i nofel gyntaf – a sgrifennodd yn ei iaith gyntaf, y Sbaeneg, yn dwyn y teitl '*El Riflero de Ffos Halen*' [*riflero* = reifflwr = milwr]. Troswyd hi i'r Gymraeg gan Gymro sydd, i'r gwrthwyneb llwyr, yn adnabyddus iawn ym myd llên Cymru, a hefyd yn rhugl ei Sbaeneg, Gareth Miles. Y teitl Cymraeg yw *Y Gaucho o'r Ffos Halen*. Gwladfäwr yw Carlos Ferrari a ddysgodd, ac sy'n dal i ddysgu, Cymraeg. Nid yw eto mor rhugl ei iaith lafar ag y carai fod. Mae'n byw yn Nhrelew, ac wrth ei alwedigaeth mae'n farnwr yn Llys Apêl Gogledd-ddwyrain Talaith Chubut (*La Camara de Apelaciones del noreste del Chubut*) – yn naturiol roedd gen i ddiddordeb arbennig yn y ffaith honno hefyd. Sicrhaodd ei gyfrol gyntaf iddo le ymhlith y pump uchaf – o blith 455 – mewn cystadleuaeth lenyddol am nofel gyntaf *drwy Ariannin gyfan*. Felly, trwy ddiffiniad, gellid disgwyl iddi fod yn nofel arbennig. Hyfryd oedd derbyn cais, wedyn, i adolygu'r gyfrol ar gyfer *Taliesin:* does ond gobeithio y gwneuthum gyfiawnder â hi. Mae dau beth yn weddill i'w dweud am Orsedd ac Eisteddfod y Wladfa, y cyntaf lle bo'r Eisteddfod a'r cystadlu dan sylw. Lleolir Bwrdd y Beirniad ryw chwech neu saith rhes o'r llwyfan yng nghanol y gynulleidfa. Pan ddaw hi'n amser cael y feirniadaeth, erys y beirniaid yn eu seddau a chyhoeddant y canlyniad trwy feicroffon. At hynny, dim ond enwau'r cystadleuwyr,

PAN FO'R FEIRNIADAETH YN FAITH...

yn nhrefn teilyngdod, a gyhoeddir. Does dim beirniadaethau hirfaith hyd dragwyddoldeb bron, fel a geir mor aml yn ein Prifwyl ni gan ambell *prima donna* – o'r ddau ryw – sy'n hoff o draethu er mwyn traethu ac o arddangos dillad swel, ac sy'n hidlo mintys ac anis y gwahaniaethau o hanner-marciau (allan o gant!) rhwng un cystadleuydd neu gôr a'r llall. Mae beirniadaethau ysgrifenedig ar gael i'r neb a'u mynn. Rwyf wedi sôn am hyn hyd syrffed wrth y rhai sy'n gyfrifol am y fath bethau yng Nghymru. Bellach, penderfynodd Cyngor newydd ein Prifwyl ddiwygiedig dorri hyd, a degymu nifer y beirniadaethau llwyfan – o 107 i lawr i 27 – gan gychwyn eleni [2006] yn Abertawe. Yn sgil hynny, a fydd pethau'n gwella, atolwg? Cawn weld: gobeithio nad dim ond wythnos gwas newydd fydd hi dan ofalaeth y Sanhedrin diwygiedig. Dau les arall a ddaw yn sgil y dull yma o feirniadu fydd:

1. medru cael rhagor o berfformio yn lle siarad;

2. peri i seremonïau'r Orsedd (pawb â'i fys) ddechrau'n brydlon yn llawer amlach nag y gwnaethant yn y gorffennol diweddar.

A'r ail beth oedd yn dân ar fy nghroen? Pan gynhaliwyd Eisteddfod y Wladfa yn 2003, estynnwyd Gwahoddiadau Swyddogol i Archdderwydd Cymru ac i Weinidog Diwylliant Cymru, Alun Pugh, AC. Gwyddai pawb na fyddai modd i'r Archdderwydd dderbyn ei gostau teithio a llety gan na'r Orsedd na Chronfa'r Eisteddfod. Nid oes gennyf gŵyn am hynny; gŵyr pawb am gyni ariannol ein Prifwyl ni. Nid yw aelodau Bwrdd yr Orsedd nac Aelodau'r Cyngor yn cael unrhyw dreuliau o gwbl – mae hynny'n wirfoddol ar ein rhan ni i gyd, ac mae'n berffaith deg fel y mae pethau. Ond yr hyn a'm cynddeiriogodd i oedd bod Gweinidog Diwylliant ein Cynulliad Cenedlaethol – yr un Cynulliad ag sydd wedi *estyn help llaw crintachlyd i'r Eisteddfod yn ei chyni ariannol presennol* er mwyn cael eu bysedd gwleidyddol i'r briwes – wedi medru mynd draw yn ei bwysau i fwynhau'r Wladfa a'i Heisteddfod. A hynny ar ein traul ni, drethdalwyr Cymru, sy'n cynnwys pob eisteddfodwr. A fedrai Alun Pugh fforddio hedfan yn Nosbarth Cyntaf moethus a drudfawr yr awyren? Synnwn i ddim; un hael yw pob Hywel ar bwrs y wlad. Rhwbiwyd halen i'r briw drachefn yn 2005, pan aeth ein Prif Weinidog, Rhodri Morgan, allan i'r Wladfa ar draul y pwrs gwladol; a hithau'n flwyddyn arall o gyni a chynilo i'r Eisteddfod a'r Orsedd, a olygai na fedrid cyfrannu senten goch er mwyn anfon yr Archdderwydd Selwyn Iolen 'draw'. Clywais wedyn gan Gwilym a Madge Huws o Fynytho, a oedd yn bresennol ar eu traul eu hunain yn yr Eisteddfod honno, na threuliasai ein Prif Weinidog, ar ôl teithio ar draws y byd, ond cwta awr yn yr Eisteddfod. Nis gwelsant wedyn. 'Ac roedd yr Heddlu o'i gwmpas fel llau,' ychwanegodd Gwilym.

I gloi'r rhan yma, stori yn f'erbyn fy hun. Mae gen i syniad pam y gwelodd yr Orsedd yn dda i'm hanrhydeddu â Gwisg Wen – yr oedd hynny chwe blynedd cyn i mi ennill y Fedal Ryddiaith – ac yn sicr, nid am unrhyw ddoniau cerddorol a feddaf y digwyddodd. Sut bynnag, mewn moment wan, gofynnwyd i mi ganu Gweddi'r Orsedd ar y Maen Llog a'r Llwyfan rhyw ddydd Llun flynyddoedd yn ôl. Digwyddai nifer o Wladfawyr fod yn bresennol: gan fy mod yn bwriadu mynd i'w Heisteddfod hwy yn y Wladfa ymhen cwta ddeufis, gwahoddwyd fi i'w chanu yno hefyd. (Serch nad oedd Gorsedd yno ar y pryd, arferid rhai o'n defodau gorseddol ni yn seremoni'r Cadeirio.) Erbyn cyrraedd eu Prifwyl yn Nhrelew, yr oeddwn wedi treulio bron bythefnos yn croesi'r Paith a dioddef rhewynt Tierra del Fuego, a'm gwddf a'm llwnc yn llawn annwyd a llawn llwch. Yn fyr, doedd gen i ddim gwichsen o lais ar ôl. Ond mi wnes fy ngorau pitw. Wedyn, roeddwn i'n cywilyddio braidd fod rhai o brif gerddorion Cymru'n bresennol i'm clywed yn llofruddio'r gân: gan gynnwys Elinor Wigley (Elinor Bened), y Dr Meredydd Evans (Meredydd Ardudwy) a Phyllis Kinney (Phyllis Afallon). Ond y sylw a'm lloriodd oedd hwnnw gan Ceris Gruffudd o'r Llyfrgell Genedlaethol, a ddatganodd y farn nad oedd erioed wedi clywed unrhyw gân, ddim hyd yn oed Gweddi'r Orsedd – nad yw'r fwyaf soniarus o donau ar ei gorau – yn cael ei chanu 'mor ddiawledig!' Ac o feddwl dros y mater ac ystyried yn bwyllog, mae'n rhaid i mi gyfaddef ei fod wedi taro'r hoelen ar ei phen. Yr wyf mor ymwybodol o'r smonach a gyflawnais nes 'mod i'n teimlo fel ymddiheuro i Ceris o'r newydd bob tro y byddaf yn ei weld.

Mae siom tyrfa yn llawer dyfnach na siom unigolion pan na fydd **'Neb yn deilwng'**. Siom felly a geir pan gyhoeddir, yn enwedig yn un o'r prif gystadlaethau, nad oes teilyngdod ac yr atelir y wobr. Bedair gwaith y digwyddodd yn hanes y Gadair er 1950; a dim ond dwywaith dros yr un cyfnod yn hanes y Goron (rwy'n sôn mewn man arall am ataliad gwaradwyddus Aberystwyth ym 1952). Mae hanes y Fedal Ryddiaith yn frith o ataliadau: digwyddodd naw gwaith dros yr un cyfnod.

Mae'n ymddangos na fedr Eisteddfod y Wladfa amgyffred y syniad y gallasai neb *beidio* â bod yn deilwng o'i wobrwyo. Yn ôl Cathrin Williams, yr arbenigwr *par excellence* ar Batagonia a'i phethau, ei chyfrinachau a'i chastiau, ac awdur yr arweinlyfr rhagorol 'Y Wladfa yn dy Boced', y mae rhywun yn rhwym o ennill ym mhob cystadleuaeth. Pe na bai ond un wedi cystadlu, a hwnnw neu honno wedi cyflwyno gwaith neu berfformiad affwysol o wael ei safon, fe fyddai'r beirniad yn cyhoeddi'r ymgeisydd yn fuddugol ac eid ymlaen i wobrwyo. (Gresyn nad oedd gwobr gystadlu i'w chael am ganu Gweddi'r Orsedd!) Yr awgrym, os deallais yn gywir, oedd bod hynny'n wir am Gadair a Choron y Wladfa yn ogystal – am gerdd Gymraeg y dyfernir y Gadair, a'r Goron am gerdd Sbaeneg.

Nawr, siomedig neu beidio, os nad oes teilyngdod yng Nghymru, yna mae'n rhaid atal. A hynny er mwyn cadw safonau, *ac ymorol bod yr holl eisteddfodwyr yn sylweddoli hynny*. Dyna, yn y pen draw, sy'n gwneud pawb yn fwy gwerthfawrogol o wir safon, pan geir hi. Mae gan bob un ei hoff restr o gerddi, darnau a chyfrolau o ryddiaith na ddylent, yn ei farn ef, fod wedi eu gwobrwyo erioed. Mae gen innau restr felly hefyd – na, nid wyf am ei datgelu am bris yn y byd. Ond rwy'n gredwr cryf mewn atal y gwobrau – yn enwedig y prif wobrau – o bryd i'w gilydd. *Pour encourager les autres*, ys dywedodd Napoléon.

Un gŵyn am atal y Gadair a gafodd gyhoeddusrwydd anarferol yn ei chyfnod, oedd honno yn Eisteddfod Aberystwyth, 1865 yn ôl Tegwyn. Y ddau feirniad oedd Caledfryn (William Williams, 1801–1860, gweinidog gyda'r Annibynwyr) a Dewi Wyn o Essyllt (Thomas Essile David, 1820–1891, melinydd, a blaenor gyda'r Methodistiaid Calfinaidd, a chanddo fab yn Rheithor). Ymosodwyd yn ffyrnig a didrugaredd ar 'Galedfryn Galedfarn', nad oedd y mwyaf poblogaidd ymhlith y beirdd cyn hynny. Ym marn llawer, 'culni enwadol' oedd ar fai. Mewn llythyr at *Y Cymro* dan y ffugenw 'Caledfwlch o Lyn Aeron', dywedwyd:

> Pe buasent yn wŷr o ddysgeidiaeth cyffredin a chlasurol, gallesid disgwyl fod diwylliant o'r fath wedi eu gwneud yn ddynion anrhydeddus ac anfympwyol, uwchlaw dylanwad sect, ond yn hytrach na rhoddi y gadair i Offeiriad, yr oedd yn well gan ddyn anhydrin ac annysgedig fel Caledfryn attal y wobr o gwbl. Yr oedd yn ddirmyg ar yr Eisteddfod weled dyn o athrylith aeddfed a chlasurol fel Nicander yn cael ei faeddu yn nhwb golchion dynyn bach trwynsur, boldew fel Caledfryn.

Galwodd llythyr arall ar i'r Eisteddfod ofalu na fyddai byth mwy yn rhoi dau ymneilltuwr yn unig i feirniadu cytadleuaeth mor bwysig â hon. 'Y feirniadaeth dan sylw yn ddiamau,' meddai, 'oedd y peth mwyaf gwaradwyddus a gymerodd le mewn cysylltiad â'r Eisteddfod yn Aberystwyth'. Ond sgrifennodd llythyrwr arall, 'Llywelyn', yn *Y Faner*:

> Thâl yr esboniad yna [*sef 'enwadaeth'*] ddim. Y mae Caledfryn, *like other mortals*, yn mynd yn hen; ac y mae henaint yn ei wneud ef, fel eraill, yn od – yn od yn ei ffordd, ac yn od yn ei farn, ac i hyn yr wyf yn priodoli ei waith yn condemnio yr awdlau ... Islwyn, Ap Vychan, Nicander a Chynddelw, brysiwch gyhoeddi eich awdlau, canys ni fyn y wlad gredu nad ydynt yn werth cadair bren ac ugain punt.

Does dim fel dweud eich dweud yn blaen, ac ymylu – os dim ond *ymylu*, hefyd – ar enllib neu beidio.

YR AWDUR YN CANU GWEDDI'R ORSEDD

Meddai Y Cymro *wedyn: 'Robyn Léwis yn profi y gallai fod wedi gwneud sarjiant-mejor go lew tasa fo wedi methu fel cyfreithiwr...' Roedd barn Ceris Gruffydd yn fyrrach: 'Diawledig!'*

XII

Gorseddau Dieithriach
Eto Fyth

Mae llaweroedd o Gymry, neu rai o dras Gymreig, wedi gwneud eu marc yn **yr Unol Daleithiau**. Ond mae'n gywirach na chyffredinoli gwag dweud mai Americanwyr oeddent un ac oll. Ceir sôn bod tua deunaw o Gymry wedi arwyddo Datganiad Annibyniaeth y Weriniaeth: pwy, o blith yr Americanwyr heddiw, sy'n becsio ffeuen? Roedd Thomas Jefferson o dras llethrau'r Wyddfa, fe honnir; roedd y pensaer Frank Lloyd Wright yn hanner Cymro; a'r undebwr llafur John Llewelyn Lewis ('John L Lewis' iddyn nhw) yn Gymro cyfan. Fel yr oedd Ray Milland, eilun y sgrîn Hollywoodaidd; y dihiryn Murray Humphreys ('Murray the Hump', prif-ddirprwy Al Capone ac, medd rhai, perthynas pell i Dafydd Wigley), a Charles Evans Hughes, Prif-Ustus yr Unol Daleithiau – cyn-ymgeisydd y Gweriniaethwyr a fethodd gipio'r Tŷ Gwyn a disodli Woodrow Wilson ym 1916. Ond pa faint o Americanwyr sydd hyd yn oed yn *gwybod* am dras Gymreig y rhain i gyd, heb sôn am falio senten goch? Mae Amerigo-Gymry yn iawn yn eu lle, fel mae Amerigo-Almaenwyr, Amerigo-Bwyliaid, Amerigo-Eidalwyr, Amerigo-Saeson ac Amerigo-Wyddyl, ond yr '*Amerigo-*' sy'n bwysig i'r hafaliad, nid unrhyw ôl-ddodiad sy'n cyfeirio at hen wlad a'i hiaith a'i thraddodiadau, ac yn sicr nid unrhyw honedig deyrngarwch tuag ati: 'hen bethau anghofiedig teulu dyn' yw'r rheiny, ac ystyrir nad oes mo'u hangen mwyach.

Medrwch ddadlau tan Sul y Pys fod cyfenwau Colin Powell a Condoleezza Rice yn gyfenwau Cymreig: wedi'u rhoi ar fenthyg gan ryw berchen caethweision y mae'r ddau enw, mae'n bosibl. Ond ni fyddai o'r pwys lleiaf gan y naill na'r llall gael gwybod hynny. Cofiwch fod *pob*

Americanwr, ar wahân i'r Brodorion – neu'r 'Indiaid Cochion' (fel na chaniateir i ni eu galw, bellach) – wedi ymfudo naill ai o Ewrop i chwilio am fyd gwell, neu o Affrica i ganfod uffern ar y ddaear. Nid ar chwarae bach y gelwir UDA 'y pair toddi'. Stori bitw, ond nodweddiadol yw honno gan Charlotte Church, a gafodd gwestiwn pellach gan George W Bush pan ddywedodd wrtho ei bod o Gymru: 'Cymru? Ym mha un o'r Taleithiau y mae Cymru?'

Cynhaliodd y Cymry eu heisteddfodau lu, fel y cynhaliant heddiw eu 'Cymanfa Ganu Flynyddol', neu '*The Jimànffa Jynŵ*' ys clywais ei hyganu. Y gyntaf oll, fe ymddengys, oedd Eisteddfod Genedlaethol Hyde Park, yn Scranton, Pennsylvania. Cawsant gynulleidfa o bump i chwe mil. Enillwyd y Gadair a \$40 am bryddest i'r '*Mayflower*' gan Cynonfardd (Y Parch. Ddr Thomas Edwards). Yr unig reswm pam y crybwyllaf ei enw yw am iddo wedyn ddod yn 'Archdderwydd' cyntaf Gorsedd America o 1913 hyd 1918. Ond roedd agwedd Cymry America tuag at iaith eu hynafiaid yn waeth, os posibl hynny, nag agwedd rhai o'r Cymry 'da' eisteddfodol, blaenllaw yng Nghymru ei hun. Ym 1887 cyhoeddodd *The Cambrian* (papur Saesneg Cymry America) y frawddeg ddadlennol:

> *While every Welshman is in the habit of saying* 'Oes y Byd i'r iaith Gymraeg', *very few have a hearty desire to see it live on.*

Dros y blynyddoedd aeth pethau o ddrwg i waeth. Gellir gofyn pa faint o Gymreictod sy'n perthyn i Gymry America heddiw. Pwy yw cynrychiolwyr Gwalia erbyn hyn: Tom Jones? Anthony Hopkins? Catherine Zeta? Rhai sy'n Americanaidd-Brydeinllyd neu'n Brydeinig-Americanllyd, dybiwn. Gobeithio y bydd cenhedlaeth Ioan Gruffydd – a Rhys Ifans, pan ymgartrefa yntau draw – yn iachach Cymry. Mae hyd yn oed y rhai sy'n siarad â ni'n rheolaidd ar *Radio Cymru*, megis y Dr I D E Thomas a'r Dr Steff Owen yn swnio'n apolegwyr dros Bush bach a'i bethau: yn union fel pe bai George W ei hun yn digwydd medru llefaru wrthym ni'r Cymry a bwrw'i wiriondebau atom yn Gymraeg.

A hithau'n genedl uchelgeisiol, penderfynodd yr Unol Daleithiau ei bod hithau am gael cynnal Ffair y Byd, megis yr oedd Llundain wedi

AR Y MAEN LLOG

Hwfa Môn yn dweud ei ddweud yn Chicago.
(The Chicago Tribune, *6ed Medi, 1863*)

cael 'Yr Arddangosfa Fawr' yn y Palas Grisial ym 1851, a Pharis hithau, wedi llwyfannu'r *'Exposition Universelle'* ym 1855. Wedi peth ymgiprys rhwng dinasoedd, Chicago a ddewisiwyd i'w chynnal. Ar y pryd, yr oedd Cymdeithas y Cymrodorion (ag un 'm') yn bodoli yn y ddinas. Penderfynodd hithau y byddai'n cynnal 'Eisteddfod Fawreddog Gyd-Genedlaethol' fel rhan o weithgareddau rhyfeddol Ffair y Byd. Yr oedd 1893 yn dathlu pedwar canmlwyddiant darganfyddiad y Byd Newydd gan yr Eidalwr Sbaenaidd Cristóbal Colón – neu Chistopher Columbus, ys Americaneiddiwyd ei enw. Byddai'r Ffair yn para hanner blwyddyn, o 1 Mai hyd 31 Hydref. Ac roedd Gorsedd Beirdd Ynys Prydain i chwarae ei rhan mewn **Eisteddfod 'Gyd-genedlaethol'** a oedd i bara am bedwar diwrnod yn ystod y Ffair Fawr.

Y ddau Ysgrifennydd Cyffredinol oedd ap Madoc (neu William Apmadoc, ys galwai ei hun) yn Chicago, ac Idriswyn (Edward Thomas) yng Nghymru. Bu *Y Tyst* yn hysbysebu teithiau arbennig i Gymry'r De, tra oedd y *Carnarvon and Denbigh Herald* yn cynnig *'special return rates to Chicago's World Fair'*. Ond at ei gilydd, prin oedd yr ymateb – nid oedd yr Ŵyl unigryw hon i ddenu'r miloedd – o Gymru. Mae hanes hynod yr holl Eisteddfod o'i dechrau i'w diwedd wedi'i groniclo'n fanwl a diddorol gan Hywel Teifi. Â gorseddau a gorseddogion yn unig yr ymdrinnir yma. Yr Archdderwydd ar y pryd oedd Clwydfardd, a oedd yn 92 oed

TYNNU'R TORFEYDD

Gorsedd y Beirdd yn Chicago yn tynnu'r torfeydd. (The Chicago Herald, 6ed Medi, 1863)

ym 1893. Y gŵr a aeth draw yn ei le oedd Hwfa Môn (Y Parch. Rowland Williams), gŵr a chanddo 'bresenoldeb' gosgeiddig ac urddasol, ac a benodwyd yn Archdderwydd Cymru yn dilyn marwolaeth Clwydfardd ym 1894. Yr oedd yn 70 oed pan aeth i Chicago. Pan gyrhaeddodd y ddinas, cafodd dderbyniad 'brenhinol'. Yr oedd ap Madog wedi canu ei glodydd i'r entrychion:

> A glywsoch, a welsoch chwi Hwfa yn arwain a rheoli gorsedd? Dyma ddarlun nad gwiw i'r galluocaf ei ysgrifbin ddechrau ei ddarlunio. Efe, y pryd hwnnw, yw duw awen yn dysgu a cheryddu. Gwen awen yn gloewi a chynhesu ydyw, a tharan awen, pan fydd angen, yn dystewi crintachrwydd ac annheilyngdod meidrol. Ysgrifena llenor o fri a dysg o Swydd Lackawanna, Pennsylvania: '*Hwfa Môn is immense! I heard him preach three times yesterday. His*

lecture on "Meibion Llafur" *is a wonderful thing. He is a master of gesture. He is one of God's noblemen.'*

Ac meddai'r *Chicago Record* am ei berfformiad cyntaf ar y Maen Llog:

On a big white stone in the center of the government plaza when the sun was at its meridian yesterday stood an old man. His thin white hair was blown about his high forehead and his smoothly shaven, deep-lined face. He stretched his hands toward heaven and stamped upon the stone… There were thousands of men and women and several Columbian Guards, their eyes pointed towards the Chief Bard, who stood high in the center. Hwfa Môn was his name. He came from far-off Wales, and he bore in his hands a parchment signed by Dafydd Gryffydd [sic], **the Arch Druid of the world**.

Dyna beth *yw* creu argraff!

Ond ni ddigwyddodd popeth yn ddidrafferth. Yr oedd Hwfa Môn a'i osgordd wedi colli eu ffordd yn strydoedd cymhleth y 'Ddinas Wyntog'. Gwrthododd ceidwad y gwisgoedd eu rhoi i'r gorseddogion, a bu gorfod dechrau'r gweithgaredd â phawb yn ei ddillad ei hun: *'ancient Druids and all went out into the light in modern frock coats and light summer suits':* llygad craff y *Chicago Record* eto.

Cynhaliwyd seremoni **Cadair Chicago** ar y diwrnod cyntaf. Testun yr Awdl oedd 'Iesu o Nazareth', heb fod dan 1,500 o linellau na thros 2,000. Hynny am 'Gadair Dderw werthfawr, Bathodyn Aur, a $500'. Daeth pum awdl i law. Y Parch. Evan Rees (Dyfed) a'i henillodd. Mae'n siŵr na wnaeth buddugoliaeth Chicago ddim drwg iddo gan mai ef, yn dilyn marwolaeth Hwfa Môn ym 1905, a etholwyd yn Archdderwydd, swydd y bu ynddi am 19 blynedd, hyd ei farw yntau ym 1923. At ei wobrau eisteddfodol derbyniodd Dyfed rodd o ddarn o dir, llecyn adeiladu 'gwerth $100', gan ddau o Gymry America. Ond ym 1986 aeth Miss Beti Rhys, wyres i frawd Dyfed, draw i chwilio am y tir. Roedd wedi'i adfeddiannu gan y llywodraeth leol am nad oedd neb wedi talu'r trethi priodol arno am bron i ganrif.

CADAIR CHICAGO

*Cadair Eisteddfod Ffair y Byd, 1893. Enillwyd hi gan y Parch. Evan Rees (Dyfed),
a fu'n Archdderwydd Cymru o 1906 hyd 1923*

Yr ail am y Gadair oedd Tudno (Y Parch. Thomas Tudno Jones), ac roedd Tudno yn gollwr sâl. Nid oedd 'y Gyfrinach' yn cael ei gwarchod mor dynn yr adeg hynny, ond cwynodd Tudno 'nad oedd wedi ei pharchu'n briodol'. Sgrifennodd at Idriswyn yn dweud nad oedd yn gystadleuydd, *a hynny ar ôl iddo wybod nad ef oedd wedi ennill.* Lledodd y ffrae i'r *Genedl Gymreig* a'r *Western Mail*. Wedi i awdl anfuddugol Tudno gael ei chyhoeddi maes o law, y farn gyffredinol oedd na fuasai'n deilwng i ennill y Gadair pa un bynnag.

Dim ond dau a ymgeisiodd am **Goron Chicago**, serch mai'r testun oedd arwrgerdd i 'George Washington'. Arwrgerdd, sylwer, nid pryddest: yr oedd Cystadleuaeth Pryddest ('Christopher Columbus') ar wahân, am $300 a thlws 'eryr arian i'w wisgo ar y fynwes'. Roedd gwobr ariannol y Goron yn is – $200 – a'r Goron wrth gwrs. Yr enillydd oedd Watcyn Wyn (Watkin Hesekiah Williams), ond dyfarnwyd na haeddai fwy na $100 o'r wobr ariannol, ynghyd â'r Goron. Gan nad oedd Watcyn Wyn yn bresennol, coronwyd Cynonfardd yn ei le. Yn ôl *Y Diwygiwr*: 'Torrwyd pen y buddugwr, ac yna coronwyd ef yn ei waed'.

Mae'n ymddangos nad oedd gwerth y Goron ond tua $75; rhodd ydoedd gan Ferched Denver, Colorado, ac roedd ynddi 'ddiamwntau garnet'. Beth bynnag oedd ei gwerth, dywedir i Watcyn Wyn ei smyglo yn ôl i Ynys Prydain mewn bag, heb ei datgelu, dan drwynau Swyddogion y Tollau yn Lerpwl.

Soniwyd uchod am Orsedd America. Cyfnod ei bodolaeth oedd 1913 tan 1941, a chafodd dri 'Archdderwydd' yn ystod ei hoes. Ni fu ganddi erioed fwy na 300 o aelodau ac, meddai Hywel Teifi, nid oedd amgen na chymdeithas Gymraeg ar gyfer selogion Pittsburgh. 'Yr oedd yn rhy esoterig i ennill cefnogaeth ehangach,' meddai. Ac am yr Eisteddfodau 'Cenedlaethol'? Roedd y rheiny wedi mabwysiadu'r Saesneg o'u dechreuad tua 1923: cynhaliwyd yr olaf ym 1940. Peidied trwch yr Americanwyr Cymreig, gan hynny, ag ymfalchïo yn eu 'Cymreictod'. Efallai y byddai mwy o steddfota a llai o rethreg wedi'u hachub; bid a fo am hynny, mae'n rhy hwyr iddyn nhw na ninnau ddifaru erbyn hyn.

Ym 1945 derbyniodd Bwrdd yr Orsedd gais gan Gymdeithas Gymreig Efrog Newydd i sefydlu cangen o'r Orsedd yn y ddinas honno. Gohiriwyd unrhyw drafodaeth er mwyn cael manylion pellach ynghylch yr Orsedd Americanaidd a oedd wedi ei sefydlu ym 1913. Ni ddaeth dim o hynny, ac nid oes unrhyw wybodaeth bellach am y cais na'i ganlyniadau: i'r graddau y medrir dweud i sicrwydd na fu Gorsedd o fath yn y byd yng Ngogledd America ers blynyddoedd lawer.

Ond mae dau eithriad nodedig i'm beirniadaeth ar yr Unol-Daleithwyr a'u pethau. Y naill yw'r 'papur bro' rhagorol *Ninnau*, a olygir gan y Dr Arturo Lewis Roberts (Arthur Iwerydd), New Jersey, sy'n frodor o'r Wladfa ac yn ddisgynnydd i Lewis Jones ac i Emrys ap Iwan.

Y llall – darganfyddiad syfrdan diweddar y newyddiadurwr a'r ffuretwr Emyr Williams (Emyr o'r Morfa) – bod cronfa ymddiried yn bodoli, wedi'i chreu gan Gymro hollol anadnabyddus, Edwin S. Griffiths, a fu farw ym 1930. Buddsoddiad yn *International Business Machines*, neu IBM, ydoedd, ac mae'r cyfalaf yn werth £23.5 miliwn heddiw. Yn 2004 daeth £63,636 i'r Eisteddfod, a dilynwyd hynny yn 2005 gan £83,548. Ni wyddai odid neb ohonom am y fath ymddiried – nid gormodiaith fyddai honni ei fod wedi achub croen y Brifwyl yn ystod llymder y ddwy neu dair blynedd diwethaf.

ARCHDDERWYDD AMERICA

Cynonfardd (Y Parch. Edward Thomas, 1848–1927), a orseddwyd gan yr Archdderwydd Dyfed ym 1913. Brodor o Landŵr, Abertawe

XIII

...I Bawb o Bobol y Byd?

Gorseddau mewn Gwledydd Tramor

Ddeuddydd ar ôl i mi ddychwelyd o'm Bwrdd cyntaf wedi i mi gael f'ethol yn Archdderwydd yn Awst 2001 – ond heb eto fy ngorseddu – derbyniais lythyr o'r Almaen. Am resymau a ddaw'n amlwg maes o law, fe'i dyfynnaf yn ei grynswth:

1.

CYMDEITHAS CAREDIGION
ALLTUD GWALIA WEN
YM MAFARIA
Nantglyn, 12 Leipzigstraße, Freising
München, Bayern, Yr Almaen

Y Doethur Robyn Léwis,
Dwyryd, Rhodfa'r Môr,
Nefyn, Pwllheli,
Gwynedd, Cymru.

27^{ain} o Hydref, 2001

Annwyl Ddoctor Léwis,
Bûm yn pendroni'n hir ac aml ynglŷn â chynnwys y llythyr hwn, yn bennaf oherwydd inni anfon cais cyffelyb ar ddau achlysur blaenorol – y tro cyntaf at yr Archdderwydd Trefin, ddeugain mlynedd yn ôl ym 1961, ac yna at yr Archdderwydd Geraint ugain mlynedd yn ôl ym 1981. A rŵan, ugain mlynedd yn ddiweddarach, atoch chi Hybarch Ddarpar-Archdderwydd. Beth, tybed, oedd ymateb Trefin a Geraint? Dim byd mewn gwirionedd namyn sen a gwawd, gan orfodi alltudion gwladgarol fel ni yma ym Mayern [Bafaria] i gredu

---

nad oedd gan Orsedd Beirdd Ynys Prydain unrhyw ddiddordeb
mewn lledaenu terfynau'r deyrnas.

Yn ddiweddar darllenais yn y Wasg Gymraeg fod
Archdderwydd presennol Cymru ac eraill, yn croesi Cefnfor
Iwerydd i'r Wladfa ym Mhatagonia bell gyda'r bwriad o sefydlu
Gorsedd yno. Oho! dyma fy nghyfle, meddwn. Yn gam neu'n
gymwys penderfynais beidio anfon at y Parchedig Meirion Evans
oherwydd fod ei dymor Archdderwyddol yn dirwyn i ben gyda
hyn. Rwyf hefyd yn llwyr gredu – heb wenieithio – y bydd yr
Archdderwydd newydd yn 2002 yn llawer mwy radical ei agwedd
a'i bolisïau na'r giwed aeth o'i flaen. Dyna pam yr anfonir y llythyr
hwn i Nefyn yn hytrach nag i Borth Tywyn, a gobeithiaf, 'mwyn
tad, y rhowch ystyriaeth ddwys i'n cais. Dyma grynhoad o'n
dyheadau.

Yn y flwyddyn 1952 wedi i iwfforia a jingoistiaeth yr Ail Ryfel
Byd edwino, daeth nifer o Gymry München a'r cyffiniau ynghyd,
dan arweiniad fy nhad, Ieuan ap Maelgwn i sefydlu Cymdeithas
Caredigion Alltud Gwalia Wen ym Mafaria, Cymdeithas uniaith
Gymraeg yn hyrwyddo'n diwylliant unigryw, yn arbennig felly ein
llenyddiaeth a'n dawnsio gwerin. Ar y cychwyn rhyw bymtheg o
aelodau oedd yna oherwydd fod Cymry'r ardal ar wasgar braidd
ers y rhyfel. Bellach, mae'n Gymdeithas gref o dros gant o aelodau
brwd ac yn cyfarfod yn gyson bob pythefnos yn ninas München.
Ydi'n wir, mae'r Gymraeg ar gerdded ym Mafaria.

Ein cais yw am gael ein cydnabod yn gyhoeddus fel Cymdeithas
sy'n hyrwyddo amcanion yr Orsedd a'r Eisteddfod Genedlaethol,
a hynny trwy sefydlu'n swyddogol Orsedd Beirdd Bafaria yn
unol â rheolau Gorsedd Beirdd Ynys Prydain, a chael neb llai nag
Archdderwydd Cymru ei hun yma i weinyddu'r seremoni sefydlu.
Byddai cyflawni hyn yn y flwyddyn 2002 yn troi dathliad hanner
canfed pen-blwydd y Gymdeithas yn achlysur gwefreiddiol a
hanesyddol. Mae'r Gymdeithas eisoes wedi datgan ei hawydd i'm
gweld i, fel y Cadeirydd ers dwy flynedd ar bymtheg, yn cael y
fraint o fod yn Archdderwydd cyntaf Gorsedd Beirdd Bafaria.

I gloi'r ddadl o blaid sefydlu'r cyfryw Orsedd, teg ydyw
cymharu sefyllfa a chyflwr y Gymraeg ym Mafaria â sefyllfa'r
Gernyweg yn Nghernyw a'r Fanaweg yn Ynys Manaw. Mae ein
sefyllfa ni yma yn llawer gloywach na'r lleoedd eraill a grybwyllir.
Rydym oll, er yn alltud o'r henwlad, yn Gymry gwladgar a

brwd, ac yn bwriadu rhoi cychwyn y flwyddyn nesaf i Eisteddfod Daleithiol Bafaria yma ym München lle y caiff y perfformwyr a'r llenorion Cymraeg gyfle euraid i ymarfer eu doniau. Rydym hefyd yn ystyried galw'r Orsedd yn Orsedd Llenorion Bafaria (yn hytrach na Beirdd). Rwy'n siŵr y byddwch chwi, o bawb, yn gweld hyn yn gam pendant ar y ffordd iawn

Felly, Hybarch Ddarpar-Archdderwydd, dyna'n cais, a mawr obeithiwn y byddwch yn cytuno mewn egwyddor, ac yn ddiymdroi yn dwyn sylw Bwrdd yr Orsedd at y mater.

Edrychaf ymlaen yn arw at glywed oddi wrthych ymhellach.

Yn ddiffuant,

Iorwerth Fain

Iorwerth Fain ap Ieuan (Cadeirydd)

Un peth *nad* oeddwn wedi sylwi oedd na chariai'r llythyr yr un rhif ffôn. Dyma fi'n rhoi caniad i'r Cofiadur, Jâms Nicolas, a darllen y llythyr iddo. Gan nad oedd y Bwrdd nesaf i'w gynnull am hanner blwyddyn, cytunwyd y dylwn gydnabod y llythyr, a dim mwy na hynny. Yn groes i'r gred gyffredinol, mae'r Archdderwydd – ac yn sicr *darpar*-Archdderwydd – yn ŵr nad oes wiw iddo wneud odid ddim o'i ben a'i bastwn ei hun. Soniais wrth Geraint amdano, ond nid oedd gan Geraint gof am y mater: ac roedd Trefin wedi'n hen adael ers 1962. Felly sgrifennais lythyr cydnabod: llythyr oedd yn cyfleu'r hyn oedd i'w ddweud, heb ddweud dim – gorchwyl feunyddiol i ŵr cyfraith:

2.

**/ | **
GORSEDD Y BEIRDD
Darpar-Archdderwydd Cymru: Dr. ROBYN LÉWIS,
Bargyfreithiwr
(*Y Prif Lenor Robyn Llŷn*)
'Dwyryd', Rhodfa'r Môr, Nefyn, ger Pwllheli, Gwynedd LL53 6EB
Ffôn: 01758 720 484

Herrn Iorwerth Fain ap Ieuan,
'Nantglyn',
Leipzigstraße 12,
Freising,
MÜNCHEN 2631
Bafaria / Yr Almaen
Bayern / Deutschland

2 Tachwedd 2001

Annwyl Gyfaill:

Mawr ddiolch am eich llythyr diddorol. Mae'n agor posibiliadau mawr. Sylwaf eich bod wedi codi'r mater gyda dau o'm rhagflaenwyr yn swydd yr Archdderwydd, 20 mlynedd yn ôl, a chyn hynny 40 mlynedd yn ôl, ond na chawsoch lwyddiant.

Fe fyddwch yn sylweddoli, mae'n siŵr, nad fy newis i yw beth fydd yr ymateb i'ch llythyr. Fel y gwyddoch, ac yr ydych yn crybwyll hynny yn eich llythyr, mater i Fwrdd yr Orsedd ydyw. Fe reolir gweithgareddau'r Archdderwydd mewn materion fel hyn, ac yn enwedig unrhyw fenter newydd fel hyn, gan eu penderfyniadau hwy.

Dylwn ddweud wrthych y bu'r Bwrdd wrthi am rai blynyddoedd yn paratoi ac yn trefnu pethau cyn y sefydlwyd Gorsedd Patagonia.

Gan hynny yr wyf yn anfon eich llythyr ymlaen at Gofiadur yr Orsedd, gan ofyn iddo ddwyn eich cais i sylw'r Bwrdd yn eu cyfarfod nesaf. Gan ein bod newydd gynnal ein cyfarfod wythnos yn ôl, ni chynhelir y nesaf tan tua mis Ebrill 2002.

Diolch unwaith eto am eich syniad diddorol.

Yn gywir iawn,

Robyn Léwis

Dr Robyn Léwis,
Darpar-Archdderwydd Cymru.

Ddyddiau cyn y Nadolig, 2001, dychwelwyd fy llythyr a bostiwyd ddechrau Tachwedd, yn ei amlen wreiddiol, wedi'i farcio gan Swyddfa Bost Gweriniaeth Ffederal yr Almaen i'r perwyl nad oedd fy llythyr wedi cyrraedd pen ei daith: am y rheswm syml nad oedd y fath gyfeiriad ag un

Herr Iorwerth Fain ab Ifan yn bod, a hefyd nad oedd cofnod yn unrhyw le fod y fath berson yn byw yn yr Almaen gyfan (os nad oedd wedi defnyddio'i enw barddol). A, wel, meddyliais, rhywun sy'n treio tynnu fy nghoes. Gadewais i'r mater fod ac aeth yn angof. Ond un diwrnod cyrhaeddodd ail lythyr (ac arno stempyn a marc post München, yr Almaen, yn union fel yr oedd ar y llythyr cyntaf):

3.

**CYMDEITHAS CAREDIGION
ALLTUD GWALIA WEN
YM MAFARIA
Nantglyn, 12 Leipzigstraße, Freising
München, Bayern, Yr Almaen**

Y Doethur Robyn Léwis,
Dwyryd, Rhodfa'r Môr,
Nefyn, Pwllheli,
Gwynedd, Cymru.

6^{ed} o Fawrth, 2002

Annwyl Ddoctor Léwis,
Ddiwedd Hydref y llynedd fe anfonais lythyr atoch ar ran aelodau'r gymdeithas uchod yn ymbil arnoch, fel Darpar-Archdderwydd Gwalia Wen i roi ein hachos gerbron Bwrdd yr Orsedd er sefydlu Gorsedd Llenorion Bafaria. Ni chefais ateb i'm llythyr na hyd yn oed gydnabyddiaeth ohono. Ac yn ôl a ddeallaf gan aelod o Fwrdd yr Orsedd ni fu trafodaeth ar gynnwys fy nghais. Pair hyn ddigalondid a siom nid bychan ymhlith Cymry gwladgar Bafaria, a methwn yn lân a deall sut y gall Cymry da (honedig) anwybyddu cais mor glodwiw. A ydym i gredu felly mai barn bendant Gorsedd y Beirdd ydi na ddylai unrhyw sylw gael ei roi i lenyddiaeth Gwalia Wen y tu allan i ffiniau'r Eisteddfod – ar wahân, wrth gwrs, i'n *'brodyr a'n chwiorydd'* yng Ngwladfa Patagonia, pobl sydd, gyda llaw, yn siarad Sbaeneg nid Cymraeg fel iaith gyntaf bron yn ddieithriad?
Mae'n holl aelodau'n dra siomedig. Bellach mae gennym 147 o aelodau, a'u brwdfrydedd yn rhywbeth i'w ryfeddu ato. Dyna pam ei bod hi mor drist gweld Gorsedd Cymru yn anwybyddu ymdrechion glew Cymry Bafaria i roi urddas a statws i'r iaith Gymraeg yma yng nghanolbarth Ewrop. Yn Ewrop mae'r dyfodol,

ac nid yn nhlodi llychlyd y paith yn Ne America.

Disgwyliwn yn eiddgar am ddyfarniad Bwrdd yr Orsedd gan obeithio y bydd hwnnw, yn ei ddoethineb Anatiomaraidd [?], yn caniatau ein cais i sefydlu Gorsedd Llenorion Bafaria, yma yn ninas hardd München, ac yn dod yn rhan weithgar ac annatod o'r drefn orseddawl yng Nghymru, trefn a all ddatblygu i fod, nid yn unig yn wladwriaeth Gymreig ym Mafaria, ond yn rhywbeth byd-eang, gydag oblygiadau pellgyrhaeddol (yn llythrennol felly) i'r iaith Gymraeg

Ateb buan, os gwelwch yn dda.

Yn ddiffuant,

Elen R. (ar ran)

Iorwerth Fain ap Ieuan (Cadeirydd a Darpar-Dderwydd Gweinyddol)

Teimlwn fod yr holl fater yn dechrau mynd yn niwsans, os yn niwsans doniol, braidd. Ond yr oedd mwy – llawer mwy – i ddod. Cyrhaeddodd trydydd llythyr, y tro hwn yn mwy na hanner lled-fygwth:

4.

CYMDEITHAS CAREDIGION ALLTUD GWALIA WEN YM MAFARIA
Nantglyn, 12 Leipzigstraße, Freising
München, Bayern, Yr Almaen

Y Doethur Robyn Léwis,
Dwyryd, Rhodfa'r Môr,
Nefyn, Pwllheli,
Gwynedd, Cymru.

27[ain] o Fawrth, 2002

Annwyl Ddoctor Léwis,
Disgwyliaf yn amyneddgar am eich ateb i'm llythyrau dyddiedig 27.10.01 a 6.03.02 ynglŷn â chais y Gymdeithas barchus uchod i sefydlu Gorsedd Llenorion Bafaria fel canolbwynt i ddathliadau

hanner can mlwyddiant y Gymdeithas yn ystod yr haf eleni.

Os na chlywn oddi wrthych erbyn Glamai, fe fydd yn rhaid i ni gymryd yn ganiataol eich bod yn ein gwrthod. Bydd ymateb y Gymdeithas yn fileinig a milwriaethus, a dweud y lleiaf. Byddwn yn sicr o ddod drosodd i Walia Wen yn dyrfa anferth (dros ddau gant o Fafariaid-Gymry digon blin) i brotestio ger y Maen Llog yn ystod Gŵyl y Cyhoeddi ym Meifod. Byddwn yn creu llanast alaethus yn y lle. Felly, gair i gall...

Nid Barbariaid mohonom; nid Paganiaid mohonom, ond Cristnogion addfwyn, tyner, sydd am arddel eu Cymreictod gerbron y byd. Ac mae'r nef o'n plaid. *Ist Gott für uns, wer mag wider uns sein?*★

Yn ddiffuant,

Iorwerth Fain

Iorwerth Fain ap Ieuan (Cadeirydd)
[★ Os yw Duw o'n plaid, pwy all fod i'n herbyn? – R LL]

Erbyn hyn, roedd y Cofiadur a minnau'n teimlo'n hynod anesmwyth. Pwy ar y ddaear oedd y bobl hyn? Rhyw rai, mae'n amlwg, oedd â gwybodaeth o seremonïau'r Orsedd, ac o agosrwydd dyddiad y Cyhoeddi yn y Trallwng. Ond daliem i dybio mai rhyw fath o dynnu coes – eithafol, o bosibl – ydoedd, ac mewn cyfweliad â *Golwg* wrth i Seremoni Cyhoeddi'r Eisteddfod a'm Gorseddu innau ddynesu, soniais am y llythyrau hyn o'r Almaen. Mae'n amlwg fod *Golwg* wedi cosi neu gynddeiriogi Iorwerth Fain. Anfonodd daran o lythyr pellach ataf, i roi gwybod ei fod wedi gwylltio go-iawn â'm sylwadau sarhaus arno ef a'i 'Gymdeithas'. Y tro hwn roedd y llythyr yn dwyn stempyn Cymreig Dreigiol-Frenhinol dosbarth cyntaf a marc post 'Gogledd-Orllewin Cymru':

5.

CYMDEITHAS CAREDIGION
ALLTUD GWALIA WEN
YM MAFARIA
Nantglyn, 12 Leipzigstraße, Freising
München, Bayern, Yr Almaen

Y Doethur Robyn Léwis,
Dwyryd, Rhodfa'r Môr,
Nefyn, Pwllheli,
Gwynedd, Cymru.

4^{ydd} o Fai, 2002

Annwyl Ddoctor Léwis,

Syndod a siom oedd fy ymateb greddfol cyntaf i'r adroddiad byr a ymddangosodd yn *Golwg* yn cyfeirio, yn ddirmygus braidd, at gais y Gymdeithas uchod am statws Gorsedd Llenorion Bafaria. Ond yn dilyn y siom daeth dicter cyfiawn, llidiog. Do'n wir, fe'm cynddeiriogwyd hyd at ewinedd miniog bodiau 'nhraed gan eich traha oll, fe'm gwylltiwyd yn aruthr gan eich haerllug ddiffyg cydymdeimlad â'n hymdrechion hunan-aberthol ni i ddyrchafu'r Gymraeg a'i diwylliant yn ardal y Goedwig Ddu yng nghanolbarth Ewrop. Teimlwn fel Cymdeithas (a honno'n Gymdeithas Gymraeg, wladgarol, fe'ch atgoffir) ein bod yn gyff gwawd Bwrdd Gorsedd Beirdd Ynys Prydain, a bod gennych chi, Hybarch Ddarpar-Arweinydd, lawer i'w ateb drosto yn ymatebion sinigaidd eich smýg aelodau i'n cais dilys a diffuant ni.

Bellach, rwyf ar dir yr henwlad ac yn aros am bythefnos gyda chyfyrder i mi yn Ardudwy annwyl, bro fy maboed. Gallaf eich sicrhau o un peth, Ddoctor Léwis ffôl. Byddaf yn troi pob carreg yng Ngwalia Wen i ennill cefnogaeth i'n cais, ac yn fwy na hynny byddaf yn trefnu'r brotest ym Meifod ym Mehefin gyda'r fath drylwyredd a fydd yn synnu trefnwyr seremonïau'r Orsedd. Bydd Miles a Niclas a chorgwn eraill Sir Benfro yn cael cathod bach! Dyna un peth a ddysgwyd mor rhagorol i mi gan fy nghydwladwyr Ellmynaidd, sef sut i sicrhau trylwyredd llwyr ym mhob gorchwyl.

Rwyf eisoes wedi sicrhau llety ym Maldwyn yn swydd Amwythig [*sic*] ar gyfer dros drichant o brotestwyr profiadol o Fafaria – aelodau o'r Gymdeithas a'u teuluoedd – ac fe'ch sicrhaf y byddwn yno, ym Meifod, ddiwrnod y Cyhoeddi yn fintai unol a nerthol, yn groch a hyderus ein gwrthdystiad, yn eon a digyfaddawd ein safiad ac yn ddiwyro a ffyrnig ein bwriadau. Beth, felly, yw'r bwriadau hynny? Cewch weld. Yr unig beth dd'weda i, ar hyn o bryd, yw y bydd Gorsedd Beirdd Ynys Prydain yn difaru'i henaid am wneud y fath gam â Chymdeithas Caredigion Alltud Gwalia Wen ym Mafaria, ac y byddwch chwithau, Hybarch Archdderwydd (bryd hynny) yn gwrido hyd fôn eich clustiau ar eich Maen Llog, ac yn gwaredu wrth feddwl am y tair blynedd gythryblus fydd yn eich wynebu. Bydd eich swydd, fel un Goronwy gynt, yn barchus, yn dra pharchus, bydd yn wir, ond hefyd yn **WIRIONEDDOL ARSWYDUS !!!** [*sic*] Fe'ch rhybuddiwyd.

Hyn a 'chwanegaf i gloi 'nhruth. Os na fydd Bwrdd yr Orsedd yn ailfeddwl cyn diwedd Mai, a gwneud hynny'n hysbys yn y wasg Gymraeg, fe wireddir cynlluniau milwriaethus Alltudion Gwalia Wen ym Mafaria. Y pryd hwnnw, Hybarch Ddarpar-Archdderwydd, yn wyneb haul llygaid goleuni a mwynder simsan Maen Llog Meifod ym Maldwyn, byddwch chwithau, chwi a'r giwed Gorseddogion, yn gyff gwawd y byd Cymreig cyfan.

Ihr Schlangen, ihr Otterngezüchte! Wir wollt ihr der höllischen Verdammnis entrinen?★

Ond rhag ofn na chyrhaedda rhychwant eich diwylliant Gorseddawl hyd at ganolbarth Ewrop, wele'r un neges mewn iaith y gall rhai ohonoch – efallai – ddeall rhyw fymryn arni.

Serpents, race de vipères! Comment échapperez-vous au châtiment de la géhenne?★

Ydwyf, unwaith yn rhagor yn obeithiol a chwbl gadarn,

Iorwerth Fain

Iorwerth Fain ap Ieuan
(Cadeirydd a Darpar-Dderwydd Gweinyddol)
[★ Chwi seirff ac epil gwiberod! Sut y dihangwch rhag barn uffern? (Mathew 23: 33): R LL]

Bellach, doedd y Cofiadur na minnau ddim ofn i lengoedd o brotestwyr ruthro i mewn, ar draws ac ar hyd Cylch y Cyhoeddi, ond ofnem, efallai, y deuai rhyw unigolyn crancllyd neu orffwyll i wneud *rhywbeth* i darfu ar y gweithgareddau. Cafodd y Cofiadur air â'r Heddlu, rhag ofn. Ond ni ddigwyddodd dim. Gorymateb? Gwrthgleimacs? Ai dyma fu diwedd y mater? Wel, nage, ddim yn hollol ...

6.

CYMDEITHAS CAREDIGION ALLTUD GWALIA WEN YM MAFARIA
Nantglyn, 12 Leipzigstraße, Freising München, Bayern, Yr Almaen

Y Doethur Robyn Léwis,
Dwyryd, Rhodfa'r Môr,
Nefyn, Pwllheli,
Gwynedd, Cymru.

17eg o Fedi, 2002

Hybarch Archdderwydd,

Aeth rhagor na phedwar mis heibio er pan ysgrifennais atoch ddiwethaf. Felly, rhag i ni dorri edefyn adnabyddiaeth a cholli cysylltiad â'n gilydd, wele fi, Ddarpar-Dderwydd Gweinyddol Gorsedd Llenorion Bafaria yn anfon fy nghofion caredicaf atoch. Lliniarwyd peth ar fy llid cyfiawn dros fisoedd yr haf gan i mi fod acw yn yr henwlad am ddeufis – o ganol Mehefin hyd at ganol Awst. A do'n wir, bûm yn y Cyhoeddi ym Maldwyn ac yn y Brifwyl yn Nhyddewi a chael blas eithriadol ar y cyfan – wel, popeth ond y crap coronnog!

Mae'n rhaid i mi gyfaddef fod eich ymarweddiad urddasol a gosgeiddig fel Archdderwydd wedi effeithio'n drwm ac arwyddocaol ar ein bwriadau ni fel Cymdeithas Caredigion Alltud i brotestion'n gyhoeddus yn erbyn agwedd drahaus Bwrdd yr Orsedd tuag atom yn ddiweddar parthed ein cais am gael sefydlu Gorsedd Llenorion Bafaria. Nid yw ein hawydd am weld sefydlu'r cyfryw Orsedd wedi lleihau yr un iota, na chwaith ein hymgyrch i weld gwireddu'r breuddwyd. Ond rhaid cyfaddef – mae gennym ffydd ynoch chwi, Hybarch a Pharchus Archdderwydd, y byddwch yn cael ein maen i'r wal yn ystod eich tymor Archdderwyddol. Yr unig amheuaeth sydd gennym yw eich diffyg gwybodaeth amdanom a'ch diffyg ymwybyddiaeth o ddidwylledd dyheadau dyfnion a gwladgarol Alltudion Gwalia Wen ym Mafaria.

Gwyddom oddi wrth eich perfformiadau eisteddfodawl eleni nad yw daearyddiaeth Cymru yn un o'ch cryfderau, e.e. nid yn Nyffryn Conwy y mae Ysgol Brynrefail. Faint gwaeth, tybed, yw eich gwybodaeth am ddaearyddiaeth y Goedwig Ddu?

Cysylltaf â chwi eto ymhen y rhawg a gobeithiaf y bydd gennyf gynllun ar gyfer llwyddo gyda'n cais anrhydeddus i sefydlu Gorsedd Llenorion Bafaria.

Yn gadarn ei Gymreictod a'i obeithion,

Ydwyf, eich ufudd was,

Iorwerth Fain ☺

Iorwerth Fain ap Ieuan
(Cadeirydd a Darpar-Dderwydd Gweinyddol)

Nid oedd y llythyr yna, fel rhan o'r dilyniant, o bwys mawr yn natblygiad y saga, ac roedd y cyfan yn dechrau mynd yn fwrn. Ond cynhwyswyd ef yma er mwyn i'r gyfres fod yn gyflawn.

Aeth y llythyr nesaf â ni ar drywydd gwahanol ac annisgwyl:

7.

**CYMDEITHAS CAREDIGION
ALLTUD GWALIA WEN
YM MAFARIA
Nantglyn, 12 Leipzigstraße, Freising
München, Bayern, Yr Almaen**

Y Doethur Robyn Léwis,
Dwyryd, Rhodfa'r Môr,
Nefyn, Pwllheli,
Gwynedd, Cymru.

25[ain] o Fedi, 2002

Hybarch Archdderwydd,

Maddeuwch im am ysgrifennu atoch mor fuan ar ôl fy llythyr yr wythnos diwethaf. Ond rwyf am rannu'r newyddion da canlynol â chwi. Dyma fo.

Derbyniais lythyr maith y bore 'ma oddi wrth fy nghefnder,

Elfed ap Gethin Llwyd, sy'n Llywydd Anrhydeddus **Cylch Llenyddawl a Cherddorawl Cymry Catalunya**, cymdeithas hynod o gref sy'n cyfarfod yn wythnosol yn ninas hardd Barcelona yng Nghatalunya. Byrdwn ei epistol ataf oedd ei fod yn awr yn gweld cyfle i'r Cymry alltud brwd sydd mor weithgar a brwdfrydig yn y wlad honno yng Ngorllewin Ewrob gael eu Gorsedd eu hunain, gyda fy nghefnder, wrth gwrs, yn Dderwydd Gweinyddol. Meddai fy nghefnder annwyl yn ei lythyr, *'Dyma'n cyfle o'r diwedd – dyma'r drws a egyr i ddatguddio inni holl ogoniannau Aber Henfelen...'*

Prif ysgogydd y symudiad hwn yw'r Dr. Dafydd Wyn Ifans, athro cerdd ym Marcelona a brodor o Lŷn. Un o gyffiniau Edern yw ei wraig, Elen Ebrill. Fel y sylweddolwch, Hybarch Archdderwydd, mae i'ch penodiad oblygiadau byd-eang. Mae nifer o gymdeithasau a sefydliadau Cymreig a Chymraeg ledled Ewrob bellach yn gweld gobaith a chyfle trwy eich agweddau rhyddfrydol chwi fel Archdderwydd, agweddau a ddisodlodd (diolch byth) agweddau culion a cheidwadol y sefydliad Cymreig fu'n llywodraethu oddi ar y Maen Llog cyhyd. Mawr obaith pob un ohonyn nhw yw y byddwch yn dwyn newydd-deb a diwygiad i feddylfryd hierarchaeth Gorsedd y Beirdd, ac yn gwneud hynny trwy ehangu ei gorwelion i bedwar ban byd.

Rwy'n siŵr y byddwch yn falch o ddeall am fwriadau ein cyd-Gymry yng Nghatalunya, ac efallai y carech gysylltu â hwy yn fuan. Dyma'r cyfeiriad.

Elfed ap Gethin Llwyd,
Darpar Dderwydd Gweinyddol Gorsedd Catalunya,
Gracia 323,
Paisos Catalans,
Barcelona,
Catalunya.

Fy nghofion cynhesaf atoch, Robyn,
Eich ufudd was,

Iorwerth Fain ☻

Iorwerth Fain ap Ieuan
(Cadeirydd a Darpar-Dderwydd Gweinyddol)

Na, nid o Barcelona y daeth y llythyr nesaf, ond o Rufain. Mae hwnnw'n llwyddo i ddweud ei ddweud ac i lambastio'r delwau'n egr. Â pha ddifrifoldeb a beth yw maint y llwy bren (heb sôn am y ffug-ffalsio), fe'i gadawaf i chi, Ddarllenwyr:

8.

CYMDEITHAS CAREDIGION CELTAIDD CYMRU CARADOG (CYMDEITHAS Y PUM EC)

Castell Caradog, Via Martinetti Eufrasia, Roma, Italia
IV Hydref MMII

Archdderwydd Cymru,
Dwyryd, Rhodfa'r Môr,
Nefyn, Pwlheli,
Gwynedd, Cymru Fach.

Ardderchawg Archdderwydd,
Cefais ar ddeall gan gyfyrder fy mam o ochr ei thad, Iorwerth Fain ap Ieuan o Fünchen Bayern, fod y Cymry yno wedi gofyn am fendith Gorsedd y Beirdd ar eu hymdrechion i sefydlu Gorsedd gyffelyb ym Mafaria. Da iawn nhw ddyweda i.
    At hyn rwy'n dod. Mae gennym ni gymdeithas Gymraeg yma yn Rhufain sydd â'i gwreiddiau yn ymestyn yn ôl ddwy fil o flynyddoedd i'r adeg y bu i'r Rhufeiniaid creulon ddwyn Caradog yn garcharor mewn cadwynau i'r ddinas. Cadwyd yr heniaith yn fyw ar wefusau disgynyddion dau fileniwm ac erbyn heddiw ceir pymtheg o ddosbarthiadau dysgu Cymraeg yn Rhufain a'r cyffiniau. Mae gan Gymdeithas y Pum Ec dros drichant o aelodau brwd sydd â'u calonnau ar dân dros Gymru a'i thraddodiadau gorau. Dyna pam ei bod yn rheidrwydd arnom bellach, i gadarnhau y gwladgarwch cyfoethog hwn, sefydlu Gorsedd Lenorion fyddai'n rheoli a hybu a chydlynu ei holl weithgareddau. Mae angen corff canolog arnom i fod yn bwerdy i'r cyfan. Y corff hwnnw, yn ddelfrydol, fyddai Gorsedd Llenorion Caradog yn Rhufain.
    Gwyddom, trwy ffydd megis, y byddwch chwi yn rhoi eich deng ewin ar waith i'n cefnogi ac y gwnewch gais swyddogol ar ein rhan i Fwrdd yr Orsedd er mwyn gweld gwireddu ein

---

breuddwydion. Byddwn yn disgwyl yn eiddgar am eich ymateb.
    Yn ddiffuant a gwladgar,

Gianfranco Botticelli ap Caradog Gwynedd

Gianfranco Botticelli ap Caradog Gwynedd
(Llywydd Cymdeithas y Pum Ec)

Ble nesaf? Daliai'r saga i rygnu 'mlaen:

9.

**EISTEDDFOD FELIX MENDELSSOHN
DÜSSELDORF**

*Rhandir Mwyn, 23a Münchengladbachstraße,
Düsseldorf, Rheinland, Yr Almaen*

Hydref 21ain 2002

Yr Hybarch Archdderwydd Robyn Llŷn,
Dwyryd, Rhodfa'r Môr, Nefyn,
Pwllheli, Gwynedd, Cymru.

Hybarch Archdderwydd,
Rwy'n anfon gair atoch ar ran Pwyllgor yr Eisteddfod uchod
i estyn gwahoddiad arbennig iawn i chwi. Eisteddfod uniaith
Gymraeg yw ein heisteddfod ni ac fe'i cynhelir yn flynyddol ar
Nos Nadolig yn Nghapel Cymraeg Rehoboth Düsseldorf. Eleni
byddwn yn dathlu canmlwyddiant yr Eisteddfod. Bu'n amgylchiad
pwysig a llwyddiannus dros ben yn hanes Cymry'r ddinas hon gan
ddenu corau, unawdwyr ac offerynwyr o bob cwr o'r Almaen. Yn
wir, bu'n foddion dros y blynyddoedd i asio holl gymdeithasau
Cymraeg ein gwlad fabwysiedig ynghyd, a rhoi i ni'r ymdeimlad
hanfodol hwnnw o fod yn perthyn i'n gilydd ac i'r un traddodiad
cenedlaethol. I Ddüsseldorf dros Ŵyl y Geni daw cannoedd o
Gymry Ellmynaidd (neu Ellmyn Cymreig, pa un bynnag sydd orau
gennych) a chawn ddathlu'r Nadolig gyda'n gilydd fel un teulu
mawr estynedig.
    Yn goron ar yr holl ddathlu cawn ein Heisteddfod, a honno'r

Eisteddfod Gadeiriol a Choronog. Daw trwch y cystadleuwyr o'n prif Gymdeithasau Cymraeg megis Cymdeithas Llywarch Hen, Hambwrg; Caredigion Gwlad y Gân, Mannheim; Cymdeithas Crwys, Düsseldorf; Cymdeithas Caredigion Alltud Gwalia Wen ym Mafaria, a Chymdeithas Cadwn y Mur o Berlin. Eleni cynigir y Gadair am Awdl ar y testun Gorsedd Beirdd Ynys Prydain ac oherwydd hynny teimlwn, fel Pwyllgor yr Eisteddfod, mai gwych o beth fyddai cael Archdderwydd Cymru, sef Pennaeth yr Orsedd, yma i'n plith fel gŵr gwadd ac i weinyddu seremoni'r Cadeirio. Byddai hyn yn berl coethach nag aur Periw yng nghoron Eisteddfod Felix Mendelssohn Düsseldorf ac yn hwb nid bychan i wladgarwch a brwdfrydedd y rhai sydd ynglŷn â hi.

Gallwn gynnig lletty yn un o westyau gorau'r ddinas i chwi a'ch priod am wythnos (neu ragor petaech yn dymuno hynny) ynghyd â'r tâl a fynnir gennych wrth gwrs. Ein bwriad fydd, rhywbryd yn y dyfodol lled-agos, sefydlu Gorsedd Beirdd Dyffryn y Rhein a fydd yn dwyn holl dderwyddon Düsseldorf, Cwlen (Köln), Bonn a Mannheim a'r trefi eraill yn y dyffryn o dan yr un adain dderwyddol. Ar hyn o bryd y mae gennym yn ein Cymdeithas ni yma yn Düsseldorf (Cymdeithas Crwys), dros ddeugant o aelodau ffyddlon a chynhelir ein gweithgareddau wythnosol oll trwy gyfrwng y Gymraeg yn unig. Yn ddieithriad cawn gynulleidfa o dros un cant ar ddeg yn yr Eisteddfod, a thua dwy fil yn y Gymanfa Ganu Flynyddol a gynhelir ar droad y rhod ym Mehefin ym Mannheim.

Beth amdani, Hybarch Archdderwydd? Byddai pawb yma wrth eu bodd petaech yn gallu derbyn ein gwahoddiad. Gofynnaf yn garedig i chwi roi gwybod i ni cyn y 15[fed] o Dachwedd, os gwelwch yn dda, fel y gallwn wneud y trefniadau pellach angenrheidiol. Hynny gyda'n diolch a'n bendith.

Yn ddiffuant ar ran Pwyllgor yr Eisteddfod,

Huw ap

Huw ap Glasnant Bek (Ysgrifennydd Mygedol)

Dyna lythyr ac iddo gymar teilwng:

10.

CYLCH LLENYDDAWL A CHERDDORAWL CYMRY CATALUNYA
Gracia 323, Paisos Catalans, Barcelona, Catalunya

Y Prif Lenor Robert Lewis,
Archdderwydd Cymru,
Nefyn.

Hydref 22ain 2002

Annwyl Syr,

Clywais yn ddiweddar – yn yr Eisteddfod Genedlaethol eleni fel mae'n digwydd – gan gyfaill agos i mi sy'n aelod blaenllaw o Orsedd y Beirdd ac yn gyfaill personol i chwithau, eich bod fel Bwrdd yr Orsedd wedi gwrthod ceisiadau am sefydlu Gorseddau yn America a Bafaria, y naill am nad oes gwir ddyheadau Cymraeg nac eisteddfod ymhlith Cymry America, a'r llall oherwydd i chwi dybio mai cellwair yr oedd Cymry brwd Bafaria. Gwn yn dda amdanynt ym Mayern yr Almaen gan mai fy nghefnder annwyl, Iorwerth Fain ap Ieuan, yw'r ceffyl blaen yno. Eto i gyd, fe sefydlwyd Gorsedd yn anialwch llychlyd a diffrwyth y Wladfa ym Mhatagonia, er mai Sbaeneg yw iaith pob dydd y '*Cymry*' yno.

'Dyma'n cyfle o'r diwedd – dyma'r drws a egyr i ddatguddio inni holl ogoniannau Aber Henfelen,' ebr aelodau ein Cylch Llenyddawl a Cherddorawl. Fel mae'n digwydd, un o Lŷn acw, Doctor Dafydd Wyn Ifans, yw prif ysgogydd y symudiad hwn tuag at sefydlu Gorsedd Beirdd a Cherddorion Catalunya. Athro cerdd ym Marcelona yw Dafydd, a chafodd Elen Ebrill, ei wraig, ei magu ar fferm yng nghyffiniau Edern.

Sail ein cais yw cryfder ieithyddawl a diwylliannawl ein Cylch ynghyd â gwladgarwch brwdfrydig a heintus ein haelodau. Y diffyg, neu'r gwendid, yw fod ein diwylliant yn onest-werinol, heb feddu dim o fyfïaeth a ffug-elitaidd pseudo-soffistigedig diwylliant nychlyd a difywyd Cymru gyfoes. I ni yma, mae pethau fel yr Academi a Chyngor y Celfyddydau yn gwbl amherthnasol, yn union fel Gŵyl Bryn Terfel a digwyddiadau drudfawr snobyddlyd cyffelyb. Nid yw rhychwant ei diwylliant cerddorawl chwaith yn gyfryw ag i gofleidio cerdd dant, corau meibion, bandiau pres, bandiau roc na chanu opera. Canu gwerin yn ei burdeb a'i symlrwydd cynhenid, ynghyd â dawnsio gwerin, yw ein *forte* cerddorawl ni. Diwylliant diffuant, cwbl werinol di-ffril yw diwylliant Cymry glew Catalunya, diwylliant a ddylsai fod yn hollol gymwys er sefydlu Gorsedd. Yn llenyddawl, barddoniaeth gwlad yw ein hoff farddoniaeth ni – barddoniaeth y galon a'r angerdd a'r hiraeth, cerddi Ceiriog, Cynan, Crwys, Wil Ifan, Eifion Wyn, I D Hooson, Mynyddog ac Elfed. Y rhain yw ein Prifeirdd ni [*sylwch fod pedwar o'u plith yn Archdderwyddon!* – R LL]. Ac ym myd rhyddiaith ni all fod ond un llenor yn unig, sef Prif Lenor Dyffryn Lliw wrth gwrs.

Dyna'r sefyllfa. Beth amdani Mistar Lewis? A oes gobaith am Orsedd? A wnewch chwi eiriol drosom yng nghyfarfod nesaf Bwrdd yr Orsedd? Edrychwn ymlaen at dderbyn atebiad tra buan oddiwrthych.

Yn ddidwyll a diffuant

Ar ran Cylch Llenyddawl a Cherddorawl Cymry Catalunya,

Elfed ap Gethin Llwyd

Elfed ap Gethin Llwyd
Darpar Dderwydd Gweinyddol Gorsedd Catalunya

Ar yr un diwrnod, trwy gyd-ddigwyddiad trawiadol, roedd Iorwerth Fain wedi bod wrthi'n rhoi ei ysgwydd dan y baich – neu ei fys yn y brywes – unwaith yn rhagor:

11.

**CYMDEITHAS CAREDIGION
ALLTUD GWALIA WEN
YM MAFARIA
Nantglyn, 12 Leipzigstraße, Freising
München 2631, Bayern, Yr Almaen**

Y Doethur Robyn Léwis,
Dwyryd, Rhodfa'r Môr,

Nefyn, Pwllheli,
Gwynedd, Cymru.

22ain o Hydref, 2002

Hybarch Archdderwydd,

Cefais alwad ffôn o Farselona gan fy nghefnder Elfed ap
[*rhyfeddol wyrth, o feddwl nad oedd gan y naill na'r llall ddim ffôn –
R LL*] yn dweud ei fod yn awr wedi llunio llythyr cais i chwi ac
y bydd yn ei anfon bnawn heddiw. Rwyf mor falch ohono ac o'r
cysylltiad teuluol. Gobeithiaf yn fawr y gellwch ei helpu i sefydlu
Gorsedd yng Nghatalunya oherwydd ei fod o a'r Doctor Dafydd ac
Elen Ebrill yn gweithio mor ddiwyd dros yr heniaith yn y ddinas
hardd honno.

Gobeithio hefyd fod dydd cyfarfod bwrdd yr Orsedd yn nesáu
ac y byddwch yn dadlau o'n plaid yn y cyfarfod hwnnw. Yn y
cyfamser edrychwn ymlaen yn eiddgar at gael clywed fod ein cais
am gael sefydlu Gorsedd ym Mafaria yn llwyddiannus.

Dim ond rhyw air byr fel yna am y tro gan fy mod ar frys
i gyrraedd Berlin cyn nos ar gyfer darlith gan y Parchedig W J
Edwards, gweinidog parchus y Priordy yng Nghaerfyrddin, ar
fywyd a gwaith yr Archdderwydd deinamig hwnnw, Tre-fin.
Cyfarfod ydyw o **Gymdeithas Cymry Cadwn y Mur Berlin**,
cymdeithas nodedig am harddwch ei haelodau benywaidd.

Fy nghofion cynhesaf atoch, Robyn,

Eich ufudd was,

Iorwerth Fain ☺

Iorwerth Fain ap Ieuan
(Cadeirydd a Darpar-Dderwydd Gweinyddol CCAGWM)

A dyna'r tro olaf i mi glywed gan Iorwerth Fain a'i lofnod llawn gwên:
weithiau, bydd arnaf hiraeth am ei epistolau. Ond derbyniais ddau lythyr
pellach o Rufain, ac un – yr olaf oll – o le pellach o lawer:

12.

CYMDEITHAS CAREDIGION
CELTAIDD CYMRU CARADOG
(CYMDEITHAS Y PUM EC)
Castell Caradog, Via Martinetti Eufrasia, Roma, Italia
V Tachwedd MMII

Archdderwydd Cymru,
Dwyryd, Rhodfa'r Môr,
Nefyn, Pwlheli,
Gwynedd, Cymru Fach.

Ardderchawg Archdderwydd,
Aeth mis heibio ers pan anfonais lythyr atoch yn deisyf yn
daer arnoch roi eich cefnogaeth bersonol fel Ardderchawg
Archdderwydd, ynghyd â chefnogaeth ddiwyro Bwrdd yr Orsedd,
i'r bwriad anrhydeddus o sefydlu Gorsedd Llenorion Caradog yn
Rhufain. Hyd yma ni chlywais na *Bw* na *Be* oddi wrthych. Afraid
dweud ein bod oll yn dra siomedig.
    Tybed a gawsoch chi gyfle bellach i roi'r mater gerbron Bwrdd
yr Orsedd? Os do, beth oedd yr ymateb? Os na thrafodwyd y mater,
beth tybed yw eich ymateb chwi fel Ardderchawg Archdderwydd?
Mae ein haelodau oll ar bigau'r drain yn eiddgar ddisgwyl am
eich llythyr, ac yn wythnosol yn ein cyfarfodydd yn pwyso arnaf
â thaerineb mawr am wybodaeth. Mae eu ffydd ynoch chwi,
Ardderchawg Archdderwydd, yn ddiwyro. Pa beth a ddywedaf
wrthynt?
    Yn ddiffuant a gwladgar,

Gianfranco

Gianfranco Botticelli ap Caradog Gwynedd
(Llywydd Cymdeithas y Pum Ec)
O.N. Roedd fy nghyfnither, sydd yn byw ym Mynydd Nefyn, yn
canmol eich erthygl ddiweddaraf yn *Llanw Llŷn*.

Ac yna, ymhen cwta wythnos:

13.

CYMDEITHAS CAREDIGION
CELTAIDD CYMRU CARADOG
(CYMDEITHAS Y PUM EC)
Castell Caradog, Via Martinetti Eufrasia, Roma, Italia
XII Tachwedd MMII

Archdderwydd Cymru,
Dwyryd, Rhodfa'r Môr,
Nefyn, Pwlheli,
Gwynedd, Cymru Fach.

Ardderchawg Archdderwydd,
Y mae aelodau Cymdeithas y Pum Ec yn erfyn arnoch am atebiad
i'n llythyrau blaenorol
    Rydym hyd yn oed wedi gofyn i'n cyfreithiwr Luigi Rortelli
roi pwysau arnoch. Da chwi, Ardderchawg Archdderwydd,
atebwch y llythyrau heb unrhyw oedi pellach.
    Yn ddiffuant a gwladgar,

Gianfranco

Gianfranco Botticelli ap Caradog Gwynedd
(Llywydd Cymdeithas y Pum Ec)
O.N. Tybed a gawsoch chi gyfle i gael gair â'm cyfnither ym
Mynydd Nefyn?

Dyma'r un llythyr sydd ar ôl. Mae dros dair blynedd ers pan ddaeth i law.
Felly dyma derfynu'r ohebiaeth unochrog ryfedd ac unigryw hon:

14.

EISTEDDFOD GYMRAEG TAIWAN
Y Baradwys Bell, 48 Wan Zing, 2339 Gaoxiong, Taiwan
Llythyr at Archdderwydd Cymru, Syr Robin Lewis : 22-11-02

Annwyl Syr Lewis,
Cynhelir yr Eisteddfod Genedlaethol Gymraeg yn ystod yr ail
wythnos yng Ngorffennaf. Mae'n Eisteddfod lewyrchus dros

ben ac yn cynyddu ymhob ffordd o flwyddyn i flwyddyn. Mae'r iaith Gymraeg hefyd ar gynnydd yn Nhaiwan ac yn disodli'r iaith frodorol mewn llawer maes.

Ein teimlad ni yn awr yw ei bod yn hen bryd i ni gadarnhau hyn oll trwy fentro sefydlu ein Gorsedd ein hunain gan fod gennym lu o feirdd a cherddorion Cymraeg yma yn yr hen Formosa ac eisoes mynegwyd teimladau cryfion iawn ar y mater ganddynt. Eu dymuniad yw ar i Orsedd y Beirdd yng Nghymru anfon cynrychiolaeth i'n cyfarfod hanner ffordd yn rhywle – dyweder, Baghdad neu Kabul – i gael trafodaeth lawn ar y mater a dod i gytundeb buan. Rydym yn dra awyddus i'n Gorsedd ni yma gael ei chydnabod gan y Fam Orsedd yng Nghymru ac yn fwy na dim gennych chwi, Syr Robin, Pontiff Gorseddau'r Byd.

Taer erfynnir arnoch gyflwyno'n ddiymdroi ein hachos cyfiawn gerbron Bwrdd yr Orsedd fel y gellir cael cytundeb cyn ein Heisteddfod Genedlaethol nesaf sydd i'w chynnal yn y brifddinas, Taipei, fis Gorffennaf 2003. Pwy a ŵyr, onide, na fyddwn rhyw ddydd yn gallu gwahodd Prifwyl y Cymry i Daiwan? Brysied y dydd! Edrychwn ymlaen yn awr at dderbyn eich cytundeb a'ch cadarnhad cyn y Nadolig.

Ar ran Eisteddfod Gymraeg Taiwan,

Curig

Curig Xanung Prydderch (*Ysgrifennydd y Pwyllgor Gwaith*)

Yr wyf wedi pendroni llawer iawn ynghylch y Cymry tramor hyn. Bûm am fisoedd heb sylweddoli mai tynnu coes yr oeddent, gan gredu bod Iorwerth Fain ap Ieuan yn bodoli ar dir y byw mewn cig a gwaed. Ar ôl i mi – yn hwyrfrydig – sylweddoli'n amgenach, pan aeth dros ben llestri a chymryd arno hunaniaethau Gianfranco Botticelli ap Caradog Gwynedd, Huw ap Glasnant Bek, Elfed ap Gethin Llwyd, a Churig Xanung Prydderch, deuthum i nifer o gasgliadau.

Yr oedd wedi mynd i drafferth fawr iawn i anfon ei epistolau ataf. Roedd pob llythyr a honnai ddod o gyfeiriad mewn gwlad arall – ac eithrio hwnnw 'o Ardudwy' – yn dwyn stempyn post y wlad honno ac wedi'i bostio ynddi. Pwy aeth draw i Fafaria (droeon), Rhufain, Düsseldorf, Barcelona ac, i goroni'r cyfan, Taiwan? Y llythyrwr ei hun neu gyfeillion crwydrol?

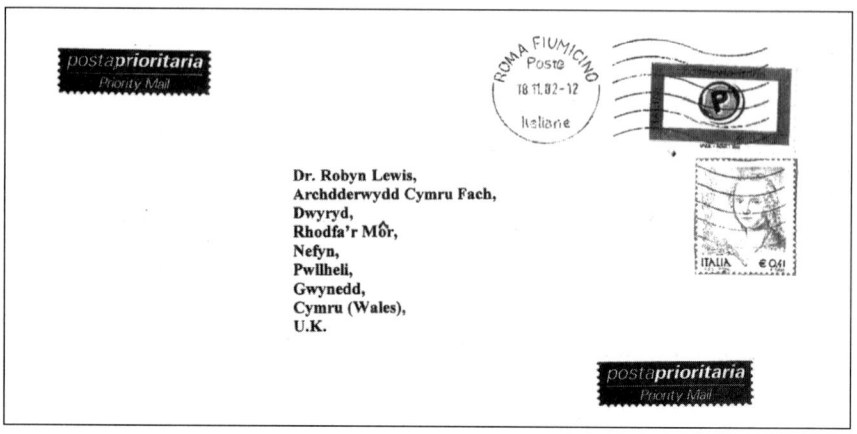

Pwy bynnag a wnaeth hynny, roedd yn ymarfer trafferthus dros ben, ac yn galw am amynedd tu hwnt i'r cyffredin.

Ar ben hynny, yr oedd yn sgrifennwr Cymraeg penigamp – yn llenor o fri cenedlaethol, synnwn i ddim. Gŵr byrlymus o hiwmor, a dynnai goes, a bigai swigod ac a ddrylliai ddelwau'n frwdfrydig. Gwyddai am y sefydliad eisteddfodol fel am gefn ei law, ac am yr Orsedd a'i phethau mor fanwl-gysáct nes ei bod yn amlwg ei fod yn eisteddfodwr brwd – wel, cyson – onid yn aelod o'r Orsedd at hynny. Roedd ganddo hefyd adnabyddiaeth bersonol, hawdd yw tybio, ohonof innau a'm holl fannau gwan.

Yn olaf oll, mae'n amlwg ei fod yn ŵr o amynedd di-ben-draw. Ac yn medru cadw'i gannwyll o dan lestr – wedi'r cyfan, nid aeth i'r wasg, a phwy ond fi oedd i weld y llythyrau o gwbl? Yr oeddent yn gyfrinachus, os nad yn gyfrinachol, dim ond rhyngddo ef a minnau. Ac roedd i mi eu hateb yn amhosibl. Nid oedd rhifau ffôn, ac roedd y cyfeiriadau i gyd yn rhai ffug. Felly, cael ei sbort yn ei gell, ac nid ar goedd gwlad, a wnaeth Iorwerth Fain.

Llwyddais i dynnu rhestr fer o dri neu bedwar o'r rhai y gallai fod. Ond does dim sicrwydd fod ei enw hyd yn oed yn y rhestr honno: efallai 'mod innau'n cyfeiliorni'n llwyr. Ar un adeg, flynyddoedd yn ôl, byddai rhywun yn dwyn y ffugenw 'Herbert' yn ymgeisio am brif wobrau llenyddol y Genedlaethol bob blwyddyn. Nid oedd fawr o brydydd, a lleolid ef yn y dosbarth isaf yn ddi-ffael (i'r gwrthwyneb, fe fyddai 'Iorwerth Fain' yn y dosbarth uchaf). Ond câi Herbert grybwyll ei enw bob blwyddyn, ac roedd hynny'n well na dim iddo, siŵr o fod. Eithr ni chafodd Iorwerth Fain hyd yn oed y boddhad bach hwnnw. Felly penderfynais gyhoeddi ei lythyrau yn union fel y daethant i law. Maent o radd lenyddol uchel, ac yn haeddu gweld golau dydd: rwy'n credu y dylai pawb gael y cyfle i chwerthin gydag Iorwerth, ac am ben y Sefydliad Archdderwyddawl – neu am fy mhen i – os mynnant. Ac i edmygu clyfrwch – onid athrylith – y dyn.

Iorwerth Fain (gair personol i ti):

Felly, Iori – a dyma fi'n awr yn siarad yn uniongyrchol â thi, estron ddihiryn: *Iorwerth Fain ap Ieuan*, ynghyd â'th holl aliásau o dylwyth, *Elfed ap Gethin Llwyd, Gianfranco Botticelli ap Caradog Gwynedd, Huw ap Glasnant Bek a Churig Xanung Prydderch*. Pe mynnwn gyhoeddi dy epistolau – fel y gwnes – tybiaf y byddwn angen dy ganiatâd hawlfraint. Ond gan nad wyt yn bod, ac na fedraf ofyn, yna ni fedri dithau na chaniatáu na gwrthod. Canys, pe baet ti *yn* bod, byddai'n rhaid i ti dy ddatgelu dy hun pe mynnet bledio 'hawlfraint'. A wyt ti'n debyg o wneud hynny? 'Nefar in Iwrop' – chwedl y diweddar Ryan – a thithau'n ddim ond ffug-Ewropead, wedi'r cyfan.

★ ★ ★

Os dymunwch gael yr ateb i'r cwestiwn *'Pwy?'*, gadewch i mi sôn fy mod – i ryw raddau – yn credu mai'r diweddar dynnwr coes, y Prif Lenor Eirug Wyn, oedd *Iorwerth Fain* a'i gymrodyr. Dyna hefyd yw barn Elfyn Llwyd, AS, cyfaill pennaf Eirug. Ond cred Gwenda, priod Eirug, a'u dwy ferch Dwynwen a Rhiannon nad gwaith Eirug mo'r llythyrau. [Gyda chaniatâd Gwenda y cyhoeddaf y paragraff hwn.]

Ond mae (o leiaf) un ymgeisydd cryf arall – cyn gryfed ag Eirug, yn wir – sy'n ei awgrymu ei hun. Ar ôl i mi siarad â'm hen gyfaill Vaughan Hughes ('Vaughan Hughes' yng Ngorsedd hefyd), cyd-weithiwr clòs ag Eirug, a ddadleuodd achos deheuig dros ben wrthyf, daw enw arall i'r hafaliad. A hwnnw yw'r Prifardd Twm Morys (nad oedd yn Brifardd pan sgrifennwyd y llythyrau ond a gafodd ei faen prydyddol i'r wal ym Meifod yn 2003, pryd y cadeiriwyd ef â phob braint a defawd gorseddawl gan neb llai na'r

'*Hybarch ac Ardderchawg Archdderwydd o ymarweddiad urddasol a gosgeiddig*' ei hun). Synnwn i fribsyn nad Twm yw'r mwrddrwg direidus, wedi'r cyfan. Neu chwech o'r naill a hanner dwsin o'r llall.

Bid a fo am hynny. Eirug Wyn, Twm Morys ynteu U.N. Arall? Pwy bynnag ydyw, moesymgrymaf iddo mewn edmygedd ar sawl cyfrif. Ac os oes un o'm darllenwyr a ŵyr rywbeth pellach am yr epistolau cywrain hyn neu'r gohebwr hyfedr a hynod a'u creodd, carwn glywed ganddo/ganddi. Sgrifennwch ataf: canys cafodd y llythyrwr fy nghyfeiriad – o leiaf – yn hollol gywir.

Y DIWEDDAR BRIF LENOR EIRUG WYN

Yn ôl yr Academi, 'Prif Lenor, Awdur arobryn, gwladgarwr, digrifwr a bardd'. Ac at hynny ai tynnwr coes mwya'r Cymry, eu Harchdderwydd a'u Gorsedd?

CADEIRIO TWM A'I FFÁN

Twm Morys wrth ei fodd yn cydnabod croeso llond Pafiliwn o'i ffániaid eraill. Os mai ef, mewn gwirionedd, a anfonodd y llythyrau 'o dramor' at yr Awdur, yna mae ganddo un ffán mawr yn ychwaneg

XIV

Y Beirdd a Rhyddiaith

Clywid sŵn ym mrig y morwydd ers blynyddoedd i'r perwyl nad oedd Rhyddiaith yn cael y sylw dyladwy gan y Brifwyl. Cafwyd nifer o syniadau – un oedd rhoi'r Goron am Ryddiaith a chadw'r Gadair am Farddoniaeth. Y drefn a fabwysiadwyd oedd cyflwyno Medal Aur am Lenyddiaeth, i'w rhoi yn Brif Wobr am sgrifennu *'rhyddiaith bur'* – deil y ddau air yna i ymddangos ar wyneb y Fedal hyd heddiw, serch mai *'rhyddiaith greadigol'* yw'r disgrifiad ffasiynol erbyn hyn – megis y troes 'adrodd', am ryw reswm, yn 'llefaru'. Mabwysiadwyd y syniad, ac enillwyd y Fedal Ryddiaith gyntaf oll gan J O Williams, Bethesda ym 1937 am ei gyfrol *Tua'r Gorllewin*. Gwisgir y Fedal ar ruban glas, ac mae'r enillydd yn derbyn Gwisg Wen gan yr Orsedd, â'r un statws â Phrifardd.

Neu dyna oedd y syniad. Yn ymarferol, rhyw seremoni stafell gefn oedd Seremoni'r Fedal, ac yn amlach na pheidio, roedd yr Orsedd yn 'anghofio' cynnig Gwisg Wen i'r Llenor buddugol. [Ym 1867, yng Nghaerfyrddin, clywyd yn union yr un dadleuon o blaid ac yn erbyn pan roddwyd i Brifeirdd y Goron statws cyfartal â Phrifeirdd y Gadair: cawsant hwythau eu sicrwydd o gyfartaledd yn Llangollen ym 1908.]

Ar ôl cwynion ynghylch y ddefod ddi-ddim, ym 1966 fe sefydlwyd seremoni arbennig ar gyfer y Fedal, a dechreuwyd cyhoeddi'r gyfrol fuddugol, i'w gwerthu yr un pryd â Chyfansoddiadau'r Eisteddfod ar y Maes, gan yr Eisteddfod ei hun. Dyrchafwyd statws y seremoni trwy ei chynnal ar lwyfan y Pafiliwn ar y dydd Mercher, lle dôi'r cyn-enillwyr ynghyd i anrhydeddu'r Prif Lenor newydd. Cofier mai ar bnawn Mawrth a phnawn Iau yr oedd y Coroni a'r Cadeirio tan 1992.

Y FEDAL RYDDIAITH

Sylwer mai 'Rhyddiaith Bur' ac nid 'Rhyddiaith Greadigol' sydd arni, a bod yr Eisteddfod yn dal yn 'Frenhinol'

O'r diwedd, penderfynodd yr Orsedd fabwysiadu seremoni'r Fedal Ryddiaith gan gychwyn ym 1992. Nid oedd pawb – o blith y Llenorion na'r Beirdd – o blaid hyn. Golygai symud y Coroni i'r dydd Llun a'r Cadeirio i'r dydd Gwener, a'r seremonïau boreol i'w canlyn. Gan mai fi oedd yr unig Brif Lenor ar Fwrdd yr Orsedd ar y pryd, i mi y syrthiodd y gorchwyl o drefnu i'r holl Lenorion fod yn bresennol ar y llwyfan ar y dydd Mercher cyntaf, yn eu gwisgoedd gwyn Derwyddol a phob un i wisgo'i Fedal. Haws dweud na gwneud: gall Prif Lenorion, fel pawb arall, fod yn gysetlyd ac anystywallt ar brydiau. Yr oedd ambell un braidd yn anfodlon dod â'i Fedal yn agos i'r Orsedd, gan ddymuno glynu wrth y drefn a fodolai. A nifer o'u plith yn ddigon amharod i ymbresenoli mewn gorsedd *o feirdd* dan unrhyw amgylchiadau – ambell un oherwydd eu triniaeth ysgeler yn y blynyddoedd a fu. Ond fe gefais i *dair* sioc hollol annisgwyl.

Ar ôl siarad ag Islwyn Ffowc Elis, Dafydd Jenkins ac O E Roberts, canfûm nad oedd yr un o'r tri *erioed wedi derbyn gwahoddiad i ymuno â'r Orsedd!* Siglodd hyn Swyddogion eraill yr Orsedd hefyd. Golygai na fedrai'r tri Phrif Lenor yma fod yn bresennol yn eu seremoni eu hunain ar y dydd Mercher. Doedd dim amdani ond mynd ati – ar frys gwyllt – i drefnu i'w hurddo ill tri ar y bore Llun, cwta ddeuddydd cyn seremoni'r Fedal. Mae'n rhaid addef y cefais i gryn drafferth gyda dau ohonynt i'w perswadio i dderbyn Gwisg Wen o gwbl! Teimlent i'r byw fod Rhyddiaith wedi cael ei hesgeuluso a'u bod hwythau wedi eu hysgymuno yn y fath fodd, a thros gynifer o flynyddoedd, i'r graddau nad oeddynt yn awyddus i dderbyn Gwisgoedd Gwynion, a hynny dim ond er mwyn peri hwylustod i griwiach yr Orsedd.

Cael a chael fu hi. Ar ôl cryn berswâd, cytunodd y tri yn rasol i dderbyn aelodaeth o'r Orsedd, ac i gyfranogi yn seremoni'r Fedal. Bu Islwyn ac O E yn cyrchu'r Llenor buddugol – Robin Llywelyn – a Dafydd Jenkins a minnau yn ei gyfarch. Ar y pryd, ni wyddwn un ffaith a ddysgais yn ddiweddarach, wrth ddigwydd gwylio clipyn-ffilm ar y teledu gryn amser wedyn. Sef bod y diweddar Ddoctor John Gwilym Jones – o bawb! – wedi mynd i'w fedd *heb i'r Orsedd erioed gynnig aelodaeth iddo.* Yr wyf yn dal o'r farn fod y driniaeth ysgeler a gafodd y Doctor John Gwilym yn warth ac yn

Y PRIF LENOR ROBIN LLYWELYN

Y cyntaf i'w fedalu mewn seremoni Orseddol (Aberystwyth, 1992)

gywilydd i Orsedd y Beirdd. Bu estyn y 'tridiau seremonïol' o ddydd Llun i ddydd Gwener yn llesol o safbwynt cyllid yr Eisteddfod hefyd. Cafwyd eithaf cynnydd yng ngwerthiant y tocynnau.

Eithr yr oedd un mater eto ar ôl. Ym 1994, newidiwyd Cyfansoddiad yr Orsedd fel ag i roi i'r Prif Lenorion statws *cyflawn* yn hytrach na statws *cyfartal.* Sef eu rhoi ar dir i'w hethol i swydd yr Archdderwydd. Oherwydd ceidwadaeth o bosibl, nid dyna a ddigwyddodd ym Mro Colwyn ym 1995 nac ychwaith ym Mro Ogwr ym 1998. Ond erbyn 2001 newidiwyd y dull o ddewis trwy roi pleidlais i bob aelod unigol o'r Orsedd, yn lle dim ond i'r Bwrdd fel cynt. Ac yn Eisteddfod Dinbych yn 2001, etholwyd y Prif Lenor cyntaf erioed, a hynny trwy bleidlais yr Orsedd gyfan, yn Archdderwydd Cymru.

O sôn am Brifeirdd a Phrif Lenorion, nid oes ond pump erioed wedi ennill yr hawl i'r ddau deitl gyda'i gilydd. Y tri chyntaf oedd y diweddar Gwilym R Jones, Tom Parri Jones a Dafydd Rowlands. A dim ond un

Y DOCTOR
JOHN GWILYM JONES
(1904–1988)

Ni chafodd erioed gynnig i'w anrhydeddu gan yr Orsedd

enillydd dwbwl oedd ar dir y byw, sef John Gruffydd Jones (Ioan Horon), Abergele: nes dyblodd Dylan Iorwerth (Dylan) nifer y detholedigion hyn pan ychwanegodd yntau Fedal Eryri, 2005 at Goron Llanelli, 2000. Mae ambell Brif Lenor o'r blynyddoedd cynnar, llwm eu seremonïaeth, yn disgleirio yn ffurfafen llên Cymru lawn cyn loywed ag unrhyw Brifardd a eisteddodd mewn cadair neu a wisgodd goron erioed. Dyna i chi John Gwilym Jones, Islwyn Ffowc Elis, Rhiannon Davies Jones, Eigra Lewis Roberts a John Gruffydd Jones, i enwi dim ond dyrnaid. Mae'n debyg ei bod yn anorfod, unwaith yr oedd y Fedal Ryddiaith wedi ennill ei lle priodol a chyfartal â'r Gadair a'r Goron, a Phrif Lenor wedi dod yn Archdderwydd, y byddai rhywun yn ceisio gwthio'r ddadl ymhellach eto. Bu sŵn ym mrig y morwydd ers tro y byddai hyn yn codi. Felly dyma *Golwg* yn gwthio'r cwch i'r dŵr trwy ddyfynnu Bethan Mair ar **Wobr Daniel Owen** ym Mhrifwyl Eryri, 2005. Llefarai Bethan ag awdurdod, canys roedd hi'n un o feirniaid y Ddaniel Owen (ynghyd ag Elfyn Pritchard a Catrin Puw Davies) y flwyddyn honno. Y geiriau a daniodd y ffiws oedd:

> Awn cyn belled â dadlau mai'r gystadleuaeth hon [Gwobr Goffa Daniel Owen] ddylai fod yn brif gystadleuaeth ryddiaith yr Eisteddfod… Mae'r wobr ariannol lot yn fwy ar hyn o bryd i'r Daniel Owen nag yw hi i'r Fedal Ryddiaith. Mae £5,000 o wobr i'r Daniel Owen ond mae pobl yn dal i feddwl mai'r Fedal Ryddiaith yw'r gystadleuaeth ryddiaith bwysig.
> Hyd at 40,000 o eiriau y mae eisie eu sgrifennu ar gyfer honno,

lle mae eisie nofel o o leiaf 50,000 o eiriau am y llall. Mae'n dipyn mwy o waith. [*Rhag i neb synio nad oes llawer o wahaniaeth rhwng 40,000 a 50,000, dylid egluro mai 'dim <u>mwy</u> na 40,000' yw ystyr y naill, a 'dim <u>llai</u> na 50,000' yw ystyr y llall – sydd yn gryn wahaniaeth (mae hyd y gyfrol bresennol hon yn tynnu am 65,000 o eiriau)* – R LL]

Mae yna bethau eraill hefyd, fel cydnabyddiaeth. Dyw'r Orsedd ddim yn dod i'r Daniel Owen. Mae eisie i'r ddwy gystadleuaeth gael eu gweld yn yr un modd ag y mae'r Gadair a'r Goron yn cael eu gweld yn gyfwerth i bob pwrpas.

Ar hyn o bryd, dyw enillydd Gwobr Daniel Owen ddim yn cael bod yn Brif Lenor yn y modd y mae enillydd y Gadair a'r Goron yn cael bod yn Brifardd. Mae enillydd y Fedal Ryddiaith *yn* cael bod yn Brif Lenor.

Wrth gwrs, erbyn hyn mae hynny'n golygu eu bod nhw'n abl i gael eu hethol i fod yn Archdderwydd yn y pen draw. Ond dyw hynny ddim yn wir am enillydd y Daniel Owen.

Mae'n dasg aruthrol sgrifennu nofel dda. Dw i'n teimlo bod lle yn yr Eisteddfod i gydnabod dwy gystadleuaeth ryddiaith bwysig. Mae e'n fater hanesyddol. Falle bod hi'n bryd erbyn hyn dod â'r ddwy gystadleuaeth lan i'r un gydnabyddiaeth o safon.

Mae eisie gwneud yn siŵr bod y statws y dyle sgrifennu nofel ddwyn yn ei sgil yn cael ei gydnabod. Gyda'r Fedal Ryddiaith, mae'r duedd wedi bod i sgrifennu darnau byrrach, casgliadau o ryddiaith, ac mae llên meicro wedi bod yn rhywbeth sy wedi cynyddu yn ddiweddar.

Er mor ardderchog yw'r rheiny, ac er mor ddifyr ydyn nhw i'w darllen, mae'r gamp sydd ynghlwm wrth sgrifennu nofel dda, fydden i'n dadlau, yn fwy!

Dw i'n credu bod lle i ni ddathlu'r awduron hyn a rhoi statws uwch iddyn nhw nag y maen nhw'n ei fwynhau ar hyn o bryd.

Mae'r ddadl am faint y wobr bron fel honni bod Beckham y pêl-droediwr yn cario mwy o faich cyfrifoldeb na Blair y gwleidydd am ei fod yn ennill (neu o leiaf, yn derbyn) llawer iawn mwy o gyflog. Ar hyn o bryd, y wobr ariannol sydd ynghlwm wrth y Goron, y Fedal a'r Gadair yw £750 yr un. Os am lefelu'r Daniel Owen i fyny mewn statws, fe fyddai'n rhaid i chi hefyd ei lefelu i lawr ym maint ariannol ei gwobr. A thra gellir disgwyl i nofel fod yn fwy swmpus na darn bach, *dilettante* yn ôl yr awgrym, o ryddiaith, rhaid cofio nad yn ôl ei swmp cilogramaidd y mae mesur llenyddiaeth.

MEDALU CEFIN ROBERTS
Prifwyl Meifod, 2003

Yn sicr, fe ddylid codi ei statws. Ond sut? Oherwydd gwrthodiad beirdd y Goron a'r Gadair i ystyried neilltuo'r Goron am Ryddiaith a'r Gadair am Farddoniaeth y sefydlwyd y Fedal Ryddiaith. A'r Fedal, bellach, yn hawlio'i seremoni ei hun, ar ôl gorfod ailwampio'r wythnos i'w chynnwys, go brin y medrech chi greu *pedwaredd* seremoni Orseddol. Beth, felly, yw'r ateb? Gwobrwyo nofel, a rhyddiaith-nad-yw'n-nofel, bob yn ail flwyddyn? Dyna oedd maen tramgwydd – neu ddilema – y Prifeirdd gynt rhwng canu caeth a chanu rhydd, pan soniwyd am gyfyngu barddoniaeth i'r Gadair yn unig a rhoi'r Goron am ryddiaith.

Ac yna, os rhowch chi statws cyfwerth i'r nofelydd (Prif Nofelydd?), beth am y cerddor? Mewn egwyddor, medrid llunio seremoni orseddol gyflawn am gyfansoddi, dyweder, opera, ac adfer yr hen deitl 'Pencerdd' ar gyfer y buddugol. Neu adroddwr ('Prif Lefarydd')? Neu ganwr ('Perleisydd')? Beth am yr enwau y cofir amdanynt yn rhai o'r gwobrau hyn ac a enillodd eu plwyfi, megis y Towyn Roberts, y Llwyd o'r Bryn, y Ladi Herbert Lewis, yr Osborne Roberts a'r David Ellis? A ddylid eu bwrw i ebargofiant? Gadawaf i chi gnoi cil ar y broblem sy'n hollol amlwg i'w gweld a'i disgrifio, a cheisio ateb sy'n weithredol, ond nad yw'n amlwg o gwbl. Ynteu a ddylid tynnu llinell bendant rhwng 'creu' a 'dehongli'?

Gair i gloi: dim ond unwaith erioed y clywais am eisteddfod yn cynnig Cadair mewn cystadleuaeth gorawl. Yn Eisteddfod Cymrodyr Dolwyddelan ym 1924 y digwyddodd. Y cantorion buddugol oedd Côr Tanygrisiau a'r Cylch, a'r darn gosod oedd *Teyrnasoedd y Ddaear*. Cadeiriwyd eu Harweinydd, Richard Hughes-Jones (Pencerdd Llifon, a thad y diweddar Ddoctor Llifon Hughes-Jones). Gadawyd y Gadair gan ei weddw, Madame Hughes-Jones y Contralto, i Gapel Penmount, Pwllheli, ac yno yn y sêt fawr y mae hi hyd heddiw. Ond enillwyd Coron *Genedlaethol* (Llandudno, 1896) gan Gôr Cymysg Brynbowydd, Blaenau Ffestiniog. Yn y Brifwyl ei hun, a neb yn deilwng, ataliwyd y Goron. Rhag iddi fod ar eu dwylo, gwerthwyd hi i bwyllgor Eisteddfod leol, a'i chynigiodd yn wobr gorawl ym 1897. Heddiw, mae hi yng nghartref Aled Davies, Aber-soch, ŵyr i Griff. Davies, arweinydd Côr Brynbowydd, a'i cipiodd.

XV

Gwisgo'n Grand

Bodolai disgrifiad a gafwyd ym 1858 gan Môr Meirion (Richard Williams Morgan) o wisg pennaeth y derwyddon 'yn y cynoesoedd'. Mae'n ddiddorol ei fod yn cyfeirio at 'Arch dderwydd' (dau air):

> Yr oedd gwisg offeiriadol yr Arch dderwydd [*sic*] yn dra gorwych. Ar ei ben gwisgai dalaith [*coron*] aur – ar ei wregys yr oedd gem dewineb – ar ei fynwes yr oedd yr ior morain neu ddwyfronneg Barnedigaeth ac islaw y glân neidr neu dŷ y ddraig – am fys blaenaf y llaw ddeheu yr oedd ail fodrwy yr urdd – ac ar fys blaenaf y chwith yr oedd gemawg fodrwy Ysbrydoliaeth.

Roedd Gweirydd ap Rhys wedi llunio englyn, a ddarllenwyd ganddo yng Ngorsedd Aberffraw mor bell cyn hynny â 1849. Englyn digon 'bethma' hefyd, os caf ryfygu dweud:

> *Sedd emog wiwlys oedd yma yn ddir*
> *I'r Archdderwydd penna';*
> *A gair doeth y mygyr da*
> *Glywid gan holl feib Gwalia.*

Barn yr ysmala Gynhaearn am ddillad newydd yr Archdderwydd oedd:

> *Satan yw mewn siwt newydd.*

Meddai'r *Geninen* am y gwisgoedd newydd ym 1894:

> Gyda phob parch i Dywysog Cymru a'i ddillad bob dydd ac Owen M Edwards yn ei *evening dress*, a Lloyd George yn ei frest wen, a'r Esgob yn ei ffedog – y beirdd oedd yn tynnu'r mwyaf o sylw o lawer. Aeth Watcyn Wyn i ben y Maen Llog i ymffrostio yn ei glogen a gwaeddi:

YR ORSEDD YN EU GWISGOEDD NEWYDD

Ar y Maes, Caernarfon, ym 1894. Yr ail-nesaf at yr Archdderwydd Clwydfardd,
ar y dde, Hwfa Môn, a'i holynodd yn Archdderwydd

> *Hen awen mewn gwisg newydd*
> *Yma'n sionc ar y maen sydd.*

Man a man i mi yn awr ddweud gair am y gwisgoedd fel y maent heddiw. Cynlluniwyd y rhai presennol cyn troad y 19^{eg} ganrif gan Syr Hubert Herkomer, Almaenwr a mab i gerflunydd coed o Bafaria. Yr oedd yn Aelod o'r Academi Frenhinol yn Llundain ac yn gyn-Athro yn Rhydychen. Yr oedd ei wraig o dras Gymreig. Herkomer hefyd a gynlluniodd Goron yr Archdderwydd, ei Ddwyfronneg, a'r Cleddyf Mawr. Ychydig iawn o newid fu i'w gynlluniau, ac mae'r holl wisgoedd yn aros hyd heddiw, mwy neu lai fel y cynlluniodd Herkomer hwy.

Mae'r gwisgoedd wedi peri sbort fawr i laweroedd o bobl dros y blynyddoedd. Dywedodd un Americanes ar ôl gweld yr Orsedd: *'Yeah, we have those in the States too – we call them the Ku Klux Klan.'* Tra gofynnodd ymwelydd o'r Dwyrain Canol mewn syndod: 'Tybed pa fath o Arabiaid

*EISTEDDFOD GŴYL
DDEWI YSGOL NEFYN*

*Un o'r plant wedi'i arwisgo
i ddynwared un o'r cyn-
ddisgyblion, gan gynnwys y
sbectol ar flaen y trwyn*

yw'r bobl hyn?' Ac yn ôl yr Athro Timothy Lewis: '*After 1933 the Gorsedd dress started to get fancier and fancier. Bits of gold lamé and lashings of laurel leaves arrived, and white shoes peeping out coyly from beneath robes like friendly little white mice.*'

Pan gyflwynwyd gwisgoedd neilon am gyfnod, yr oedd pawb yn uchel iawn eu beirniadaeth o'r rheiny. Dim ond y diferyn lleiaf o law oedd ei angen, a byddai popeth a wisgid – neu na wisgid – o danodd i'w weld yn glir fel grisial. A chofiaf un papur Sul yn disgrifio Derwyddon fel: '*Mother Theresa from the neck up: Guy's Hospital from the neck down.*'

Pan welodd H V Morton yr Orsedd ym Mangor ym 1931 sylwodd ar y gwynt yn chwythu gwaelodion y gwisgoedd fel ag i ddadlennu coes trowser pîn streip neu frethyn cartref. Mynegodd ei gasgliad bod Siôn Corn yn cael yr un anhawster gyda gwaelodion ei drowsus yntau.

Mae synnwyr cyffredin yn dweud bod rhaid adnewyddu'r gwisgoedd o bryd i'w gilydd, pe na bai ond yn sgîl traul a breuo. Mae hynny lawn cyn wired am wisg yr Archdderwydd. Ond mae ffactor arall yn peri treulio a breuo'r wisg honno ynghynt na gwisgoedd eraill, sef y ffaith fod y tal a'r byr, y porthiannus a'r main yn olynu'i gilydd yn y Swydd. Felly o dymor i dymor, mae'r godrau'n mynd i fyny ac i lawr fel io-io (gair a restrir yn *Y Briws*); a'r lled yn mynd i mewn ac allan fel megin.

Tua chanol yr wyth degau, aeth yn ben sèt. Doedd neb yn dymuno gweld yr Archdderwydd Elerydd druan yn ei garpiau. Doedd dim amdani,

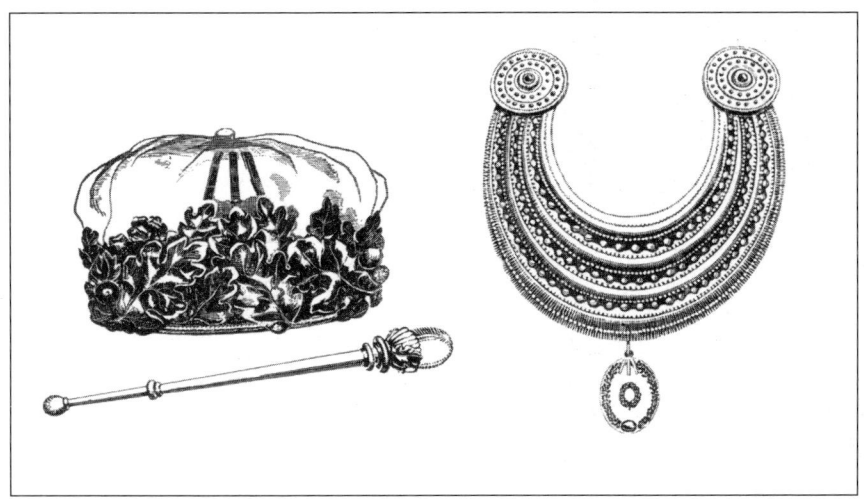

CORON YR ARCHDDERWYDD, Y DEYRNWIALEN,
A'R DDWYFRONNEG

NEWYDDIANOD DI-BENWISG

yn aros i'w hurddo gerllaw Maen Porth yr Orsedd

195

felly, ond creu gwisg hollol newydd ar ei gyfer. Fe sylweddolwch fod deunydd Gwisg yr Archdderwydd yn unigryw (a sacrosanct): mae'n satin gloyw ac iddo leinin mewnol, y ddeubeth yn brin a drudfawr. Ac i'w gwisgo – yn enwedig mewn tywydd crasboeth megis a gafwyd ym Meifod yn 2003 – mae hi fel cwrlid plu. (Ond ei gwisgo a wnes i, er mwyn profi 'mod i'n fodlon chwysu dros fy ngwlad.)

Cynigiwyd y wisg newydd yn rhodd gan y diweddar Towyn Roberts (Towyn). Ond cododd argyfwng yn syth: nid oedd modd cael gafael yn y brethyn satin priodol am bris yn y byd. Aethpwyd i siopau crandiaf crachachaidd Llundain, lle methwyd. Yna i siopau cyffelyb-eu-crandrwydd Paris, Rhufain ac Efrog Newydd: doedd dim yn tycio yn y fanno. Aethpwyd i gribinio siopau llai. Ymgynghorwyd â'r rhai hynny sy'n gwneud dillad arbennig i'r Arglwyddi a'r Cardinaliaid a'r Barnwyr sgarlad goruchaf; ond 'chafwyd dim llwyddant yno, chwaith. Yna cafwyd y syniad o roi Dilwyn Cemais ar waith: Dilwyn, y gŵr sy'n adnabod pawb ac yn gwybod i'r digrî be'-di-be'. Buwyd yn ymholi mewn dros gant o siopau, o felinau brethyn Sir Gaerhirfryn i Laura Ashley a David Benjamin; o Savile Row i Soho; o ddilladwyr brenhinol i arwisgwyr clerigol ac esgobol; o ddinas Brwsel i ddinas Zürich, a hynny dros gyfnod o bedair blynedd. Ond llwyddodd Dilwyn i gael stoc sylweddol o'r feri satin, ymhen y rhawg. A 'ddyfalwch chi byth ym mhle.

Mewn siop brethynnwr yn Hwlffordd, gwta ganllath i lawr yr hewl o gartref Dilwyn ei hun. Mae'r bil yn dal yn ei feddiant. '*T P Hughes & Son, Ltd., Drapers and Furnishers, Haverfordwest:18th July 1985: to supplying 15 metres special satin cloth and matching lining:– £423.30.*' Sy'n profi'r hen wireb Gymraeg, 'Dechrau wrth dy draed'. Nid bod y tewaf na'r talaf o Archdderwyddon angen pymtheng metr o satin gloyw. Ond mae stoc go dda o frethyn mewn llaw yn ystorfa'r Orsedd ar gyfer y dyfodol – ni fedr dyn ond gobeithio y bydd y peli camffor wedi gwneud eu gwaith yn effeithlon. Mae'n siŵr y medrai T P Hughes a'i Fab bellach ddodi'r Nôd Cyfrin uwchben eu siop, ynghyd â'r geiriau '*By Appointment to the Archdruid of Wales*'. Mae masnachwyr uchelgeisiol yn hoffi'r math yna o hysbýs.

XVI

Sawl Cymêr

Wrth i mi geisio dethol enwau'r rhai y mynnwn eu dynodi'n 'gymeriadau', roedd fy rhestr hir wreiddiol yn ddigon i lenwi cyfrol ynddi'i hun. Felly – ar ôl hepgor Iolo Morganwg a Cynan, yr ymdrinir â hwy mewn mannau eraill – dewisais enwau dwsin-gwehydd, a restrir yma yn nhrefn blynyddoedd eu geni, sef:

    i.   Y Doctor William Price, 1800–1892;

    ii.   Gwenynen Gwent, 1802–1896;

    iii. Y Bardd Cocos, 1827–1895;

    iv. Llew Llwyfo, 1831–1901;

    v.   Emrys ap Iwan, 1851–1906;

    vi. Gwilym Cowlyd, 1863–1904;

    vii. Dewi Emrys, 1881–1952;

   viii. Siôr o Donypandy, 1909–1997;

    ix. Harri Gwynn, 1913–1985;

    x.   Norah Isaac, 1914–2002;

    xi. Hywel ap Robert, 1923–2001;

    xii. Gwyn Tudno, 1929–2001;

   xiii. Jim Parc Nest, na nodais ddyddiad ei eni: yn ffodus deil yn bresennol ac yn heini.

Maent i gyd yn enwau adnabyddus iawn. Ceir hanesion am hynodolion eraill, hefyd, yn y gyfrol hon – ond mewn penodau, a than hetiau, gwahanol. Un peth sy'n gyffredin i bob un o'r dwsin-ac-un-dros-ben a enwais – torrwyd y mowld y poerwyd ef neu hi ohono.

(i) Y Doctor William Price, 1800–1892

Mae'n anodd dychmygu y medrai'r un bod dynol fod yn *fwy* o granc, yn *fwy* od, yn *fwy* ecsentrig ac yn *fwy* boncyrs (ansoddair perffaith Gwyn Stiniog yn ei Ragair) na Iolo Morganwg. Ond fe *fu'r* fath ddyn yn troedio'r ddaear 'ma am 92 blynedd; a hwnnw oedd y Doctor William Price. Gŵr galluog – polymath yn ddiamau – a simsanai rhwng disgleirdeb a gorffwylledd: gŵr Camp a Rhemp ar eu mwyaf mawreddog. Amlygaf ei *gamp* trwy sôn sut y bu iddo lwyddo yn arholiadau Coleg Brenhinol y Llawfeddygon ac yn arholiadau eu Neuadd – y safon uwch – o fewn blwyddyn ar ôl cyrraedd Llundain. Yr oedd hyn yn wrhydri nas cyflawnwyd gan neb arall, na chynt na chwedyn (er gwaethaf safonau alaethus meddygaeth ym 1821, mae'n debyg). At hynny, yr oedd wedi'i wahardd rhag siarad Saesneg ar yr aelwyd – ni fedrai air nes iddo fynd i'r ysgol yn ddeg oed. Dysgodd ei hun i fod yn amlieithog mewn sawl iaith Ewropeaidd, yr ieithoedd clasurol ac ambell iaith ddwyreiniol. A'r *rhemp?* – dilynwch drywydd ei fuchedd isod.

Megis Iolo, yr oedd Price yn ŵr amryddawn ac aml ei ddiddordebau; a bu'n ddigon dewr a chwestiyngar – neu haerllug – i herio pob confensiwn. Yn feddyg, yn Siartydd, yn ymgyfreithiwr di-baid, yn arloeswr amlosgi'r meirw, aeth benben â nifer o arferion a chredoau ei gyfnod. Amheuai gyfiawnder y gyfundrefn gymdeithasol; gwatwarai grefydd gonfensiynol; dirmygai'r gyfraith a'i gweinyddwyr; cefnogai a chyfiawnhâi famau dibriod; bychanai ddogmatiaeth damcaniaethau ac arferion meddygaeth (megis brechu ac arbrofi ar anifeiliaid). Rhyfygai ymddangos yn sgandalus-noethlymunwr yn yr oes bropor, Fictoraidd yr oedd yn byw ynddi; casâi'r meistri haearn a'u pendefigaeth â chas perffaith; hyrwyddai gyd-fyw neu fyw tali; ymwrthodai â chig. Yn fyr, aeth ati i ddryllio pob delw y cyfarfu â hi. Ym marn Islwyn ap Nicholas, yr oedd yn un o'r cymeriadau mwyaf rhamantus a gwrthryfelgar yn holl hanes Cymru.

Ei brif wrhydri – marc parhaol a chwyldroadol ar Hanes – ydoedd peri cyfreithloni amlosgi cyrff meirw. Gwnaeth hynny yn y modd mwyaf dramatig posibl. Ym 1884, bu farw ei fab (gordderch) pum mis oed, o'r enw – o bob enw – *Iesu Grist*. Cariodd ei dad y corff bychan yn barchus i ben bryn Caerlan gerllaw ei gartref, lle'r oedd wedi gosod casgen yn cynnwys olew paraffin. Dododd y corff, wedi'i orchuddio â chewynnau, yn dyner yn y gasgen, a rhoi'r cyfan ar dân. O weld y fflamau, heidiodd tyrfa draw i ganfod beth oedd y goelcerth; cyrhaeddodd yr heddlu a llwyddo i ddiffodd y tân ac achub y corff bychan, a oedd wedi hanner ei ddifa. Cynddeiriogodd y dyrfa o weld gweithred 'ddychrynllyd, gableddus a phaganaidd' Price. Bu bron iddynt luchio'r Doctor ei hunan i'r tân yn fyw, ond rhwystrwyd hynny gan yr heddlu. Arestiwyd ef a'i gloi mewn cell. Erbyn gweld – ys daeth yn eglur pan gynhaliwyd y cwest – roedd y baban wedi marw o achosion naturiol ac nid wedi'i lofruddio: neu byddai Price wedi'i grogi – does dim sicrach.

Yr oedd yr awdurdodau am gladdu'r gweddillion hanner-llosg mewn bedd confensiynol, ond mynnodd Price eu cael yn ôl. Gwrthododd roi addewid na fyddai'n ail-geisio amlosgi'r corff, a gwnaeth hynny mewn hanner tunnell o lo yn yr un lleoliad, yr eildro hwn yn ddi-ymyrraeth. Ond gwysiwyd y Doctor gerbron Brawdlys Caerdydd yn Chwefror 1884 am amlosgi corff ei fab: gweithred a oedd, meddai'r Erlyniad, yn anghyfreithlon. Eithr dyfarnodd y Barnwr, Meistr Ustus Stephens, *'nad yw gŵr sy'n amlosgi corff marw, yn lle ei gladdu, yn cyflawni gweithred droseddol yn groes i Gyfraith Loegr'.* Hwn oedd *y* trobwynt yn hanes cyfreithiau gwledydd Prydain.

Ym 1947, hanner canrif ar ôl marwolaeth Price ym 1892, dadorchuddiwyd plác ar wal Capel Soar, Llantrisant, lleoliad ei gyn-gartref, i ddathlu arloeswr cyfreithloni amlosgi. Erbyn 1972, yr oedd sbel dros chwarter miliwn o amlosgiadau bob blwyddyn yn Ynys Prydain. Bellach, mae'n ddefod sy'n digwydd bron yn amlach na chladdu. Megis troednodyn, gellir ychwanegu mai amlosgi fu hanes corff Price ei hun ym 1892, y tro hwn â'r Parch. Daniel Fisher yn gweinyddu, gan yngan y geiriau – am y tro cyntaf erioed – 'Traddodaf ei gorff i'r tân'. Am y gwasanaeth hwn, derbyniodd ddau ddarn hanner-coron [2 x 12½ ceiniog]. Amlosgiad 'mynediad-trwy-docyn' – i rai cannoedd – oedd wedi'i drefnu; ond heidiodd ugain mil o dyrfa i Lantrisant i weld arwyl tanllyd y Doctor Price ei hun.

Eithr ei weithgareddau Derwyddol sy'n berthnasol i'r gyfrol hon. Mae'r Dr Geraint Bowen o'r farn 'nad oes unrhyw dystiolaeth bod William Price yn aelod o Feirdd Ynys Prydain'. Dyna, meddai, pam nad ymddangosodd

Y DOCTOR WILLIAM PRICE, LLANTRISANT

'Un o'r cymeriadau mwyaf rhamantus a gwrthryfelgar yn holl hanes Cymru.'

o fewn Cylch yr Orsedd yn Eisteddfod Fawr Llangollen. Eithr bu William Price yn aredig ei gŵys ei hun yn hyn o beth. Yn wir, gellir honni ei fod bron wedi gor-Iolöa Iolo. Gwisgai yn y modd y tybiai y gwisgai'r hen Dderwyddon; a hynny mewn oes a farnai mai du oedd y lliw mwyaf gweddus a pharchus:

> Edrychai fel pe na bai wedi torri na thocio ei wallt na'i farf erioed, ond fe'i rhwymwyd yn stribedi hirion, *à la chinoise*. Yr oedd ei siaced a'i lodrau o wyrdd emrallt, wedi'u bylchu a'u trimio, a'u leinio mewn sgarlad llachar. Arnynt ceid botymau eurwaith, â gwahanol arfbais ar bob botwm. Gwnaed ei benwisg o flewgroen llwynog dudew, o ffurf hen a hynod, ac ynghlwm wrtho roedd tair cynffon o'r un ffwr, dau yn gorwedd dros ei ysgwyddau, tra'r oedd y drydedd, a oedd yn hirach, yn llifo i lawr canol ei gefn [*mae'n atgoffa dyn o hetiau Davy Crockett a Thwm Morys, cyn i Twm ddod yn Brifardd parchus a phrynu het gantel-llydan. R LL*]. Ar ei wregys crogai cleddyf gweiniog. Yn ei law ceid gwialenffon hir, ac ar ei blaen gilgant y lleuad gorniog.

Yn wyneb hynyna, pwy ryfygai wawdio gwisgoedd Gorseddogion ein dyddiau ni?

Wrth iddo ymgyfreitha yn yr Uchel Lys ynghylch tiroedd ystad o'r enw Rhiw'rperrai, honnodd eu bod ar un adeg yn diroedd y Derwyddon yr oedd ef ei hun yn uniongyrchol yn eu llinach. Dadleuodd gerbron y Llys nad oedd neb ond ef ei hun yn medru darllen a deall arfbeisiau'r Derwyddon, ac felly ei fod yntau yn 'Archdderwydd', canys dim ond archdderwyddon a fedrai eu deall. Yn ei swyddogaeth (hunan-fabwysiedig) o Dderwydd, arferai fynd o bryd i'w gilydd at y Maen Chwŷf, neu'r Garreg Siglo, ar gomin Pontypridd. Yno, wrtho'i hun, cynhaliai ddefod 'o'r henfyd', a siantio *'Cân y Bardd Cyntefig i'r Lloer'*. Deuai niferoedd yno i'w wylio, ond safent o bellter cryn fwy na hyd braich. Credai rhai ei fod yn bagan yn addoli rhyw dduw o'r cynfyd; tra honnai eraill ei fod yn lloerigyn na feiddiai neb ei roi yn y gwallgofdy rhag ofn iddo fwrw melltith arnynt. Fel gŵr a drwythwyd yng ngwyddorau derwyddiaeth, datganai ei fod yn addoli Natur – daear, awyr, mynyddoedd, afonydd a'r moroedd. Ar un achlysur ym 1844 urddodd ei ferch fach *ddwy oed,* Gwenhiolen, yn Dderwydd, dan yr enw barddol 'Iarlles Morgannwg'.

Iddo ef, roedd y Maen Chwŷf yn deml Dderwyddol gyntefig. Ym 1838 lansiodd apêl gyhoeddus am arian i warchod y creiriau cyn-hanesyddol hyn trwy godi tŵr can troedfedd o'u hamgylch, ar gost o £1,000. 'Boed i'r Maen Chwŷf,' meddai, 'ddod yn faner ein treftadaeth, lle bydd y miliynau sydd heb eto eu geni yn ymgynnull, i ddysgu cerddoriaeth a iaith ein pobl.' Daeth addewidion am £130 i law, ond pallodd ei ddiddordeb, a throes at fudiad y Siartwyr. Bu mewn trafferthion fel Siartydd hefyd, a dihangodd i Ffrainc – yng ngwisg menyw – ar ôl Terfysg Casnewydd, 1839. Arestiwyd eu harweinydd, John Frost, a ddedfrydwyd i'w grogi am deyrnfradwriaeth: ond cymudwyd y gosb eithaf, a thrawsforiwyd ef i Dir Van Diemen (Tasmania heddiw).

Yn Amgueddfa'r Louvre, Paris, darganfu Price faen gwerthfawr yn dwyn portread o 'fardd cyntefig yn annerch y lleuad', a hieroglyffau a oedd wedi bod yn annealladwy i bawb arall. 'Ar y garreg hon,' eglurodd, 'dylunnir y bardd yn dal yn y naill law *Goelbren y Beirdd,* ac yn y llall yr Wy Gŵydd sy'n arwyddlun o anfarwoldeb. Ar y garreg, ceir hefyd gerfiadau mewn llythrennau Groegaidd.' Effaith y cyfan, meddai, oedd mai ef ei hun oedd olynydd yr hen Dderwyddon, ac y byddai'n tadogi mab a fyddai'n adfer i'r gyfundrefn Dderwyddol ei gogoniannau gynt. Enw'r garreg oedd *'Ewyllys fy Nhad';* a'r 'tad' hwnnw oedd y prif Dderwydd a oedd, ugain canrif cyn hynny, wedi cyflwyno iddo ef, William Price, yr awdurdod brenhinol ac offeiriadol a'i gwnâi yn hyn a oedd – dyna sbonc o ddau fileniwm!

Honnodd y Doctor hefyd iddo olrhain ei dras yn 'blentyn' i'r Arglwydd Rhys (Rhys ap Gruffydd, 1132–1197); Ywain Lawgoch (Owain ap Thomas ap Rhodri (1300–1378); a'r Doctor Coch (Elis Prys, (1512?– 1594?), y bu cyswllt rhyngddo ag Eisteddfod Caerwys, 1567. Mae'n debyg mai'r frawddeg fwyaf cofiadwy a gormodiaethol o'i eiddo oedd: *'Cofiwch fod y Duw byw ei hun wedi'i eni'n Gymro'.* Mae'n atgoffa dyn o'r honiad trahaus, *'God is an Englishman.'* Rhagwelai, meddai, y cynhelid Eisteddfod ar lethrau'r Wyddfa ryw ddydd, ac ynddi gynulleidfa o filiwn o Gymry! Pob un ohonynt wedi dod yno i wrando arno ef, William Price, yn arwain yn eu plith trwy adrodd catecism yn profi bodolaeth Cymreictod wrth wraidd y cread cyfan.

I Dderwyddon 'swyddogol' Ynys Prydain, yr oedd Price yn greadur ar wahân. Teimlai ef eu bod hwythau, neu rai ohonynt, yn ceisio sefydlu llinach 'Brydeinig' i gyfiawnhau Lloegr, ei hiaith a'i hymerodraeth. Yr oeddynt yn ymbarchuso'n ormodol. Yn eu golwg hwy, y Doctor Price oedd yr heretic: iddo ef, *hwy* oedd yn or-gydymffurfiol.

Aeth yn benwyllt, mae'n wir; ond dyma'r math o sefyllfa y ceisiodd wrthryfela yn ei herbyn, sef un rheswm dros elyniaeth y sefydliad gwladol yn erbyn Siartiaeth (rheswm a anwybyddir yn llwyr yn y rhan fwyaf o weithiau hanesyddol am y Mudiad):

> Un agwedd ar fygythiad y Siartwyr [*yn nhyb yr awdurdodau*] ydoedd astrusrwydd mudiad y cynhelid ei weithgareddau mewn iaith a oedd yn hollol annealladwy i'r bendefigaeth. Deliodd rhai o'r awdurdodau â'r anhawster hwn trwy beri cyflym drosi pob cyhoeddiad a allai fod yn beryglus chwyldroadol. I'r rhai hynny a oedd heb feddu ar y deheurwydd hwn, yr oedd y syniad y medrai eu gweithwyr gynnal cyfarfodydd na fedrent hwy mo'u deall yn wrthryfelgar fradwrus ynddo'i hun. Tarfwyd ar gyfarfod o'r Siartwyr yng Nghefn Cribwr yn Awst 1839 gan nifer o 'wŷr bonheddig' a geisiodd fynnu bod y gweithgareddau yn cael eu cynnal yn Saesneg, ac yn *'the Queen's English'* at hynny. Ni ddeallai'r mwyafrif o'r rhai ocdd yn bresennol ond Cymraeg, felly bwriwyd ymlaen â'r cyfarfod yn yr iaith honno. Cynddeiriogodd hynny'r 'gwŷr bonheddig' i'r fath raddau nes y ceisiodd un ohonynt ymosod ar y Cadeirydd: y sawl a'i rhwystrodd rhag gwneud hynny oedd William Price.
>
> Mae'r digwyddiad hwn yn symboleiddio agwedd y dosbarth llywodraethol ar y pryd. Iddynt hwy, yr oedd y Gymraeg yn iaith chwyldroadol a siaredid gan broletariat anhydrin. Yn y blynyddoedd yn syth wedi cwymp Siartiaeth, gwelai mwyafrif y Sefydliad mai peri difodiant yr iaith Gymraeg oedd un o'u nodau ac amcanion pwysicaf oll.

Dyma un o'r rhesymau pam y troes Price at rithfeddyliau a ffantasïau Celtaidd a derwyddol. Wrth iddo weld ei bobl, eu hiaith a'i diwylliant dan warchae, a'u hanes yn cael ei ddirmygu a'i wadu, ei adwaith ydoedd dyfeisio a dychmygu hanes a diwylliant ar eu cyfer. Yn hyn o beth, yr oedd wedi ffyddlon ddilyn ôl troed Iolo Morganwg.

Yn ei *Hanes Cymru* mae'r Dr John Davies yn disgrifio William Price fel 'y rhyfeddod hwnnw'. Yn ei drosiad Saesneg o'i gampwaith ei hun, defnyddia'r ymadrodd *'that astounding phenomenon'*. Am unwaith, rwy'n credu bod Saesneg John Bwlch-llan wedi rhagori ar ei Gymraeg.

(ii) Gwenynen Gwent, 1802-1896

Saesnes o flaen ei hoes a'i chyfnod, a'i troes ei hun yn Gymraes o flaen ei hoes a'i chyfnod oedd Gwenynen Gwent. Gwneir cam â hi yn *Y Bywgraffiadur* trwy wrthod iddi ei chofnod ei hun. Ond ceisir unioni'r cam trwy ddweud (yng nghofnod ei gŵr): 'Eithr mae ei wraig, Augusta, Arglwyddes Llanofer, yn fwy pwysig yn hanes Cymru nag ydyw ef.' Y diweddar Athro David Williams (Hanes Cymru, Aberystwyth) a'i sgrifennodd: teyrnged chwithig, braidd. Y peth enwocaf a wyddys am Arglwydd Llanofer – Benjamin Hall, AS, gynt – yw mai ar ei ôl ef yr enwyd cloc mawr San Steffan, *Big Ben*.

Ym 1834, mewn eisteddfod yng Nghaerdydd, enillodd Augusta Hall (*née* Waddington) wobr am draethawd ar yr iaith Gymraeg. Ym 1834 cynhaliwyd Eisteddfod Gwent a Dyfed ar y Maen Chwŷf a Thaliesin ab Iolo (bu Iolo farw ym 1826) yn llywyddu. Ofyddion yn unig a urddwyd, a'r gyntaf oedd Gwenynen Gwent – ar sail ei gwobrwyo yng Nghaerdydd. Meddai'r *Merthyr Guardian*:

> Mrs Hall of Llanover, the beautiful Gwenynen Gwent, was the first to whom the presiding Bard paid well merited compliments for her distinguished [sic] *nationality* [am ei bod yn Saesnes!] *and superior attainments; observing that those who had the honour to win medals at the recent Eisteddfod considered them doubly valuable from the association of her name with them.*

Pa faint oedd yn weniaith, o ystyried pwy ydoedd, a pha faint oedd yn wir haeddiannol, pwy all ddweud? Yn sicr roedd hi'n eithriad hyd yn oed ymhlith ei theulu ei hun, na pherthynai i'r un ohonynt ddim 'Cymroaidd deimlad', ys mynegid ef. Mae Prys Morgan yn gofyn cwestiwn ynghylch ei dewis o enw barddol: 'Gwenynen: Ym marn ei chyfeillion roedd hyn o achos ei diwydrwydd. Ond tybed, ym marn ei gelynion, a oedd hyn o achos ei gallu i bigo?' Wrth sôn am Daliesin – mab Iolo – darllenodd William Davies (Grawerth) Awdl Gyfarch i Orsedd Beirdd Morgannwg, a irai'r flonegen i'r eithafion:

> *Dyma'r Prif-fardd hardd i'n hurddo – Tlysog*
> *Taliesin ap Iolo;*
> *Ail i'w dad di-frad yw o,*
> *Ar y sedd, hiroes iddo.*

Cynhaliwyd nifer o 'Eisteddfodau'r Fenni', ys gelwid hwy. Yr enwocaf, mae'n debyg, oedd Eisteddfod 1838. Mae'r hanes yn *Y Gwladgarwr*. Yr oedd Gwenynen Gwent yn bresennol. Ceir mawr sôn am y gorymdeithio rhyfedd ac afrosgo ei natur. Ceir sôn mewn un cofnod am 'Feirch-filwyr Albanaidd' yn arwain yr orymdaith, a hynny mewn modd tra militaraidd. I lawr trwy Borth-y-Felin yn eu dilyn, daeth cludwyr baneri, y gyntaf yn cario arwyddlun Coron a Theyrnwialen y Frenhines Victoria; ac ar y gweddill symbolau megis lluniau cennin, draig goch a thelyn. Yna, Cymreigyddion y Fenni; cerbyd yn cludo deuddeg telynor, ac wedyn '*dau archdderwydd* [!] o Urdd Derwyddon Lloegr'. Dilynid y rheiny gan dderwyddon ym mhriodol wisgoedd ac addurniadau eu swyddogaeth: mae'n anodd dirnad sut olwg yn union oedd ar y 'derwyddon' hyn, gan na fyddai 'gwisgoedd', yn ein hystyr ni, yn bodoli am ddegawdau wedyn. Ac yng nghynffon yr orymdaith, 'rhifedi mawr o fonedd mewn cerbydau neu ar feirch'. Llywyddwyd gan Syr Charles Morgan, a gyfarchwyd fel 'Ifor yr Iforiaid'. Traddodwyd anerchiad gan ryw Lydawr, Monsieur Rio – 'wedi'i anfon gan Frenin Ffrainc' yn ôl y Llywydd! – ni chofnodir ym mha iaith.

Ar y trydydd dydd cynhaliwyd Gorsedd. Cawrdaf (William Ellis Jones) a lywyddai o Faen yng nghanol cylch o gerrig mân. Yr oedd Cawrdaf wedi dyfeisio'i wisg ei hun: torsythai *yn nhraed ei sanau*, mewn gwisg laes gyda rhesi o borffor ar hyd ymylon y llewys, a gwregys llydan porffor am ei ganol wedi'i amgylchu â rhidens. Dros ei ysgwyddau roedd 'rhimyn llydan o sidan glas gyda seren euraidd yn crogi wrtho'. Am ei ben roedd cap o felfed porffor a choron euraidd ar ei gwr isaf. Yr oedd Cawrdaf yn aelod o Urdd yr Odyddion, ac nid yw'n amhosibl mai eu regalia hwy a wisgai.

GWENYNEN GWENT

Hunan-bortread o Augusta Hall, Y Fonesig Llanofer (1802–1896)

Gafaelodd Cawrdaf yn y cleddyf a gwaeddodd, 'Pwy sydd yn ymofyn gradd Bardd yn ôl Braint a Defod Beirdd Ynys Prydain?' Cerddodd *Le comte de la Villemarque* (Llydawr arall) yn bennoeth ac yn nhraed ei sanau rhwng dau gyrchwr, hwythau hefyd wedi diosg eu hesgidiau. Adroddodd La Villemarque (bellach *'Bardd Nizon'*, ar ôl pentref ger Pont-Aven yn Llydaw) gerdd mewn Llydaweg. Yna caewyd yr Orsedd.

O dan ddylanwad Carnhuanawc (Thomas Price) daeth Gwenynen Gwent yn aelod o Gymreigyddion y Fenni. Siaradai rywfaint o Gymraeg ('digon brith' yn ôl un disgrifiad, eithr 'gweddol rugl' yn ôl Prys Morgan), ond trefnodd ei chartref ar linellau Cymreig a rhoes deitlau Cymraeg i'w gwasanaethyddion. Llwyddodd i brynu llawysgrifau Iolo Morganwg gan ei fab, Taliesin – maent bellach yn y Llyfrgell Genedlaethol. Ni chynhaliwyd gorsedd yn Eisteddfodau'r Fenni wedi 1840, a bu'r olaf ym 1853 – wedi hynny terfynwyd y Gymdeithas.

Dangoswyd mesur o'i phoblogrwydd yn Eisteddfod Caerwys ym 1866, pryd yr oedd hi'n rhoi'r fedal am ganu'r delyn deires. Wedi'u hysgythru ar y Fedal roedd arfau a phlu Tywysog Cymru (wedyn Edward VII). Galwodd Clwydfardd ar y gynulleidfa i roi bonllef o gymeradwyaeth i'r Tywysog (nad oedd yno), ond dyma Thomas Gee yn dod ymlaen i gyhoeddi bod Gwenynen Gwent wedi gwneud llawer rhagor dros Gymru na'r Tywysog, a chafodd y gynulleidfa i roi bonllef uwch iddi hi.

Yn ei bywyd tu allan i'r Orsedd, noddodd y Gymraeg yn annisgwyl o helaeth o ystyried ei chefndir a'i thras. Bu'n noddwr i'r *'Welsh Manuscripts Society'* a'r *'Welsh Collegiate Institution'*. Casglodd alawon gwerin Cymreig. Yn bwysicach, efallai, cyhoeddodd gasgliad o ddarluniau lliw o wisgoedd merched yn rhai o siroedd Cymru (*circa* 1843) – deil rhai o'r rhain yn adnabyddus trwy Gymru. Cafodd fywyd hirach hyd yn oed na Victoria, a fu farw yn 82 oed; roedd Gwenynen Gwent ugain mlynedd yn hŷn na'r Frenhines – bu farw ym 1896, wedi cyrraedd ei 94.

Cafodd fywyd unigryw, yn enwedig i fenyw o dras yr uchelwyr yn ei dydd a'i chyfnod. Bu ei gŵr a hithau yn ariannol hael hefyd: o fewn 20 mlynedd cafwyd gwobrau ganddynt a oedd yn werth dros £2,500 (rhwng cant a chant a hanner o filoedd heddiw). Hefyd, o ystyried parodrwydd cynifer o Gymry blaenllaw'r ganrif i ymroi i Sais-addoliad, gellir dweud bod ei sêl – y ddysgwraig hon – yn llawer tanbeitiach nag eiddo'r Cymry. Dywedir yn rhywle fod y ganrif yn gyfnod o Seisnigeiddio agwedd meddwl y Cymry yn ogystal – yn fwy efallai – na hyd yn oed y Seisnigo o ran iaith; bu hi'n fur cadarn rhag y duedd honno hefyd.

Daw Prys Morgan i'r casgliad fod ei chyd-bendefigion nid yn unig yn ei hystyried yn ecsentrig hygoelus a chibddall, *ond eu bod hefyd yn ei chasáu*. Yn bersonol, ac yn enwedig yn erbyn cefndir a chyflwr Cymru a'r Gymraeg yn yr 21ain ganrif, mae'r nodweddion a restrais yn olaf yn peri i mi ei dodi ar bedestal llawer uwch hyd yn oed nag y gwneuthum o'r blaen.

(iii) Y Bardd Cocos, 1827–1895

Bu un digwyddiad grotésg – di-urddas yn sicr – yng Ngorsedd Caernarfon ym 1862. Ymhlith pum Ofydd ar hugain i'w hurddo, roedd John Evans, Porthaethwy, a ddaeth yn anfarwol fel 'Y Bardd Cocos'. Pan geisiodd ddod i mewn i'r Cylch, fe'i hysiwyd ymaith gan Hwfa Môn, a waeddodd arno 'Dos i ffwrdd. Dos i ffwrdd!' [Yr oedd hyn flynyddoedd cyn i Hwfa Môn ddod yn Dderwydd Llywyddol, a Gwalchmai a lywyddai y bore hwnnw.] Teimlai Llew Llwyfo (gw. 'Llew Llwyfo', adran iv o'r Bennod hon, isod) a'i gyfeillion mor arw dros John Evans, neu mor ddifrïol ohono, fel y penderfynwyd cynnal arwest arbennig yng Nghastell Dolbadarn y noson honno. Y Llew ei hun a lywyddodd, ac urddwyd John Evans i'r swydd o 'Archfardd Cocysaidd Tywysogol' – y cyntaf i ddal y swydd er dyddiau'r Brenin Harri VIII, meddid: ai fel math o wobr gysur? Credwch neu beidio.

Y Bardd Cocos hygoelus – druan ohono! Newidiwyd bywyd John Evans dlawd. Hyd y gwyddys, nid oedd y fath deitl ag 'Archfardd' erioed wedi bod (nid yw 'archfardd' na 'cocysaidd' yng *Ngeiriadur Prifysgol Cymru*, chwaith). A oedd John Hughes yn fardd yn y lle cyntaf? Oedd, yn ei dyb ei hun. Yn ôl Alaw Ceris (Thomas Roberts), 'nid wyf yn dweud ei fod yn fardd, efe oedd yn dweud hynny, ac yr oedd yn cael miloedd i'w gredu.'

Yn anffodus, ymddengys fod y 'teitl' wedi mynd i ben John Evans. Penderfynodd, gan ei fod bellach yn Archfardd, y byddai o hynny ymlaen yn ymddwyn fel Archfardd. Cofier, yn y lle cyntaf, nad oedd gan yr Orsedd 'wisgoedd' y pryd hynny yn ein hystyr ni heddiw o'r gair. Yn Nolbadarn, arwisgwyd ef 'a'r dillad rhyfeddaf a welodd neb erioed, côt fawr o frethyn tywyll o'r defnydd tewaf, yr oedd yn dewach na chloth ceffyl, yn cyrraedd yn agos at ei draed. Wrth ei fod ychydig yn warog yr oedd ei dwy gongl flaen yn taro yn y llawr, ei lodrau yn llydan yn y gwaelod, ac o fewn rhyw dair modfedd i dop ei esgidiau, a sana goleu [sic]. Yr oedd ei het o'r un ffurf â phot llaeth ond fod ganddi gantel llydan, a choron o'r tu blaen iddi wedi ei haddurno â nyclis [sic] o bob lliwiau, ac yn ôl rheolau yr Urdd yr oedd yn rhaid iddo ei gwisgo ymhob Eisteddfod, yn neilltuol felly yn yr Eisteddfod Genedlaethol. Gan y byddai'r Eisteddfod Genedlaethol yn cael ei chynnal yn y mis poethaf o'r haf, gellwch feddwl y golwg fyddai arno, ond byddai yn dweud nad oedd y gwres yn effeithio dim arno, gan ei fod yn ddigon cryf, ac nid oedd yr un fath â dyn cyffredin, oherwydd ei fod wedi ei eni i'r gwaith.'

Â Alaw Ceris ymlaen: 'Yr oedd yn rhaid iddo astudio a deall gwreiddiau yr iaith Gymraeg ynghyd â'i tharddiad ac i ba raddau yr oedd ieithoedd estronol wedi ei llygru, ac wedi hynny ei chywiro, a dod â hi i'r hyn ydoedd dwy fil o flynyddoedd yn ôl, ac os byddai angen geiriau newyddion efe oedd y dyn â'r hawl a'r gallu i ddod â hwynt i fodolaeth.

'Hefyd yr oedd swm aruthrol o arian i ddod iddo yn flynyddol am y gwaith, mwy o lawer na chyflog yr un Esgob yng Nghymru, a chan nad oedd yr un ag oedd yn deilwng i fod yn y swydd wedi ymddangos ers amser Harri'r VIII, yr oedd y swm wedi mynd yn anamgyffredadwy [sic], ac yr oedd y cyfan i ddod iddo ar unwaith, llwyth *special train*, a bu yn ei ddisgwyl am flynyddoedd.

'Peth hollol resymol i ddyn fydd yn darllen ei hanes (os bydd yna ddarllenydd hefyd) fydd gofyn pa fodd yr oedd dyn oedd yn gwybod ei ffordd adref, ac yn adnabod tai ei gymdogion yn credu peth o'r fath. Yr oedd yn hollol naturiol iddo wneud, gan ei fod o gyffelyb gyneddfau meddyliol. Yr oedd ganddo ewyllus [sic] gref a dychymyg eang, ond nid oedd ei reswm yn gyfartal, a naw o bob deg o'r rhai oedd yn ymddiddan ag ef yn llenwi ei feddwl â phethau o'r fath. Parsoniaid [sic], Pregethwyr,

Beirdd, Llenorion, a Gwleidyddwyr.

'Pwy na fuasai'n credu pethau mor ddymunol? Y rhyfeddod oedd mai y bobl fwyaf dysgedig a thalentog fyddai'n cael mwyaf o bleser yn ei gwmni. Fe ddywed llawer un mai gwaith annheilwng ar ran dynion da, duwiol a dysgedig oedd perswadio dyn i gredu pethau o'r fath. Wel wn i ddim, fuasai gen i ddim gwrthwynebiad iddynt geisio a llwyddo i fy mherswadio i'w credu, os cawswn gymmaint [*sic*] o bleser ag a fyddai yr hen fardd yn ei gael. Er ei fod yn dlawd ac yn annysgedig yr oedd ynddo bethau gogoneddus i'w gyfarfod hyd ddiwedd ei oes, ac ar ôl hynny hefyd. Byddai bob amser yn llawn hwyl yn y mwynhad o'i bethau dychmygol.' Ymhlith y pethau eraill a wnaeth roedd cymryd yr hawl i lunio englyn pum llinell – campwaith, meddai, *i bawb ond i Archfardd oedd gwneud hynny*: nid oedd gan neb arall yr hawl i dorri'r rheol, ond gallai ef, fel Archfardd, wneud fel ag y mynnai. Hwn, meddai, oedd ei englyn (pum llinell) i 'Einioes':

> *Fel gwisg ŷd*
> *Yn mynd allan o'r byd*
> *I orwedd ar ei hyd*
> *I le clyd*
> *Am amser maith y byd.*

Gwelodd John Evans yn dda i beri argraffu llythyr cyhoeddus yn dweud pwy ydoedd, beth ydoedd, a beth oedd ei ddyletswyddau:

GWAITH YR
AWEN RYDD A CHAETH
gan yr
ARCHFARDD COCYSAIDD TYWYSOGOL

ANWYL GYDWLADWYR,
Fe fum mewn gwasanaeth caled, yn fachgen egwan hefo'r llanciau yn gweini. Mi fum yn gweithio ac yn teithio yn y gweithydd mawr yn mysg y peirianau mawr.

Mi gefais y teitl cynta o'r enw Bardd Tysilio. Fe teitlwyd fi'r Archfardd Cocysaidd Tywysogol un-mlynedd-ar-ddeg yn ôl. Fe'm gelwir gan rai yn Fardd Cocos, ond nid yw hyna ond llygriad o'r gair Cocysaidd.

Mi fum yn yr erledigaethau mawr, gan ysgolheigion mawr. Mae gwaith yr Archfardd yn yr oes bresenol yn waith annichonadwy i'r bobl ei ddeall, oherwydd fod y swydd wedi myned i lawr er's pedwar can' mlynedd, ac o achos mai gan un o gant y mae llyfrau o waith y Derwyddon oedd yn meddu dawn.

Siarad yn synwyrol ar y wyneb y mae nhw yn y rheol gaeth. Gwaith yr awen rydd sydd yn myn'd i wraidd yr iaith. Ychydig o eiriau a gynwys llawer.

Trwy fod y beirdd wedi cael gormod o ddysg, cymysgir y naill iaith am ben y llall. Nid ydynt yn sefyll at y rheolau gwreiddiol. Nis gall y prydydd ond gwneud y geiriau barddonol, ond y mae y bardd yn ganwr ac yn ddatganwr.

O achos fod cymaint o erledigaethau yr wyf fi yn ddyn tlawd, mewn dirmyg a gwawd. Pe taswn yn gwisgo y siwt ddu bob dydd, mi f'aswn yn well dyn, a'r bobl yn fwy cytun.

Mi fum mewn llafur mawr yn codi'r iaith Gymraeg i fyny. Mae yn debyg mai yn yr oes nesaf y byddant yn dallt y rhan fwyaf o'm gwaith, pan fyddwyf yn pydru yn y ddaear, wedi myn'd i orphwyso oddiwrth fy ngwaith. Fe fu rhaid i mi ddal i fyny 'run fath a'r hen bregethwrs yn yr oesau gynt, a'r bobl yn taflu pob peth i'r gwynt. Ac os na chymerwn y swydd o Archfardd, mi roeddent am fy melldithio ar y ddaear, i wneyd y gwaith mewn profedigaethau maith.

Mae'r oes bresenol yn meddwl nad yw dyn heb fod yn yr ysgol ddyddiol yn werth dim ond mynd i'r ffos i gau. Greddf o natur teulu yw yr awen rydd; mae hi goruwch pob dysgeidiaeth arall. Pe dasai bosibl iddynt farw gan waith, fe fuasent wedi gwneud hefo'r gwaith.

Yr oeddwn i tuag ugain oed pan ddechreuais ddarllen. Ni chymerwn yr un dysg gen 'run dyn byw, nes cyrhaedd pump-ar-hugain oed, heb fath o ysgol erioed yn fy oes. Yn ei llethdod babandod mae'r oes, ma nhw'n diodde'r loes, dan faich a chroes. A'r bobl sy'n deall fwyaf a wêl fwya' o fai.

Cam ydyw ethol dau o'r un enwad i farnu ar destyn y gadair yn yr Eisteddfod.

Mae archfardd yn uwch yn y gyfraith na'r esgob. Nid oes ond un archfardd i fod dros Gymru i gyd. Gwaith yr archfardd yw bod yn ben athraw yr oes. Mae nhw wedi gwastio pum mlynedd o amser i roi addysg i'r oes yn mwrdd y llywodraeth, onide mi faswn yn y *Colleges* mawr yn rhoddi addysg hefo'r iaith Gymraeg, i ddysgu'r rheolau gwreiddiol. Nid yw'r oes ddim yn deall swydd yr archfardd mwy nag anifeiliaid, oherwydd mai gan un o gant y mae'r llyfrau ar hanesyddiaeth. Mae llawer o bobl wedi gwadu yr iaith Gymraeg oherwydd balchdra. Mae'r oes wedi myned yn d'w'llach mewn un ffordd, ac yn oleuach mewn ffordd arall.

Mae gwaith yr archfardd yn waith caled, fel gwaith ceffyl, yn yr oes bresenol. Yr wyf fi wedi goddef ail i amynedd Job. Ni oddefaf ddim yn rhagor, gan y camwri. Os byddant yn gwneyd rhywbeth allan o le, megys galw ar fy ôl yn afreoliaidd, neu fod yn euog o lenladrad, byddant yn cael eu cospi hyd eithaf cosp y gyfraith. Mae'r filwriaeth yn perthyn i'r tywysog, a dyna'r hawl i gario cleddau. Nid ydyw'r swydd ddim yn ddiberygl heb gario'r cleddau. Cânt hawlio handlio'r cleddau, ac os byddant yn debyg o gael colli bywyd fod hawl i darawo hefo'r cleddau.

Fe'm ganwyd ac fe'm magwyd yn Mhorthaethwy. Mae'r oes yn mynd ar gallop gyda'r gerddoriaeth newydd, swn tôn a dim geiriau, hwyrdrwm a difywyd.

Roedd yn berchen ar gleddyf, yn dilyn ei gyfnod yn aelod o Gartreflu Sir Gaernarfon yn ei ieuenctid. Cafodd yrfa filwrol dra anghyffredin yn y fan'no, hefyd. Y peth cyntaf wnaethant ag ef oedd ceisio ei sythu – yn gorfforol. Y moddion a arferwyd oedd gosod plât o ddur yng ngholer ei gôt goch o dan ei ên, nes codi ei ben mor uchel (meddai) fel na allai yn ei fyw weld ei draed. Roedd fel polyn ac o ganlyniad, os oedd rhywbeth uwch na'i gilydd ar lawr pan fyddent yn gorymdeithio, baglai'r bardd ar ei draws. Roedd y drefn wedi ei ddrysu i'r fath raddau fel y bu'n rhaid symud y darn dur a dodi darn o blwm 'mewn rhan neilltuol o'i drowsus', ond ni fu hyn ddim mwy llwyddiannus. Yn y diwedd anfonwyd ef adref gan ei bod yn amhosibl gwneud milwr ohono. Yn ôl y Cocos ei hun, pe buasai yn fyw ac yn yr oed yn amser y 'rhyfel diweddaf' [y Crimea mae'n debyg], buasent yn sicr o'i gymryd, a thebyg iawn y byddai wedi ennill y VC gan na wyddai beth oedd ofn.

Ni fyddem yn rhoi tair ceiniog ar bwyll na chredadwyaeth neb a wnâi nac a ddywedai bethau fel yna heddiw – ond oes felly oedd hi. Eithr rwy'n dal i feddwl y gorwedd cyfrifoleb difrifol ar Lew Llwyfo am yr hyn a wnaeth i un a oedd, mae'n amlwg, yn ddiniweityn.

(iv) Llew Llwyfo, 1831–1901 : Y Coronog Di-Goron

Ceir pedwar enw, y naill yn dilyn y llall, yn *Y Cydymaith i Lenyddiaeth Cymru:* sef LEWIS, LEWIS WILLIAM (Llew Llwyfo); LEWIS, RICHARD (Dic Penderyn), LÉWIS, ROBYN (Robyn Llŷn); a LEWIS, SAUNDERS [fel y disgwyliech, dim enw barddol]. Peidiwch â synio 'mod i'n rhyfygu honni mai detholiad o Oriel yr Anfarwolion ydynt ac y rhydd hynny esgus i mi dorheulo yn adlewyrch y lleill. Pwysleisiaf yr amlwg, sef mai hap trefn yr wyddor sy'n gyfrifol – pe bai'r golygydd wedi gwneud ei waith cartref, yna '*JOHN* SAUNDERS LEWIS' fyddai'r olaf, a byddid wedi ei restru mewn man arall.

Mae'r gosodiad mai Llew Llwyfo 'oedd y gŵr mwyaf amryddawn yn y ganrif ddiwethaf [y 19^{eg}]' gan neb llai na Gwenallt yn *Y Bywgraffiadur* yn ddwaeud go fawr: mae'n mwy na chyfiawnhau i mi ei gynnwys yma. Eithr un farn oedd honno – credai eraill yn dra gwahanol. Yn sicr yr oedd yn gampiwr a rhempiwr di-ail. Roedd ganddo'r wyneb i gerdded i mewn i eisteddfod heb dalu, ac arthio'r gair '*Bardd!*' wrth y stiward diniwed (gwn am ambell un o'm cydnabod sy'n gwneud hynny – neu'n dangos bathodyn sgleiniog – i gael mynediad am ddim yn ein dyddiau ni).

Roedd y Llew yn ŵr aml-dalent, yn sicr – yn hunan-addysgedig, llwyddodd i fod yn ysgrifwr, nofelydd, bardd, cyfansoddwr, arweinydd a datgeinydd poblogaidd ar lwyfan. Ac yntau'n ddirwestwr o argyhoeddiad ar y cychwyn, daeth ei 'nofel ddirwestol', *Llewelyn Parry*, i'r brig yn Eisteddfod Cymmrodorion Dirwestol Merthyr, 1857. Nid *Llewelyn Parry* oedd y nofel orau, eithr *Jeffrey Jarman* o waith Gruffydd Rhisiart, ond collodd hwnnw'r wobr am iddo ryfygu darlunio areithiwr dirwest 'yn llawn bombast a hunanbwysigrwydd'. Nid arhosodd y Llew'n ddirwestwr yn hir – daeth yn ddrwg-enwog am godi ei fys bach – yn wir, aeth yn llymeitiwr di-stop. Ym 1858, ymosodwyd ar ei nofel *Llewelyn Parry* gan feirniad yn *Y Gwron* dan orchudd yr enw 'Caswr Ffug'. Fflangellodd y Llew'n gyhoeddus at yr asgwrn gan gyfeirio ato fel 'creadur gwenwynllyd, eiddigeddus, nwydog, balch … wedi dinoethi pethau cysegredig teulu … Lladrad i gyd yw *Llewelyn Parry* … cyfieithiad o *Brad y Sepwyaid* … Yn sicr, cyhuddwyd y Llew o lên-ladrad fwy nag unwaith. Honnwyd nad oedd ei Arwrgerdd fuddugol,

LLEW LLWYFO

Lewis William Lewis, 1831–1901

Gwenhwyfar, a wobrwywyd yn Eisteddfod Cymreigyddion Merthyr ym 1859, amgen nag efelychiad o *Idylls of the King* gan Tennyson. Ac meddai T Gwynn Jones amdano yn ei gyfrol, *Llenyddiaeth Gymraeg:*

> Llew Llwyfo a arferai ddywedyd mai'r unig beth oedd eisiau i ennill coron yn yr Eisteddfod Genedlaethol oedd medru cyfieithu Saesneg yn weddol... Felly dylai dyfod o hyd i ffynonellau Llew Llwyfo fod yn waith diddorol...

Efallai mai dim ond y Llew a fedrai fynd i Eisteddfod Fawr Llangollen ym 1858 a chyflawni (o leiaf) dwy orchest. Yr oedd dwy gystadleuaeth ar wahân, sef 'Canu Penillion yn ôl dull y *Gogledd*', a 'Canu Penillion yn ôl dull y *De*'. Llew oedd y *beirniad* ar ganu'r Gogledd; Llew ddaeth yn *fuddugol* ar ganu'r De! Heblaw hynny, bu'n areithio, yn canu, yn barddoni ac – wrth gwrs – yn ffraeo.

Yr oedd dwy farn amdano yn amlwg: byddid yn ei foli neu'n ei gasáu. Roedd y ddeuoliaeth yn anhygoel. Roedd yn arwr i'r hen werin datws; ac yn fwgan i grachach y Cymry Llundeinig a'u hawydd i Seisnigo'r eisteddfodau. Gwahoddwyd y Llew i Gaernarfon 'yn benodol i Gymreigio cyngherddau'r Brifwyl'. Ac eto, yr oedd rhai o sêr cyngherddau crandiaf Llundain yn barod i rannu llwyfan ag ef. Ac roedd ystod y disgrifiadau ohono yn cyrraedd o '*genius*' i '*noisy quack*'.

Yn yr Orsedd, gradd Ofydd a feddai. Ym 1859, pan gyhoeddwyd Eisteddfod Biwmares 1860 (gan grïer y Fwrdeistref), rhestrwyd y Gorseddogion a fyddai yn yr Eisteddfod – yn eu plith y Llew – 'a hwynt oll yn Feirdd a thrwyddedigion wrth fraint a defawd Beirdd Ynys Prydain'. Yng Nghaernarfon ym 1862, dyrchafwyd y Llew i Urdd Bardd. Yn yr adroddiadau yn ymwneud â'r urddo hwnnw rhoddwyd y teitl newydd 'Pencerdd' ar ôl enwau'r Llew ac Emrys Llwyd. Ar ôl tua 1862, rhoddwyd y teitl 'Pencerdd' yn gynyddol. Bid a fo am ei safle yn hierarchaeth Beirdd Ynys Prydain, ym 1863 pan gafwyd taflen wahodd i gyfarfod cyntaf 'Gorsedd Taliesin' – gorsedd sblit Gwilym Cowlyd – rhestrwyd y Llew yn un o'r rhai a fyddai ar lan Llyn Geirionnydd hefyd.

[Dylid dweud gair o eglurhad ar y teitlau megis 'Pencerdd', nad ydyn

YR ORSEDD SBLIT

Gorsedd Taliesin, dan lywyddiaeth Gwilym Cowlyd, yn cyfarfod ar lan Llyn Geirionydd

nhw'n bod erbyn hyn. Ar wahân i ddefnydd llac o'r gair i olygu bardd o'r radd uchaf, golygai 'Pencerdd' brif gerddor yn un o wahanol feysydd cerddoriaeth. Fel rheol defnyddid ef fel *rhan* o'r enw-yng Ngorsedd, megis 'Pencerdd America' (y Dr Joseph Parry) neu 'Pencerdd Gwalia' (John Thomas), ac nid fel y defnyddir teitlau 'Prifardd' a 'Prif Lenor', a roddir o flaen yr enw-yng-Ngorsedd heddiw, neu weithiau o flaen y priod enw: e.e. y Prifardd Gerallt Lloyd Owen neu'r Prif Lenor Eigra Lewis Roberts. Yn yr un modd hefyd, defnyddid y teitl 'Eos' – am ddynion a merched fel ei gilydd – megis 'Eos Dâr' (Daniel Evans), neu 'Eos Eilian' (Mary Thomas); neu hyd yn oed 'Eos Cymru' (Sarah Edith Wynne) a oedd wedi ennill bri rhyngwladol fel cantores. Aeth yn gythraul canu llythrennol yn achos Madame Edith Wynne. Yr oedd yn wreiddiol wedi'i hurddo yng Ngorsedd yng Nghonwy, 1861 (a honno'n eisteddfod answyddogol 'genedlaethol', gyda'r Brifwyl Genedlaethol swyddogol yn Aberdâr) dan yr enw barddol, digon pedestraidd 'Winifred'; ond nid oedd y *prima donna* hon am fodloni ar enw felly. Yr oedd un 'Eos Cymru' eisoes yn bodoli, sef *'Madame'* E L Williams, ond yn Llandudno, 1864, bu'n rhaid iddi gytuno i Edith Wynne gael cario'r enw 'Eos Cymru'. Wedi hynny bu'n rhaid i Madame Williams fodloni ar fod yn 'Seren Cymru'. Yn ôl Eryl Wyn, 'wedi cryn stŵr' yn Llandudno y digwyddodd y newid − fe hoffwn fod yn bry ar y wal. Nid yw'n glir beth oedd y gwahaniaeth rhwng 'Seren' ac 'Eos' mewn gogoniant: oni fyddai dyn yn disgwyl i 'seren' fod yn uwch nag 'eos' yn y ffurfafen? Gair hefyd am y teitl *'Madame'* y bu bri mawr arno ar un adeg − teitl hunan-fabwysiedig yn amlach na pheidio, rwy'n amau. Nid oedd yn deitl Gorseddol nac Eisteddfodol, ond roedd Madame-iaid Cymru yn lleng: *Madame* Adelina Patti, *Madame* Clara Novello Davies, *Madame* Leila Mégane − roedd yr 'e' hollbwysig ar ei ddiwedd yn rhoi *soupçon* o ramant Ffrengig i'r teitl, ac nid gwiw ei adael allan am bris yn y byd.]

Yn Eisteddfod 'Freiniol' Rhuddlan, 1850 enillodd Ieuan Glan Geirionydd y Gadair am *Bryddest ddi-gynghanedd* (am 'bryddestawd' yr oedd y gystadleuaeth wedi'i gosod). Daeth Caledfryn yn ail, ac yntau wedi canu *Awdl* ar y mesurau caeth. Neidiodd Llew Llwyfo i mewn i'r ddadl ar ochr y Bryddest: byddai hynny'n effeithio ar ei waith barddonol am weddill ei oes. Ei nod, meddai yn *Gemau Llwyfo*, fyddai:

ARWRGERDD GENEDLAETHOL GYMREIG, a ddaw, pan fyddaf fi yn llwch cymysgedig â phridd rhyw lannerch o'r ddaear yma, yn wrthddrych sylw cenhedloedd y byd. Ni fyddaf farw yn fodlon heb wneud cais teg at hynny.

Mater y Goron Genedlaethol a fu'n bennaf gyfrifol am i mi gynnwys Llew Llwyfo yma, yn hytrach nag un o'r adar brith a doniol eraill megis Rolant o Fôn neu Garadog Prichard. Tynnwyd y Llew i ganol ffrae ar ddechrau'r 1860au − ffrae ar bapur yn y wasg gyhoeddus − yn bennaf gydag Aneurin Fardd (Aneurin Jones). Yr oedd peth tensiwn rhwng beirdd y canu caeth a beirdd y canu rhydd − yn union fel y bu tensiwn mewn oes ddiweddarach rhwng y beirdd a'r llenorion rhyddiaith (gw. 'Y Beirdd a Rhyddiaith, Pen. XIV, uchod). Ym 1862 cyfarfu Cyngor yr Eisteddfod yn Amwythig. Geilw Eryl Wyn y ddwy garfan, yn wleidyddol braidd, yn 'geidwadwyr' a 'radicaliaid'. Teimlai Aneurin Fardd fod y radicaliaid yn bygwth yr hen arferion. Rhuthrodd i golofnau'r *Faner*. Ymatebodd y Llew, gan fynd ati i luchio baw personol, a chyhoeddi ei bod yn hen bryd cael beirniaid ffres yn lle'r 'hen ddynion oedd wedi treulio'u hoes oddi mewn i hualau'r gynghanedd'. Ar y pryd, roedd mater yr holl bryddestu bythol wedi mynd yn rhemp: yng Nghaerfyrddin, cynhaliwyd *tair* cystadleuaeth ar wahân, sef 'Pryddest'; 'Pryddest Gymreig'; a 'Y Bryddest Orau' – mae'n gamp i chi wneud synnwyr o'r fath drindod.

Ym 1866 penodwyd cyd-bwyllgor o feirdd Gogledd a De i benderfynu statws y Gadair a'r Goron. Ym 1867 cyfarfu'r ceidwadwyr a'r radicaliaid yn y Llwyn Iorwg, Caerfyrddin. Buasai sôn mawr am roi'r Gadair *ar gyfer cerdd gaeth a cherdd rydd bob yn ail*, ond nid oedd hynny'n plesio. Gohiriwyd y cyfarfod tan y bore trannoeth, ond pan ail gyfarfu, yr oedd y Llew a llawer o'i radicaliaid yn absennol. Mae Eryl Wyn yn finiog-awgrymog ynghylch y ffaith. Gofynna'n ddi-flewyn-ar-dafod: *'A oedd blas rhy dda ar y cwrw tybed?'* Mae Teifi hefyd yn priodoli absenoldeb y Llew i'r ffaith ei fod yn 'ddathlwr eisteddfodol diarhebol'. Yn ei absen, cafwyd y penderfyniad unfrydol a ganlyn (sydd wedi goroesi i'n dyddiau ni):

> Fod yr Awdl i sefyll fel y mae a bod urdd newydd i gael ei ffurfio i'r Bryddest, a hon yn urdd goronog – yr Awdl a'r Bryddest i gael eu hystyried yn ogyfuwch mewn anrhydedd, a'r ddwy i fod ym mhob Eisteddfod Genedlaethol.

Yr oedd y drefn newydd hon i ddechrau yn Eisteddfod Rhuthun ym 1868. Pan ddaeth y Brifwyl – a'r Llew ei hun, medrwch fentro, wedi cystadlu ar y Bryddest – yr oedd ei elynion Llundeinig wedi bod ar waith, a cheisiwyd ei gadw draw; ni wyddys ar ba sail. Cynghorwyd ef gan y Pwyllgor Lleol ac Arolygydd yr Heddlu i beidio â dod i'r Maes: pam, ar wyneb daear? Ond cododd y Llew ei docyn ac i mewn â fo 'gyda phlismyn yn llygadrythu arno, fel pe bai'n lleidr, neu lofrudd hyd yn oed'. Pan ddaeth beirniadaeth y Bryddest, y Llew oedd yn fuddugol.

Cerddodd 'yn dalog' i'r llwyfan i hawlio Coron gyntaf yr Eisteddfod Genedlaethol – doedd dim seremonïaeth gyrchu ac ati yn y dyddiau hynny. 'Ond trodd y cwbl yn llwch.' Yr oedd yr Eisteddfod mewn dyled – nid am y tro olaf! – ac ni ellid fforddio Coron; dim ond Medal Arian. Dywedodd Talhaiarn o'r llwyfan – gan rwbio halen i'r briw – yn glyfar ond yn gignoeth-angharedig, 'mai ynfyd fyddai rhoi coron ar ben bardd oedd heb goron yn ei boced!' Ond er mai cicio gŵr a oedd eisoes ar wastad ei gefn ar lawr oedd y dweud, yr oedd geiriau Talhaiarn, ysywaeth, yn wir. Eithr roedd y dorf o blaid y Llew. Y noson honno, mewn cyngerdd, aethpwyd i heclo pawb a ddôi ar y llwyfan. Apeliwyd am dawelwch, ond ni thyciai dim: yr oedd rhaid mynd i chwilio am y Llew. Daeth y Bardd Coronog di-goron yno; apeliodd am dawelwch – fe'i cafodd yn syth. Ymhen pythefnos yr oedd wedi hwylio i lawr Afon Merswy am yr Unol

CORONI'R LLEW O'R DIWEDD

*Prifwyl Llanelli, 1895. Nid Hwfa Môn, eithr Mrs Trenshaw –
gwraig un o ynadon heddwch y dref a rhoddwr y Goron – a'i coronodd*

Daleithiau. Ni ddychwelodd i Gymru am bum mlynedd. Medd Teifi: 'Aeth y Llew i'r Byd Newydd ac aeth "Yr Eisteddfod" i'r gwellt.'

Dychwelodd y Llew o America ymhen pum mlynedd. Mynd ar i lawr fu ei hanes wedyn, yn gorfforol ac yn sicr yn ariannol. Ar un adeg, bu hyd yn oed mewn tloty. Ond daliai i berfformio hyd y gallai ac i sgrifennu a phrydyddu.Yn ei henaint a'i dlodi, gwnaeth iawn ag ef ei hun am ennill y Goron nas cafodd yn Rhuthun ym 1868. Daeth yn fuddugoliaethus i Brifwyl Llanelli ym 1895, lle coronwyd ef â holl fraint a defod yr Orsedd yng ngŵydd yr Archdderwydd newydd, Hwfa Môn. Ond aeth yr Ugain Punt o wobr ariannol i'w ben: 'aeth y Llew a'i ffrindiau am un rali fawr olaf a'i gadawodd fel llo gwirion.' Ceir sôn amdano yn gwystlo'r Goron am ddiod yn un o dafarndai Caernarfon. Bellach mae hi'n ddiogel ym meddiant Cyngor Tref Caernarfon, a'r Llew, yntau, yn ddiogel ym Mynwent Llanbeblig.

(v) Emrys ap Iwan, 1851–1906

Byddai cyfeirio at Emrys ap Iwan fel 'Y Parch. R Ambrose Jones' braidd fel cyfeirio at Cynan fel 'Y Parch. Albert E Jones'. Eto, dyna a wneid, yn enwedig gan ei enwad a'i gyfarfodydd misol, a chan lawer arall trwy gydol ei oes. Methais yn lân â darganfod i sicrwydd a oedd yn aelod o'r Orsedd ai peidio – nid yw ei enw yn y rhestr gynhwysfawr (ond nid *holl*gynhwysfawr) o'r dechreuad a gasglwyd gan y Dr Geraint Bowen. Ni cheir unrhyw sôn am hyn ychwaith yn *Y Bywgraffiadur* na'r *Cydymaith*. Methais â dod o hyd i unrhyw gyfeiriad at aelodaeth o'r Orsedd yn yr un o'i weithiau a ddarllenais (nid y cyfan, fe gyfaddefaf). Ond mae un paragraff, am yr Eisteddfod – nid yr Orsedd mae'n wir, a welodd olau dydd yn *Y Faner*, yn ddadlennol tu hwnt:

> Ond ni byddai raid i'r *Daily Telegraph* arswydo cymaint rhag dylanwad yr eisteddfodau 'cenedlaethol'. Meddwl yr wyf i eu bod, yn y wedd sydd arnynt yn awr [1879], yn gwneud mwy i fagu Saesnigaeth nag i goleddu'r iaith Gymraeg. Felly, yr achos paham yr wyf yn anghymeradwyo'r eisteddfodau ydyw eu bod yn llawer rhy lân oddi wrth y 'bai' arbennig a rydd y *Telegraph* yn eu herbyn.

Gwnaethpwyd yr eisteddfod yn anfuddiol i'r Cymry pan aethpwyd i'w chyfaddasu i'r Saeson.

Rhoddodd eu hyd a'u lled i'r beirdd hefyd yn un o'i fynych *Erthyglau*, a deitlwyd *'Plicio Gwallt yr Hanner Cymry'*, yn y geiriau hyfryd di-flewyn-ar-dafod yma:

'Oes y byd i'r iaith Gymraeg,' medd beirdd mwyaf cwrw-garol yr Eisteddfod. Ie, ond fe fynnai gwŷr mwy athronyddol eu meddwl wybod pa Gymraeg a olyga'r beirdd hynny. Ai Cymraeg rhai ohonynt hwy eu hunain, ai ynteu Cymraeg Cymreigaidd eu teidiau? Os eu Cymraeg hwy eu hunain, yna, trenged y Gymraeg gyda'r genhedlaeth hon.

Mae hyn yn ddigon o brawf i mi: fy nghred resymol yw nad oedd yn yr Orsedd, ac na fyddai wedi ymuno pe bai wedi derbyn gwahoddiad: synnwn i ddim na fyddai ei agwedd tuag ati yn debyg i'r hyn a fynegwyd gan Padraig Pearse (gw. 'Eisteddfod Caerdydd, 1899', Pen. V, uchod). Y rheswm pam y dewisais sôn am Emrys o gwbl yw ei fod yn hoelio ar bared y genedl y Seisnigrwydd a'r Sais-addoliaeth gynyddol a feddai'r Brifwyl, a'r Orsedd daeog, frenhingar yn ei sgîl.

Pam yr enw 'barddol' felly? Yn y dyddiau hynny, arferai llawer fabwysiadu enwau a swniai'n lled-Orseddol eu naws. Yn achos Emrys, fel ffugenw ar gyfer y wasg y dechreuodd ei arfer – efallai y byddai'r Ffrangeg *'nom de plume'* yn llythrennol addasach term. Ambell dro, arwyddai ei hun 'Iwan Trevethick', ac ar o leiaf un achlysur arwyddodd 'Llythyrau Alltud' â fersiwn dychmygol-Fflemeg o'i enw: *'Emrij van Jan'*. Parodd yr enw 'Emrys ap Iwan' drafferth iddo un tro, pan ddrwgdybiwyd ef gan y di-hiwmor Michael D Jones o honni bod yn fab siawns iddo (i M D J). Sgrifennodd Michael D ato, yn yr wyddor honedig Wladfäol a ddefnyddiai:

Y Bonwr Emrys ap Iwan Hof, …
Cov gennyv am vy niweddar dad, ei vod yn divynnu o'r Epistolau, 'Timotheus vy mab naturiol,' a'i gyvieithiad oedd 'Timothy, my natural son,' a phan ddywedodd hyn, gwenodd yr holl gynulleidva, am mai plentyn ordderx yw mab naturiol yn Saisonaeg. Geiriau wedi eu camddeall sydd wedi camarwain pobl i veddwl vod Emrys

ap Iwan yn vab i M D Jones. Y mae vy meibion yn Ap Iwan, a xasgliad byrbwyll wedi hynny oedd vod 'Emrys ap Iwan' yn vab i M D Jones, vel Llwyd ap Iwan a Mihangel ap Iwan, ac hevyd gwelid vod 'Emrys ap Iwan' yn genelwr [*genedlaetholwr*] tanllyd vel M D Jones a'i veibion. Nid wyf yn gwybod pwy yw eich tad cenelawl…

Ydwyv, yr eiddox yn wladgar,

M D Jones

Nid am y boddhad o gael cwrsio sgyfarnog y dewisais sôn am ap Iwan, ac yntau heb fod yn Orseddwr, ond am ei fod y llenor – o bwys a sylwedd – mwyaf gwrthwynebol a chyferbyniol ei feddylfryd i'r Saisgarwyr brenhinol yr oedd ambell un ohonynt mor amlwg yn yr Orsedd a'i phethau. Yn ôl ei gofiannydd, T Gwynn Jones, ym 1912, ac Emrys yn ei fedd ers cwta chwe blynedd:

> Y mae'r bardd hwn, na chanodd ar fesur erioed, yn britho ei bregethau â darnau fel hyn sy'n farddoniaeth, os bu barddoniaeth erioed. Nid ysgrifennwyd iaith rydd fel hyn yng Nghymru o'r blaen er adeg Goronwy Owain [*sic*], o leiaf, o ran graen, nac er dyddiau Ellis Wynne o ran grym, ac os gwir yw esboniad Emrys ar lenyddiaeth – ac ni wn i am ei well – yna maent yn sicr ymhlith yr ychydig sydd hefyd yn llenyddiaeth… Pe buasai Emrys yn ysgrifennu pethau fel hyn yn Saesneg neu Ffrangeg – ac fe allasai wneuthur hynny – gwnaethai ei ffortun yn Llundain neu ym Mharis. Bychan yn ddiau a wyddai darllenwyr *Y Faner* ar y pryd eu bod yn cael o leiaf beth '*journalism*' cyn glyfred â'r clyfraf a gâi neb yn unman.
>
> Ni ddeallwyd mono, ac yma, ni bu erioed yn derbyn mwy na chyflog crefftwr medrus ei law …

Taranai Emrys beunydd yn erbyn 'y Dwymyn Seisnig yng Nghymru'. Pigai hyd at waed â'i epigramau, megis 'Mae'n haws i ben bach gynnwys un iaith na dwy'. Mater i'w edliw iddo oedd ei fod yn caru'r Gymraeg yn fwy na'r Cymry. Ef, gyda llaw a fathodd y gair 'ymreolaeth'. Yn ôl y diweddar John Lasarus (Lleiniog):

> '… yr oedd yn wladgarwr annibynnol ei natur ac yn llenor o'r radd flaenaf… Myfyriodd yn ddwys ar yr iaith Gymraeg gan ymgydnabod â chlasuron ei llenyddiaeth ac fe'i trwythodd ei hun hefyd yn yr iaith Ffrangeg [*ac Almaeneg, a pheth Eidaleg a Sbaeneg* – R LL] … Yr oedd yn genhadwr cynnar dros yr iaith … Pwysleisiodd fod ei thynged hi'n dibynnu ar ewyllys y Cymry eu hunain … Ni thyciai addysg Gymraeg yn yr Ysgol Sul a'r ysgolion dyddiol heb greu amgylchfyd Cymraeg … Wrth frwydro yn erbyn gwaseidd-dra'r Cymry a Sais-addoliaeth ei gyfnod yr oedd yn cyffwrdd â man tyner iawn: dywedodd y caswir yn fynych ac yr oedd ei brif arf wrth sgrifennu, sef dychan, yn siŵr o gythruddo pobl. Er iddo ddadlau'n deg cafodd ei gondemnio a'i erlid.

Mae'r safiad enwocaf a wnaeth Emrys ap Iwan yn werth ei groniclo yma, fel prawf o ddiffyg deall, o elyniaeth ac o lysnafedd Cymry a ddylai wybod yn well – gan gynnwys mwyafrif y Gorseddogion, synnwn i ddim. Ym 1889, ysgytwodd feddylfryd y Cymry a'r gyfundrefn gyfreithiol pan alwyd arno i roi tystiolaeth yn Llys Ynadon Rhuthun (tref drwyadl-Gymraeg ei hiaith y pryd hynny). Mynnodd Emrys ei fod am roi tystiolaeth yn Gymraeg a gwrthododd yn llwyr siarad Saesneg. Gohiriwyd y Llys am bythefnos a cheisiwyd rhoi pob pwysau arno i siarad yn Saesneg. Cafodd y mater gyhoeddusrwydd mawr yn y wasg trwy Gymru a hefyd yn Lloegr a thu hwnt. Yn ôl yr adroddiadau yr oedd Emrys – gŵr chwe-ieithog! – wedi dweud celwydd yn y Llys, sef na *fedrai'r* Saesneg. Nid hynny a wnaethai, ond datgan ei fod yn *gwrthod* ei siarad. Dyma eiriau ap Iwan ei hun:

> Pan ddarfu i mi fynnu rhoi fy nhystiolaeth i yn y Gymraeg mewn llys barn yng Nghymru … wele, fe ymgododd holl newyddiaduron Lloegr… yn erbyn y fath 'ynfydrwydd' a'r fath 'hyfdra'. Heb law hynny, fe ddanfonwyd i mi lythyrau dienw, yn llawn o regfeydd a difrïaeth, mewn rhyddiaith a phrydyddiaeth, o bob parth o Gymru a Lloegr, a hyd yn oed oddi wrth Saeson yn Ffrainc a'r Almaen. Pan fyddai enwau drwg yn pallu, fe ddanfonid i mi gacen o dom gwartheg, neu bibell lawn o bylor [*powdr*], gan ddisgwyl iddi ymddryllio yn fy nwylo; ac fe ysgrifennodd un arall y buasai ef, pe yn fy ymyl, yn plannu ei gyllell yn fy nghalon ddu.

Y bibell bylor hon, mae'n debyg, oedd y bom-llythyr cyntaf mewn hanes.

Dagrau pethau oedd na fu neb fel yna yn amlwg yn yr Orsedd yn ail hanner y 19^{eg} ganrif: ac fe ddylai fod llaweroedd. Mae Hywel Teifi yn adnabod ei Gymru Fu, ei Heisteddfod a'i Gorsedd fel cefn ei law, ac yn medru eu portreadu yn eu hodrwydd, eu hynodrwydd, eu harddwch a'u hylltod – i'r dim: methodd hyd yn oed Hywel â dod o hyd i neb.

(vi) Gwilym Cowlyd, 1827–1904

Fel pob sefydliad arall yng Nghymru, cafodd Gorsedd y Beirdd hefyd ei 'gorsedd sblit'. Fel protest yn erbyn y canu rhydd a'r symud o le i le, sefydlodd Gwilym Cowlyd (William John Roberts, argraffydd a llyfrwerthwr o Drefriw) Orsedd mewn gwrthwynebiad iddi a alwodd 'Gorsedd Taliesin'. Mae'n atgoffa dyn o'r ddau Bab a gydredai am gyfnod yn y 14^{eg} ganrif, y gwir Bontiff yn Rhufain a'r Ymhonnwr yn Avignon. Bu Gorsedd Taliesin, dan wahanol enwau megis 'Cadair Taliesin', 'Gorsedd Gwynedd' ac 'Arwest Farddol Glan Geirionydd', yn cyfarfod ar lannau Llyn Geirionnydd am rai blynyddoedd: ymunodd ambell Gymro nodedig, megis O M Edwards a'r Parch. John Williams, Brynsiencyn â hi. Ni fu fawr o fri arni, a phan fu farw Gwilym Cowlyd ym 1904, darfu pob sôn am ei orsedd, hefyd. Mae'n ddiddorol nodi mai dan 'awdurdod' Gorsedd Taliesin, ac nid Gorsedd Beirdd Ynys Prydain, y sefydlwyd Gorsedd y Wladfa (gw. 'Gorsedd y Wladfa', Pen. XI, uchod). Nid yw hynny o bwys hanesyddol, yn enwedig erbyn hyn, gan fod Gorsedd y Beirdd wedi mynd draw yn unswydd bwrpas i 'ail-sefydlu' Gorsedd y Wladfa yn 2001.

(vii) Dewi Emrys, 1881–1952

Yn ôl Amanwy (David Rees Griffiths), yn wahanol i laweroedd o feirdd, yr oedd Dewi Emrys 'yn ôl ei osgo a'i bersonoliaeth yn debycach i fardd na neb arall yng Nghymru. Unwaith y trawech eich llygaid arno, anodd oedd ei anghofio.' Sonia Niclas y Glais (T E Nicholas) am ei 'ymddangosiad urddasol', a sgrifennodd rhywun dienw yn Y Cymro ar ôl ei farw: '... ni allai fod yn unman a bod yn gudd'. Dim ond unwaith erioed y gwelais i ef, a hynny ar y stryd yn Aberystwyth gyda'i ferch Dwynwen a oedd yn gyd-fyfyriwr â mi yn y Coleg. O'r cip byr hwnnw, medraf ei gofio'n dda a chytuno â'r disgrifiadau uchod.

Dim ond unwaith y deuthum i unrhyw gysylltiad − anuniongyrchol − ag ef, a hynny flynyddoedd ar ôl ei farw, pan oedd Eluned Phillips (y Prifardd Luned Teifi) yn sgrifennu ei Chofiant ohono. Pan welodd Gwasg Gomer y deipysgrif, canfuwyd bod Luned wedi dyfynnu pethau digon cas a ddywedsai Dewi Emrys am y Dr Tom Parry yn ôl yn y tri degau, pan olygai Dewi 'Y Babell Awen' yn *Y Cymro*. Yn fy nhyb i − a dyna'r cyngor a roddais − doedd dim dadl nad oedd yr hyn a sgrifennwyd am Thomas Parry yn enllibus (serch nad oedd y Doctor dysgedig wedi mynd â Dewi Emrys i gyfraith am ei enllibio pan gyhoeddwyd y deunydd gyntaf oll). Am fod Syr Thomas yn fyw ar y pryd, byddai eu dyfynnu yn llyfr Luned yn ail-gyhoeddi'r enllib gwreiddiol a gellid galw'r Awdur a'r Cyhoeddwyr i gyfri am hynny gan y gwrthrych, pe mynnai. Ond yn lle hidlo geiriau a hel dail fel y bydd cyfreithwyr a chyhoeddwyr, torrodd Luned y cwlwm annatod trwy ofyn yn uniongyrchol i Syr Thomas a gâi hi ddyfynnu'r deunydd 'enllibus'. Cytunodd yntau'n llawen. Dyna beth oedd 'hen linell bell nad yw'n bod' o broblem os bu un erioed, erbyn gweld.

Serch ei fod wedi'i ordeinio'n weinidog gyda'r Annibynwyr, bohemiad o bregethwr ydoedd. Suddodd mor isel fel y bu o flaen Llys Barn fwy nag unwaith am wrthod talu at gadw'i wraig a'i blant. Ar brydiau roedd mor ddiymgeledd ac anghenus nes gorfod cysgu ar yr *Embankment* ymhlith trueiniaid Prifddinas Lloegr. Disgrifiodd ef ei hun rai o'r profiadau hynny yn *Tit-bits*. Aeth ati, fel pe o fwriad, i beri sioc ac anesmwythyd i Gymry parchus a chrefyddgar Llundain. Gwelodd Mrs Margaret Jones (gwraig y Prifardd T Llew) ef yn canu, â'i het yn ei law y tu allan i gapel King's Cross, lle'r oedd Elfed yn weinidog. Bu wrthi'n gwneud hynny yng Nghymru hefyd.

Tra roedd Dewi yn filwr ym 1917, cynigiodd − ei ymgais cyntaf − am Gadair Genedlaethol Penbedw. Ei awdl ef i'r 'Arwr' oedd yr ail i Hedd

Wyn (gan Ddyfed), y drydedd (gan T Gwynn Jones) a'r bedwaredd (gan J J Williams). Ym 1926, enillodd Goron Abertawe. Yr oedd eisoes wedi ennill deuddeg neu bymtheg o gadeiriau pwysig ond mae'n dra thebyg eu bod 'wedi'u gwerthu a'u gwasgaru' yn fuan iawn.

Enillodd hefyd ar 'Ddarn o Farddoniaeth' i'r Ddrycin gyda *'Pwllderi'*, ei ddarn enwocaf oll mae'n debyg. Cyn diwedd wythnos yr Eisteddfod, yr oedd plismon wedi galw yng ngwesty Dewi i gasglu'r rhan fwyaf o'r arian gwobrau a enillodd er mwyn diwallu dyled Llys i'w wraig. Efallai mai er mwyn dal i aros yn ei westy yr aeth Dewi â'i Goron Genedlaethol newydd sbon danlli i'r siop wystlo.

Ond aeth o ddrwg i waeth. Bu gerbron Llys troseddol yng Nghaerdydd am arwyddo sieciau heb arian ar eu cyfer ('haeriadau anwir' oedd y cyhuddiad ffurfiol), ac fe'i dirwywyd £10 neu ddau fis o garchar. Rhyddhawyd ef yn amodol, ond arestiwyd ef wedyn yr un diwrnod am fod ar ôl â thaliadau i'w wraig.

Eithr dychwelodd i'r uchelfannau. Cipiodd Gadair Genedlaethol Lerpwl ym 1929; gwnaeth hynny drachefn yn Llanelli y flwyddyn wedyn. Yno y digwyddodd yr helynt pan wrthododd gymryd ei gadeirio (gw. 'Llanelli ym 1930', Pen VI, uchod). Yr oedd dwy gadair eto i ddod, sef Bangor, 1943, a Phen-y-Bont ar Ogwr, 1948.

Pan ddaeth yn ail i Bryddest Cynan *'Y Dyrfa'* (a gw. 'Eisteddfod Bangor, 1931', Pen. VI, uchod), yr oedd Dewi'n ail gan Ddyfnallt, yn flaenaf gan Moelwyn, ac yn drydydd gan W J Gruffydd. Yr oedd Dewi o'r farn ei fod wedi cael cam. Cynllwyn pendant ar ran y beirniaid ydoedd peth fel hyn meddai. Daeth yn ail drachefn (neu'n drydydd – nid oes sicrwydd) i Geraint Bowen am Gadair Aberpennar, 1946. Ffromodd unwaith yn rhagor. Mynegodd ei farn wrth T Llew ac Alun Cilie am Awdl Geraint i'r Amaethwr: 'Hen awdl fach jingl-jingl a fydd wedi mynd yn ango'n fuan iawn!' Yn hyn o ddarogan ni phrofodd yn fawr o broffwyd. Cawsai'r un math o gweryl â Phrosser Rhys ar ôl iddo yntau ennill Coron Pont-y-Pŵl, 1924. Ond ymhen blynyddoedd, yr oedd Dewi a Cynan yn gyfeillion mynwesol ac aent i bysgota yng nghwmni ei gilydd.

Ni fu'n beirniadu llawer, efallai am ei fod yn dymuno dal i gystadlu, neu am ei fod yn *persona non grata* gan rai. Ond cafodd ei gyfle yn Llandybïe, 1944, pryd yr enillodd J M Edwards y Goron, ac yn Nolgellau, 1949, pan ddyfarnwyd y Gadair i Rolant o Fôn.

Oherwydd bomio Llundain mor ddidrugaredd yn y *Blitzkrieg*, daeth Dewi'n ôl i Dalgarreg, i'r Bwthyn, a ddaeth yn enwog wedyn. Ond aeth yn dlawd iawn ei fyd, nes trefnodd Tom Stephens dysteb genedlaethol iddo. Y tristwch oedd na chodwyd ond rhyw ganpunt i gyd. Bu farw Dewi Emrys mewn tlodi ym 1952 a chladdwyd ef yn Nhalgarreg. Ychydig iawn a ddaeth i'w gladdu. Adroddodd rhywun dienw yn *Y Cymro* yr wythnos wedyn, ar ôl nodi mor brin oedd cynulleidfa'r angladd:

> Bydd y genedl yfory, efallai, yn galw am gwrdd coffa, a thrannoeth am gofeb, a thrennydd am rali o deyrnged. Ond fe gladdwyd Dewi Emrys yr wythnos ddiwethaf ac ychydig a welodd eu ffordd yn gyfleus i ddod i'w gynhebrwng.

Yr oedd hynny'n dipyn o dro ar fyd ar ôl i fwynwyr glo Bwcle gysylltu gwifrau ffôn o'r pulpud i lawr i waelod y pwll er mwyn iddynt gael clywed pregeth eu gweinidog, Dewi Emrys, yn ystod eu shifft – dyna'r unig dro erioed y clywais am unrhyw gynulleidfa a wnaeth y fath beth.

Ond cafodd bedair Cadair Genedlaethol. Yr unig ffordd i'w rwystro rhag ennill mwy ydoedd newid y Rheolau Cystadlu. Mae hynyna'n deyrnged go chwithig ar un olwg, ond mae'n deyrnged go fawr hefyd.

(viii) Siôr o Donypandy, 1909–1997

Sut erioed ar y ddaear, gofynnwch, y sleifiodd y Gwir-Anrhydeddus Arglwydd Tonypandy (George Thomas gynt) i rengoedd y Wisg Wen dan yr enw-yng-Ngorsedd 'Siôr o Donypandy'? Ac yntau heb fod yn medru Cymraeg, ddim yn aelod o'r Teulu Brenhinol ac, yn sicr, ddim yn artist cydnabyddedig rhyngwladol? Medraf dystio o'm gwybodaeth fy hun ei fod yn ddi-Gymraeg, ac eithrio ambell 'Shwmâi?'.

Yn ystod Prifwyl Maldwyn, 1981 buom – nid o fwriad ar y naill ochr na'r llall – yn cyd-letya gydol yr wythnos yng Ngwesty Wynnstay, Machynlleth. O ganlyniad, gwelwn ef bob amser brecwast a nifer o weithiau yn ystod

SIÔR O DONYPANDY

Llwyddasai i ddod yn Dderwydd di-Gymraeg yng Ngorsedd y Beirdd

y dydd ar hyd ac ar draws y Maes, pryd y byddem yn torri gair neu ddau digon clên – yn Saesneg, ei unig iaith. Ar y pryd yr oedd ganddo broffil stratosfferig o uchel – rhyngwladol hyd yn oed – ac yntau'n Llefarydd Tŷ'r Cyffredin. At hynny, roedd newydd fod yn darllen llith (yn anghywir) ym mhriodas Siarl a Diana yr wythnos cyn yr Eisteddfod. Arferai plant bach redeg ar ei ôl ar draws y Maes, tan weiddi '*Order! Order!*' – afraid dweud, yr oedd George, arch-fyfiwr ei oes a'i gyfnod, uwchben ei ddigon.

Pan ddaeth dydd Iau, cyhoeddodd George ei fod am anrhydeddu'r Orsedd â'i bresenoldeb (am y tro cyntaf yn ystod yr wythnos) yn y Cadeirio. Gan fod y Maes ryw wyth milltir o'r stafelloedd gwisgo, yr oedd trefniant i gludo'r Gorseddogion draw mewn bysiau deulawr. Felly, draw â ni, ac aeth y seremoni Gadeirio rhagddi. Wrth i ni ddychwelyd at ein bws, rhuthrodd George i mewn o flaen pawb, i fyny'r grisiau troellog fel gwiwer, a dododd ei ben-ôl yn solet ar y sedd sengl ben-grisiau. Yr oedd hynny'n ei alluogi i ymarfer ei Gymreictod trwy yngan ei 'Shwmâi' wrth y gweddill ohonom, fesul un, wrth i ninnau gyrraedd llawr uchaf y bws. Ar ôl i'r bws lenwi, eisteddai pawb yn barau yn y seddau dwbl – ac eithrio George, a'i lordiai yn ei sedd sengl ar ei ben ei hun. *Ond, erbyn gweld, heb neb i daro sgwrs ag ef* – atgas beth i barablwr di-stop fel fo. Yn y sedd ddwbl o'i flaen roedd y Prif Lenor Dafydd Ifans a minnau: yn y sedd ddwbl y tu ôl iddo eisteddai'r actores Ellen Roger Jones (Elen Rhosier) a'r llenor W O Roberts (Wil Garn).

Aeth George ati i geisio agor sgwrs: pwysodd ymlaen a gwthiodd ei ben rhwng Dafydd a minnau. Ond aethom ni ymlaen â'n sgwrs – yn Gymraeg, wrth reswm – na fedrai George mo'i ddeall, ac felly na fedrai wthio'i big iddi. Felly edrychodd y tu cefn iddo, a cheisiodd agor sgwrs ag Ellen Roger trwy ddweud 'Shwmâi, cariad'. Fe dybiwn i mai Ellen Roger oedd y fenyw olaf oll yng Nghymru y byddech yn ei chyfarch am y tro cyntaf â'r geiriau 'Shwmâi, cariad'. Ni ddywedodd ddim, ond rhoddodd 'bâr' ar George. Mae'r rhai sy'n ei chofio yn gwybod sut yr oedd cael 'pâr' gan Ellen Roger yn peri i chi deimlo fel cwningen wedi'i dal mewn priflampau car. Doedd hyd yn oed croendewdod George Thomas ddim yn ddigon i wrthsefyll 'pâr' gan Ellen Roger.

Felly dyma droi at y pedwerydd, a'r olaf, sef Wil Garn. Edrychodd George ym myw ei lygad, a dywedodd: *'I know **your** face too, don't I?'* Edrychodd Wil ym myw llygad Llefarydd Tŷ'r Cyffredin, ac atebodd, yn iaith y cwestiwn:

> *'You ought to, Mr. Speaker. You last saw it two weeks ago, when the Welsh Language Society threw pamphlets at you from the Public Gallery. You had us dragged from the Chamber and brought before you. And then you had the Serjeant-at-Arms lock us up in the cells.'*

Ni lefarodd y Llefarydd yr un gair weddill yr wyth milltir yn ôl i'r stafelloedd gwisgo.

(ix) Cam Harri Gwynn, 1913–1985

Rhwng difri a chwarae y dywedodd Geraint Jones, arweinydd Seindorf Trefor, y digwydd un o ddau beth pan ewch chi i gystadlu mewn eisteddfod. Yr ydych naill ai yn ennill, neu yr ydych yn cael cam. Ond yn hollol o ddifri, maentumiaf yma y gwnaed cam dybryd â Harri Gwynn ym Mhrifwyl Aberystwyth, 1952 pan wrthodwyd y Goron iddo. I'r testun

HARRI GWYNN

Yn ffilmio yn Oban, yr Alban

Y Creadur, lluniodd Harri bryddest dan y teitl *Y Chwilen Ddu*, lle portreadir carcharor, dan farn y gosb eithaf yng nghell y grog, yn ymuniaethu â chwilen ar lawr y gell honno sy'n ei ddarbwyllo o oferedd bywyd. Nid oedd y Parch. Dafydd Jones yn teimlo ei bod yn gerdd y medrai ei darllen i'w deulu. [Defnyddiwyd yr un ddadl ymhen degawd wedi hynny gan y Cwnsler erlyn yn nhreial anlladrwydd honedig *Lady Chatterley's Lover* gan D H Lawrence. Ychwanegodd y dysgedig Gwnsler yn nawddoglyd *na fyddai'n fodlon i'w was na'i forwyn* gael ei ddarllen chwaith. Fe ddichon y byddai o ddiddordeb i ambell un wybod mai enw'r bargyfreithiwr hwnnw oedd Merfyn Griffith-Jones: Cymro Cymraeg a oedd, fe ddarllenais, yn athro Ysgol Sul yng Nghapel King's Cross – efallai fod hynny'n egluro llawer.]

Chwistrellwyd petrol ar y fflamau yn syth bin gan John Roberts Williams (John Aelod), golygydd *Y Cymro*, a gyhoeddodd y bryddest yn ei chyfanrwydd, ynghyd ag eglurhad, a hynny yn ystod wythnos yr Eisteddfod. Daeth i'r amlwg fod yr Athro W J Gruffydd (y beirniad a draddodai) yn meddwl mai gwaith Bobi Jones oedd y bryddest yr ataliodd y wobr rhagddi. Yr oedd Bobi Jones wedi bod yn llai na charedig ei agwedd tuag at lenorion o genhedlaeth Gruffydd, ac roedd Gruffydd am achub ar y cyfle i ddial arno trwy atal y Goron. Buasai Bobi Jones wrthi'n dryllio a cholbio delwau'r genhedlaeth flaenorol o lenorion, a thybiai Gruffydd ei fod yn haeddu cosb am hynny. Yr oedd y gallu ganddo i ddial: yn anffodus, bwriodd ei lysnafedd ar y bardd anghywir. Aeth y prif feirniad allan o'i ffordd i rwystro coroni bardd yr oedd – ac y deil – llaweroedd o'r farn ei fod yn llwyr deilyngu'r Goron. Fe gofir Gruffydd gan ambell un am y weithred ysgeler hon i raddau mwy nag am ei waith llenyddol disglair.

Ond nid dyma'r unig gam a dderbyniodd Harri Gwynn ar law yr Eisteddfod. Prifwyl Pwllheli, 1955 oedd yr achlysur arall. Cofier bod hanner canrif wedi mynd heibio ers hynny, a bod chwyddiant ariannol – nad ydym yn aml yn sylweddoli i ba raddau – wedi dod ar ein gwarthaf. Fel hyn y disgrifiodd Hywel Teifi'r mater:

> Ym 1955 fe ragorwyd ar y gamp flaenorol [peri bod elw mawr yn weddill wedi'r Eisteddfod]. A'r 'Genedlaethol' *eto'n wynebu dyfodol peryglus o ansicr* [ac roedd Teifi'n sgrifennu ym 1987!] fe

wnaed elw penfeddwol o £10,500, diolch yn bennaf i athrylith yr Ysgrifennydd Lleol, y diweddar Harri Gwynn... Yn ogystal â chadw gafael ddiollwng ar y costau – rhyw £40,000 a gostiodd Prifwyl 1955 – gosodwyd targed o £12,000 ar gyfer y Gronfa Leol, fe'i codwyd i £15,000 ac fe gyrhaeddwyd £20,000! [*Medrid prynu tŷ eithaf sylweddol ym Mhwllheli am lai na phum can punt ym 1955* – R LL] Cyflawnwyd y wyrth honno, yng ngeiriau Harri Gwynn, drwy roi 'pwyslais mawr nid yn unig ar gyfraniadau uniongyrchol ond hefyd, ar ddull y deintydd da, ar "*painless extraction*", sef cynnal cyngherddau, dramâu, arwerthiannau a phopeth y gallai dychymyg ei ddyfeisio fel dull o godi arian. O ganlyniad i hyn ni bu erioed yn Llŷn ac Eifionydd y fath nifer o wahanol bethau "at yr achos" – o blant yn cynnal "cyngerdd" yn y tŷ ac yn mynd â'r elw (5s. 3c. [26c. heddiw]) i'r athro yn yr ysgol, hyd at arwerthu llo tarw pedigri o Benfro.' Roedd yn amhosibl i'r fath ddyfeisgarwch fethu!

Heddiw [1987], wrth edrych yn ôl, fe ddylem gydnabod camp Harri Gwynn o'r newydd. Nid oedd Eisteddfodau'r pum mlynedd cyn 1955 wedi cyfrannu ond £4,276 rhyngddynt at goffrau'r 'Genedlaethol'. Ymgymerodd â thasg wirioneddol anodd gan wybod fod disgwyl iddo drefnu Prifwyl lwyddiannus tra'n gwario cyn lleied ag oedd bosibl. A dyna a wnaeth. Ond fe wnaeth gytundeb dilys â'r Pwyllgor Lleol, hefyd, sef y câi'r bumed ran o unrhyw elw yn ychwanegol at y cyflog annigonol a dderbyniai dros ddwy flynedd y trefnu. Am resymau amlwg, bu'n dda gan y Pwyllgor y cytundeb! Doedd neb yn ei iawn bwyll yn disgwyl elw o £10,500. Mae'n drist dweud i Harri Gwynn dderbyn llythyrau blagardus gan rai eisteddfodwyr 'pybyr' pan sylweddolwyd ei fod, yn ôl amodau'r contract dilys, i dderbyn £2,174.

Ni chafodd Harri mo'i dderbyn i'r Orsedd, yn ôl y dull arferol o anrhydeddu rhai a fu yn ei swydd ef, tan 1982 pan oedd ei waeledd eisoes yn ei lesgáu. Cofiaf ei weld, yn ei Wisg Wen ac yn ei gadair olwyn, â'i briod y Doctor Eirwen yn ei phowlio, yn yr orymdaith Orseddol yn Eisteddfod Llambed, 1984. Dyna oedd y tro olaf i mi ei weld. Bu farw ym 1985 wedi'i ysgymuno a'i sarhau gan y sanhedrin eisteddfodol a chan eisteddfodwyr unigol a ddylai fod wedi cydnabod ei alluoedd a'i gyfraniad i Gymru a'i diwylliant, a'i ymlyniad at yr eisteddfod, hithau, na throes mo'i gefn arni serch iddi hi wneud ei gwaethaf iddo *fo* – ddwywaith.

(x) Norah Isaac, 1914–2003

Un Norah Isaac fu erioed. Yn Gymrawd yr Eisteddfod, a – serch iddi farw'n union cyn y seremoni – derbynnydd Medal Aur y Cymmrodorion. Tipyn o fenyw yn wir. A storïwr. A chymeriad! – neu wir 'gymêr', fel y dywedwn ni yn y Gogledd. Mae'n haeddu i mi ddweud y stori hon amdani.

Ni chofiaf ym mha Brifwyl y digwyddodd, ond rhyw dro yn ystod y saith degau oedd hi, mae'n rhaid, gan nad oeddwn i'n un o swyddogion Bwrdd yr Orsedd y pryd hwnnw, ac felly nid oeddwn yn eistedd yn y rhes flaen.

Yr oedd tri ohonom yn ail neu drydedd res y Gwynion, os cofiaf, ac roedd gris o tua throedfedd o godiad rhwng pob rhes a'r rhes tu ôl iddi. Eisteddem fel hyn: Norah, a oedd tua phum troedfedd o daldra, yn y canol, a'r Barnwr Hywel ap Robert (Hywel Pen Lan) a minnau fel dau bolyn o bob tu iddi – mae'r byrdra a'r taldra yn bwysig i'r hanes . Yr ydw *i* yn ŵr tal; roedd Hywel yn ŵr talach. Yr oedd Norah wedi diosg ei hesgidiau, yn union fel pe bai hi yn y sinema, gan roi gwybod i'r ddau ohonom eu bod yn gwasgu braidd a'i bod hi'n fwy cyfforddus yn nhraed ei 'sanau.

A'r seremoni yn tynnu tua'i therfyn, gwelwyd un o draed Norah, fel neidr megis, yn ymbalfalu am esgid ac yn llithro iddi'n rhwydd. Yna wele'r droed arall, y tro hwn yn cael mwy o drafferth i ddod o hyd i'w hesgid hi, wrth geisio nadreddu amdani fel o'r blaen. Yn anffodus trawodd blaen y droed sanedig yn erbyn yr esgid, gan ei gwthio dros glogwyn y rhes, nes iddi lanio droedfedd yn is o dan sedd y sawl a eisteddai o flaen Norah. Ni cheisiodd Norah wneud dim ei hun. Yn lle hynny, gofynnodd i Hywel a minnau, yr oedd ein breichiau sbel yn hirach na'i rhai hi, geisio cael ei hesgid yn ôl. Methodd Hywel; a methais innau, serch i ni fynd i bob math o ystumiau corfforol i geisio cyrraedd yr hyn a oedd, yn hollol amlwg, allan o'n cyrraedd. Diolch nad oedd y camerâu teledu mor llygadog yr adeg honno ag y maen nhw erbyn hyn. 'Gadewch fod,' meddai Norah, gan bwyntio at y sawl a eisteddai o'i blaen, 'fe gaf i'r boi hyn i chwilio amdani.'

Fel y medrwch ddeall, does dim modd dweud pwy yw pwy mewn gwisgoedd gorseddol. Mae'n anodd, weithiau, wyneb yn wyneb; o'r cefn mae'n gwbl amhosibl. Felly nid oedd gennym syniad *pwy* oedd 'y boi hyn' y cyfeiriai Norah ato. Trawodd Norah ysgwydd y 'boi' anhysbys o'i blaen yn ysgafn, a dweud: 'Mae f'esgid i wedi syrthio dan eich sedd chi. Tybed a fyddech chi'n edrych os medrwch chi'i gweld hi?' Trodd yntau yn ôl atom, nes gwelsom ei wyneb. A phwy ydoedd ond neb llai nag Owen John Thomas, *y meddyg dall*. 'Embaras: hwnna ydi o', ys dywedai Ifas y Tryc am ddigwyddiad fel yna.

Ond y mae un stori am Norah y mae'n rhaid i mi gael ei dweud, serch nad oes a wnelo ddim â'r Orsedd. Gan Norah ei hun y'i clywais, a – hyd y gwn – nid ymddangosodd erioed mewn print. Mae hi'n rhy dda i'w hepgor. Fel y gwyddys, Norah oedd prifathrawes 'Lluest', yr Ysgol Gymraeg gyntaf oll, yn Aberystwyth ym 1939. Ymhlith ei disgyblion yr oedd Rhys Evans, mab Prifathro Coleg y Brifysgol, yr Athro Ifor L Evans. Yr oedd gwraig y Prifathro yn hanner Almaenes a hanner Awstriad ac, afraid dweud, yn y flwyddyn 1939 nid pobl o dras felly oedd y mwyaf poblogaidd yn Aberystwyth, ddim mwy nag yn unman arall yn y Gwledydd hyn. Yr oedd eu mab bach, Rhys, tua chwech neu saith oed ar y pryd.

Un bore, dyma Rhys yn rhedeg at y Brifathrawes tan feichio crïo, ac yn lapio'i freichiau am ei choesau.

'O, Miss Isaac; o Miss Isaac,' wylai.

'Be sy'n bod, Rhys bach?' gofynnodd Norah; eithr ni chafodd ond mwy o ddagrau.

'O, Miss Isaac! O Miss Isaac bach!'

Ceisiodd Norah ei gorau i gysuro'r crwt, nes i'r dagrau beidio â llifo o'r diwedd. Pan lwyddodd hi i ofyn cwestiwn, meddai:

'Nawr, te, Rhys, dywedwch wrtha i be sy'n bod?'

'O Miss Isaac bach!' atebodd Rhys, 'mae hwn-a-hwn wedi bod yn gweiddi ar f'ôl i, ac yn dweud wrth bawb yn yr ysgol 'mod i'n "hanner blydi Almaenwr!" ' 'Peidiwch â phoeni am beth dibwys felly, Rhys bach,' meddai Norah. 'Yr ydw i'n nabod eich mam yn dda, a does dim ladi mwy ffein na hi yn byw yn Aber 'ma.'

'Na. Na,' atebodd Rhys, 'd'ych chi ddim yn deall, Miss Isaac. Maen nhw'n dweud celwydd. Dydw i ddim yn *hanner* blydi Almaenwr. *Chwarter* blydi Almaenwr ydw i!'

Roedd hi *yn* stori rhy dda i'w hepgor, on'd oedd?

(xi) Hywel ap Robert, 1923–2001 : Gorymdaith o Ddau

Soniais am yr anhawster o fedru mynd i'r Maes o gwbl pan oedd stafelloedd gwisgo'r Orsedd sawl milltir i ffwrdd. Dyna sut yr oedd pethau yn Wrecsam, 1977. Penderfynodd y diweddar Farnwr Hywel ap Robert (Hywel Pen Lan) a minnau, yn dilyn syrffed a rhwystredigaeth y dydd Mawrth, ein bod am gael y geiniog a'r g'negwarth pan ddôi dydd Iau, sef gorsedda *a* steddfota. Aethom ati i gynllunio – cynllwynio, ddywedai ambell un, debyg – sut i ymdopi â'r broblem.

Gadawodd Hywel ei gar yn union wrth lidiart y parc lle'r oedd Cylch y Meini. Buom yn ffyddlon i'r seremoni, ond wrth i'r Gorseddogion ail-daro cytgan 'Hen Wlad fy Nhadau', dyma ni'n dau'n graddol sleifio ymaith – modfedd wrth fodfedd – nes oeddem yn sefyll, ein dau, y tu ôl i ddau o'r meini (oddi allan i'r Cylch, felly). Yn syth wedi'r Anthem, dyma sgrialu am gar Hywel, i mewn iddo'n bendramwnwgl ac i ffwrdd â ni; yn edrych, rwy'n siŵr, fel dwy leian ar gymówt. Rownd y gornel, stopio'r car a thynnu ein gwisgoedd. Wedyn ymlaen i faes parcio'r Eisteddfod fel unrhyw eisteddfodwyr eraill.

Ar ôl mynd trwy'r Brif Fynedfa, dyma gytuno i weld ein gilydd ar yr amser a'r amser, er mwyn ail-wisgo ac ymuno yng Ngorymdaith y Pnawn. Ond doedd pethau ddim wedi'u trefnu cyn belled â hynny. Ym mhle'r oeddem i adael ein gwisgoedd, ac ym mhle'r oeddem i ail-wisgo? Dyma ddewis y stondin agosaf at y Brif Fynedfa – Banc Barclays fel y digwydd – ac i mewn â ni, y naill a'r llall ohonom yn cario bwndel o frethyn gwyn cymaint â sach olchi dillad, a gofyn am weld y Rheolwr. Yntau yn ein gwahodd i'w stafell breifat. Ninnau'n egluro mai dau Dderwydd oeddem, yn dymuno cael gadael ein gwisgoedd yno am ddwy neu dair awr, a chael dod yn ôl i ymwisgo maes o law. Roedd y Rheolwr yn ystyried y fath gais gan ddau Dderwydd o Orsedd y Beirdd yn anrhydedd aruchel nas cawsai o'r blaen. Wrth gwrs y caem ni; â chroeso; unrhyw beth i helpu; byddai'n fraint fawr! Diolchwyd yn gynnes i Reolwr y banc ac aeth Hywel a minnau bob un ar ei drywydd ei hun o gwmpas y Maes.

Yn ôl i'r banc â ni ar yr awr benodedig i stafell y Rheolwr, a chynorthwyo'n gilydd i ymwisgo. Dau ŵr cyffredin mewn siwtiau yn mynd i mewn; dau Dderwydd gosgeiddig yn eu gwisgoedd gwynion llachar – serch llawn crychion – yn dod allan. Beth nesaf? Sut yr oeddem am gyrraedd y pwynt y tu allan i'r Brif Fynedfa lle byddai bysiau'r beirdd yn cyrraedd? Wnâi hi mo'r tro i ni gerdded, *yn ein gwisgoedd,* rywsut-rywsut, linc-di-lonc, ar draws Maes y Brifwyl, gan stopio i ddweud helô wrth hwn-a-hwn a hel dail gyda hon-a-hon. Felly dyma benderfynu y byddem yn gorymdeithio'n urddasol o'r banc, drwy'r fynedfa, ac allan. *Gorymdeithio?* Gorymdaith *o ddau?* Cerdded yn bwyllog, ochr yn ochr, â'n trwynau yn yr awyr heb edrych i'r chwith na'r dde, a heb dorri gair â neb. 'Bihafio fel byddigions' oedd disgrifiad Hywel o'r peth. A dyna a wnaethom. Mae'n wir nad oeddem ni yn edrych ar *neb,* ond roedden ni'n hollol ymwybodol bod *pawb* yn edrych arnom ni. Nid oeddem yn anodd i'n gweld ychwaith: yr ydw i, yn nhraed fy 'sanau, a heb benwisg Derwydd, yn chwe throedfedd (1.83 metr); ac roedd Hywel o leiaf dair modfedd yn dalach na fi!

A ninnau'n sefyll yn ein hunfan yn disgwyl y bws gorseddol, pwy, o bawb, oedd y cyntaf i'n gweld ac i ddod atom i siarad oedd Trevor Fishlock, gohebydd *The Times.* Edrychodd arnom mewn peth syndod, ac yna gofynnodd: *'May I ask what you two learnéd gentlemen are doing standing here, attired thus?'* (fel yna y byddai Fishlock yn brawddegu). Heb feddwl dim, na chofio â phwy yr oeddwn yn siarad, atebais ef yn llythrennol: *'Waiting for a bus.'* Yna eglurwyd iddo sut a phaham yr oeddem yno. Ond y bore wedyn yn *The Times,* cafwyd paragraff am y ddau Dderwydd, wedi'u gwisgo yn holl grandrwydd Gorsedd Beirdd Ynys Prydain, yn treulio'u hamser yn Eisteddfod Genedlaethol Cymru mewn gorchwyl mor bedestraidd ag aros am fws!

Ond nid dyna oedd diwedd y stori. Ymhen ychydig funudau cyrhaeddodd y bysiau â'u llwythi o Orseddogion. Yr oedd yr Arwyddfardd, Dilwyn Cemais, yn gandryll. Fe wyddai i'r gopa walltog pa faint o Orseddogion oedd yn y bysiau, ac roedd wedi ffonio i drefnu mai dyna'r union nifer o seddau a fyddai ar eu cyfer ar lwyfan y Pafiliwn. Ac yn awr dyma ddau Dderwydd dros ben. Cawsom gryn bryd o dafod gan Dilwyn – yn haeddiannol felly, rwy'n siŵr – a chredaf, pe bai'r gallu ganddo, y byddai wedi defnyddio'r Cleddyf Mawr i bwrpas digon anheddychlon. Ond cafwyd dwy gadair ychwanegol o rywle, a chawsom fynd ar y Llwyfan. Dyna'r tro olaf, mi gredaf, i neb greu *gorymdaith orseddol o ddau* ar eu liwt eu hunain na chynt na chwedyn. Bu Hywel a mi'n dderwyddon bach ufudd ar ôl hynny; wel, ufudd efallai, ond nid 'bach'.

(xii) Gwyn Tudno, 1929–2001

Yn Eisteddfod y Rhyl, 1985, crëwyd tlws pencampwr eisteddfodol newydd sbon danlli. Cyn yr arfer presennol o leoli stafelloedd gwisgo'r Orsedd ar y Maes, mater o hap a damwain oedd hi a fedrid sicrhau neuadd neu ysgoldy addas o fewn cyrraedd rhesymol. Dechreuwyd lleoli'r stafelloedd gwisgo ar y Maes ym Mro Colwyn, 1994 ar ôl cwynion croch a niferus dros y blynyddoedd. Adeg Prifwyl y Rhyl, yr oeddent filltiroedd lawer i ffwrdd, fel nad oedd modd mynd i Orsedd y Bore a Seremoni'r Pnawn *a ffitio ymweliad â Maes yr Eisteddfod i mewn rhwng y ddeubeth.* Dyna'r union anhawster a barodd y fath drafferth i Hywel ap Robert a minnau (uchod). O ganlyniad, yr oedd rhaid i'r Gorseddogion hynny a ddymunai fynychu'r ddwy seremoni – ac roeddwn i ymhlith y rhai brwd – ladd amser orau y medrent. A lloffa bwyd ple bynnag yr oedd tamaid i'w gael.

Bu nifer ohonom mor ffodus â dod o hyd i dafarn fach, ddiarffordd, gyfleus, lle cawsom nawnbryd digon blasus. *A lle'r oedd tri bwrdd snwcer.* Felly, ar awgrym Distain y Faner, y diweddar Gwyn Tudno [Jones], hen fêt o ddyddiau coleg, dyma benderfynu cynnal Gornest Snwcer Prifwyl y Rhyl. Honno i'w chychwyn ar y dydd Mawrth, ac i'w gorffen ar y dydd Iau. Bod y buddugwr i'w gyhoeddi – ond heb fraint na defod – yn Brif Snwcerwr Prifwyl Cymru am y flwyddyn. A bod yr ail-orau i dalu am ginio'r Pencampwr.

Erbyn y rownd derfynol ar y dydd Iau, dim ond dau ohonom oedd ar ôl: Gwyn Tudno a minnau. Trwy gael a chael, lwc mwnci a llawer i ffliwc y llwyddais i i gyrraedd y rownd derfynol. Rhag ofn i chi ddechrau drwgdybio bod fy sgîlgarwch yn arwydd clasurol o dreulio ieuenctid ofer – nid oeddwn wedi cyffwrdd mewn ciw snwcer ers oes pys. Llwyddais, ymhen hir a hwyr, i gyflawni'r ffliwcen olaf o botio'r bêl ddu, ac i drechu Tudno *o un pwynt.*

Talodd Tudno am fy nghinio yn anrhydeddus a graslon.

Ond gŵr yr ail filltir oedd Gwyn Tudno. Ymhen llai na mis, wele becyn hollol annisgwyl yn fy nghyrraedd drwy'r post. Ac ynddo, un o'r medalau snwcer hynny y medrwch eu prynu – megis medalau pêl-droed, golff, tennis, pysgota ac ati – ym mhob siop chwaraeon. Wedi'i hysgythru ar y cefn: 'PRIFWYL Y RHYL, 1985: ROBYN LÉWIS, PENCAMPWR SNWCER'. Hyd y gwn, fi yw'r unig un sydd â'r hawl i'm galw fy hun yn Brif Lenor a Phrif Snwcerwr. Ond serch fy mod yn meddwl y byd o'r Fedal Snwcer – fel y meddyliwn y byd ohono yntau, Tudno, a'n gadawodd mor annhymig – nid wyf eto wedi beiddio rhyfygu ei gwisgo yng Ngorsedd.

(xiii) Jim Parc Nest: yn gyd ac unigol

Pe bawn i'n feirniad ar gystadleuaeth Prifardd Mwyaf Direidus ein Cenhedlaeth, ni fyddwn yn petruso: Jim Parc Nest (T James Jones) a'i cawsai, 'hyhi a phob anrhydedd a berthyn iddi', ys dywedir yn rhwysgfawr am yr anrhydeddau uchaf oll. Doeddwn i ddim yn adnabod Jim o gwbl pan welais lwyfannu 'Dan y Wenallt', ei drosiad Cymraeg o *'Under Milk Wood'* Dylan Thomas, yn Eisteddfod y Barri ym 1968. Gwelais lwyfannu'r gwreiddiol ar y teledu: ac rwyf wedi darllen y ddau fersiwn. Meddai'r *Cydymaith* am y trosiad: 'cyfieithiad Cymraeg tra llwyddiannus' – barn rhy gynnil o'r hanner. Dywedais cyn hyn, ac mae'n werth ei ailadrodd: i'm tyb i mae'r cyfieithiad Cymraeg yn tra rhagori ar y gwreiddiol. Llwyddodd Jim i all-Ddylanu Dylan ei hun. Rhagfarn Cymro Cymraeg, meddwch. Dichon hynny. Ond, ys dywedyd wrthyf gan y diweddar Ddoctor John Gwilym Jones, a ddyfynnais eisoes yn *Rhagymadrodd yr Awdur* – a fu'n athro Saesneg arnaf – a'i dafod yn ei foch: 'Barn yw fy rhagfarn i, boi bach.' Felly, fe wyddwn i y gallai Jim fod yn fardd trwm o'r trymaf.

Yn Eisteddfod Caernarfon, 1979 dyfarnodd y Beirniaid (Bryan Martin Davies, W R P George a Derec Llwyd Morgan) mai bardd yn dwyn y ffugenw *Ianws* oedd yn fuddugol. Canodd ddilyniant i'r siom o golli'r Refferendwm Datganoli y flwyddyn honno. Yr oedd awgrym yn y ffugenw. Roedd *Ianws* yn un o dduwiau'r hen oesoedd a warchodai'r

JIM PARC NEST

Y Prifardd T James Jones: athrylith direidus. (Llun: Dr J Glyn Jones)

porth, a chanddo ddau wyneb, y naill yn edrych ymlaen a'r llall yn edrych yn ôl. Ac roedd *Ianws* hefyd yn ddau fardd, T James Jones a Jon Dressel. Ffrwyth cydawduraeth oedd y cyfan. Tybed hefyd a oedd yna awgrym yn yr isymwybod i'r fath ffugenw, mai cenedl ddauwynebog oedd y Cymry? Felly, safon neu beidio, doedd dim modd coroni dau (er y byddai hynny'n llawer haws na chadeirio 'pawb' fel y dymunai Myrddin ap Dafydd i'r Archdderwydd druan ei wneud pan enillodd Gadair Tyddewi yn 2002 dan y ffugenw 'Pawb yn y Pafiliwn'). Cawsant eu diarddel o'r gystadleuaeth. Yn ffodus, yr oedd bardd arall hefyd yn llawn deilyngu'r Goron, a'r tri beirniad yn cytuno ar hynny'n ogystal. (Neu fe fyddai Eisteddfod Caernarfon yn unigryw yn holl hanes yr Eisteddfod, nid yn unig am fethu defnyddio ei meini oherwydd y glaw trwm, ond hefyd am atal y Gadair *a'r Goron.*) *Sidan* oedd y ffugenw, ac ef, y Parch. Meirion Evans, a goronwyd. Aeth y Prifardd Coronog Meirion ymlaen i fod yn Archdderwydd Cymru.

Gwnaeth Jim Parc Nest fwy nag iawn am ddireidi *Ianws*. Iddo ef (yn prydyddu ar ei ben ei hun) y dyfarnwyd Coronau Abergwaun, 1986 a Chasnewydd, 1988. Erbyn hyn mae'n adnabyddus i bawb fel un o brif feirdd, yn ogystal â Phrifeirdd, Cymru. A chefais innau'r pleser o ddod i'w adnabod fel cyd-aelod o Fwrdd yr Orsedd ers rhai blynyddoedd.

Un o'i gampau prydyddol diweddaraf fu cyfieithu un arall o gerddi enwog Dylan Thomas i'r Gymraeg. Medd Jim amdani, '*Fern Hill* yw cerdd fwya Cymreig Dylan Thomas, ac mae'n bryd "adfer ei Chymreictod".' Cyhoeddwyd y trosiad yn *Golwg* (15.6.06): mae'n siŵr y gwelir ef mewn llyfr cyn bo hir.

Methaf â deall un peth am ei deulu – teulu enwog a thalentog Parc Nest. Pam mae yn y *Cydymaith i Lenyddiaeth Cymru* gofnod arbennig – a llawn haeddiannol – i Deulu'r Cilie *per se,* ond dim cofnod cyffelyb i Deulu Parc Nest, sy'n ei deilyngu lawn cymaint?

XVII

Cau'r Orsedd

Pwy, a pha fath rai, sy'n aelodau o'r Orsedd gyfoes? Undebwyr llafur, gweinidogion yr Efengyl a Gweinidogion y Goron, aelodau o'n Cynulliad Cenedlaethol a Senedd San Steffan, Archesgobion Cymru a Chaer-gaint, offeiriaid Catholig ac Anglicanaidd, gwyddonwyr a gŵyr cyfraith – gan gynnwys barnwyr piws ac ysgarlad – seiri coed, seiri maen a Seiri Rhyddion, arglwyddi clogen-carlwm a thyddynwyr clos-melfaréd, gwragedd tŷ a siop, gwragedd fferm a swyddfa, gwragedd llys barn a meddygfa, athrawon prifysgol, penseiri, peirianwyr, gwyddonwyr, sêr y cyfryngau, capteiniaid môr, meddygon a llawfeddygon, joci neu ddau, pencampwr snwcer a hwyliwr rownd-y-byd, cricedwr dros ei sir a thros y wlad drws nesaf, newyddiadurwyr papur, sain a sgrîn, aelodau o bob plaid a'r di-blaid, y crefyddgar a'r anffyddwyr, y saint a'r dihirod (eithr pechaduriaid oll, yn ôl rhai), troseddwyr iaith a phlismyn ac ynadon heddwch, a phob lliw, siâp a llun o ysgolheigion a chrancod – gwynion-eu-crwyn o fwyafrif llethol, eithr ag ambell un tywyllach yn eu rhengoedd. A chyfoethogion a thlodion, bid siŵr. Bu iddi weithiau anrhydeddu ambell greadur swil – sydd, fel arfer, yn gwrthnysig ddangos ei gariad at Gymreictod trwy wneud yn fach ohono – ond fedrwch chi ddim *dad*-urddo.

Mae rhai wedi 'cael' yr anrhydedd yn llawer rhy hawdd, ac eraill wedi'i ennill y ffordd galed, trwy arholiad neu radd prifysgol. Tra erys ambell un a'i haeddodd yn llaes, a hwnnw neu honno heb dderbyn dim.

A dyna gipolwg ar Orsedd y Beirdd, fel yr oedd ac fel y mae. Honnwyd mai camp fawr Iolo Morganwg fu creu sefydliad cenedlaethol dengar a fyddai'n diogelu hunaniaeth y Cymry a chof y genedl. Yn sicr ddigon, fe

UTGANWYR Y DDAU GORN GWLAD

Y bandwyr brwd Dewi Griffith a Paul Hughes. Llun: Wyn Jones

lwyddodd i raddau mwy nag y medrai fod wedi dychmygu, hyd yn oed yn ei ehediadau lledrithiol mwyaf penboeth ac anghymedrol.

Gorfoledd bywyd Iolo a roes fod i'r unig basiant gwir Gymraeg a feddwn fel cenedl. Dyna pam – er gwaethaf ei holl ffaeleddau; ac ni cheisiaf wadu nad oes rhai amlwg – yr wyf yn un o'r rhai sy'n ymfalchïo ym modolaeth Gorsedd y Beirdd, yn ei phasiant a'i hysblander; ie, a hyd yn oed yn ei rhwysg. Dyna pam y bathais ymadrodd deuair a'i ddefnyddio'n deitl i drioleg lled-hunangofiannol o'm gwaith a gyhoeddwyd ddechrau'r naw degau: ymadrodd sy'n ceisio cyfleu ei holl hanfod, fel y byddaf *i* yn

MEIFOD, 2003

Urddo Ioan Gruffydd, o Gaerdydd a Hollywood

synio am yr hanfod unigryw hwnnw, sef *'Cymreictod gweladwy'*. Boed hynny ar lwyfan pafiliwn neu rwng meini cerrig – a hyd yn oed, erbyn hyn, rhwng meini symudol o ffibrau synthetig.

Dyma gyfuno'r lliwiau yn batrwm i'r llygad, yn wyrdd, glas a gwyn; ac ychwanegu swyddogion mewn porffor, a'r Archdderwyddon Emeriti yn eu gogoniant hufen ac aur. At y rheini ychwanegwch ferched bach y Ddawns Flodau; cylch blodeuog yn eu gwalltiau a symudiad llyfn yn eu dawns; Morwyn a Mam urddasol a gosgeiddig mewn clogau ysgarlad i gludo Blodeuged a Chorn Hirlas; pâr o Gyrn Gwlad soniarus a thelyn hudolus,

SEREMONI CAU'R ORSEDD

'*Gwthiwch, bois!*'

a dyna ein pasiant *ni*. Nid i glodfori rhyfel na mawredd na mawrdra, ond i ddyrchafu a gwobrwyo llwyddiant llenyddol, boed gan fardd neu lenor; meistrolaeth ar gerddoriaeth a llefaru gan lais ac offeryn, ac artistiaeth o bob math. Canys mae'n profi ac yn ymffrostio nad gwleidydd na milwr, nad gwladweinydd na brwydrwr, nad diwydiannwr na gŵr yr aur, ond y sawl a brofodd ei fod yn feistr ar ei famiaith, yng nghyfoeth diderfyn ei holl agweddau, yw arwr y Cymry.

Ar yr un pryd, mae'r Orsedd yn ffynhonnell anrhydedd; yn gadernid y traddodiad barddol a llenyddol; yn brifysgol y werin, ac yn gymdeithas lle mae cyfle cyfartal i bawb gael dyrchafiad iddi ac o'i mewn. At hynny yn bennaf oll – ac fe fu, ac y mae, mawr, MAWR, MAWR angen am hyn – *mae hi'n brif gaer i'r Gymraeg*. Ys argreffir – yng ngeiriau englyn cywaith T Llew a'r diweddar Alun Cilie – yn ei Rhaglen Gyhoeddi flynyddol:

> *Nid ei chledd ond ei gweddi – a'i harddwch*
> *A rydd urddas arni;*
> *Mae nodded tu mewn iddi*
> *I'r Gymraeg, rhag ei marw hi.*

Cyn bod *'Arch'*-Dderwyddon:

Rhwng sefydlu Gorsedd Beirdd Ynys Prydain ym 1792, ac 1888, pryd y dynodwyd Clwydfardd – ac wedyn pob un o'i olynwyr – yn swyddogol yn 'Archdderwydd', llywyddwyd defodau'r Orsedd gan nifer o wahanol orseddogion. Defnyddid teitlau – os o gwbl – megis *Bardd Gweinyddol, Bardd Llywyddol, Bardd Pendant, Bardd yr Orsedd, Cyflwynfardd yr Orsedd, Llywydd Gorseddog, Prif Fardd, Prif Dderwydd* a hyd yn oed *Arch-Dderwydd Gorseddawl*. Dyma rai o'r gwŷr a fu'n llywyddu yn ystod y cyfnod cynnar hwn (a nodir yma yn nhrefn eu priod gyfenwau – mae llawer o'u plith yn enwau tra-adnabyddus):

Myfyr Morganwg (Evan Davies, 1801–1888)

Meurig Ebrill (Morris Davies, 1780–1861)

Gwallter Mechain (Walter Davies, 1761–1849)

Ieuan Glan Geirionydd (Evan Evans, 1795–1855)

Dewi o Ddyfed (David James, 1803–1871)

Gurnos (Evan Jones, 1840–1903)

Talhaearn (John Jones, 1810–1870)

Cawrdaf (William Ellis Jones, 1795–1848)

Llew Llwyfo (Lewis William Lewis, 1831–1901)

Yr Estyn (Thomas Richard Lloyd, 1820–1891)

Gwalchmai (Richard Parry, 1803–1897)

Gwilym Ywain o Veirion (Dr William Owen Pughe, 1759–1835)

Dafydd Ddu Eryri (David Thomas, 1759–1822)

Glanffrwd (William Thomas, 1843–1890)

Iolo Morganwg (Edward Williams, 1747–1826)

ab Ithel (John Williams, 1811–1862)

Owen Gwyrfai (Owen Williams, 1790–1874)

Taliesin ab Iolo (Taliesin Williams, 1787–1847)

Archdderwyddon Cymru hyd Heddiw:

Clwydfardd (David Griffith, 1800–1894) [1888–1894]

Hwfa Môn (Y Parch. Rowland Williams, 1823–1905)[1895–1905]

Dyfed (Y Parch. Evan Rees, 1850–1923)[1906–1923]

Cadfan (Y Parch. John Cadvan Davies, 1846–1923)[1923–1924]

Elfed (Y Parch. Ddr. Howell Elvet Lewis, 1860–1953)[1924–1928]

Pedrog (Y Parch. John Owen Williams, 1853–1932)[1928–1932]

Gwili (Yr Athro Dr. John Gwili Jenkins, 1872–1936)[1932–1936]

J J (Y Parch. John James Williams, 1869–1954)[1936–1939]

Crwys (Y Parch. William Williams, 1875–1968)[1939–1947]

Wil Ifan (Y Parch. William Evans, 1883–1968)[1947–1950]

Cynan (Y Parch. Ddr. Albert Evans Jones, wedyn
Syr Cynan Evans–Jones, 1895–1970)[1950–1954]

Dyfnallt (Y Parch. John Dyfnallt Owen, 1873–1956)[1954–1956]

William Morris (Y Parch. William Morris, 1889–1979)[1957–1960]

Trefin (Edgar Phillips, 1889–1962)[1960–1962]

Cynan (gweler uchod) [1963–1966]

Gwyndaf (Y Parch. Evan Gwyndaf Evans,1913–1986)[1966–1969]

Tilsli (Y Parch. Gwilym Richard Tilsley, 1911–1997)[1969–1972]

Brinli (Brinley Richards, 1904–1981)[1972–1975]

Bryn (Y Parch. Richard Bryn Williams, 1902–1981)[1975–1978]

Geraint (Dr Geraint Bowen) [1978–1981]

Jâms Nicolas (James Nicholas)[1981–1984]

Elerydd (Y Parch. William John Gruffydd)[1984–1987]

Emrys Deudraeth (Emrys Roberts)[1987–1990]

Ap Llysor (Dr William Richard Philip George)[1990–1993]

John Gwilym (Y Parch. John Gwilym Jones)[1993–1996]

Dafydd Rolant (Y Parch. Dafydd Rowlands, 1931–2000) [1996–1999]

Meirion (Y Parch. Meirion Evans)[1999–2002]

Robyn Llŷn (Dr Robyn Léwis)[2002–2005]

Selwyn Iolen (Selwyn Griffith)[2005–]

Am restr gyflawn o gofiannau a nofelau'r Y Lolfa,
mynnwch gopi o'n Catalog newydd, rhad –
neu hwyliwch i mewn i'n gwefan

www.ylolfa.com

i chwilio ac archebu ar-lein.

TALYBONT CEREDIGION CYMRU SY24 5AP
e-bost ylolfa@ylolfa.com
gwefan www.ylolfa.com
ffôn (01970) 832 304
ffacs 832 782